ヤマケイ文庫

闇冥

山岳ミステリ・アンソロジー

Hase Seisyu

馳 星周 選

Yamakei Library

編集協力＝ＧＡＭＯ、ロゼンブルーム都
装丁＝依光孝之
本文組版＝渡邊 怜
地図製作＝北村優子（シグメディア）

目次

選者の言葉

馳　星周

山、とりわけ冬期の山は極限の密室といってもいいのではなかろうか。そもそも、厳冬期の山に登るには体力と技術が必要になる。

雪深い山に分け入ることのできる者は一握りの登山者だけなのだ。

充分な技術と体力があり、かつ、天候が安定しているのなら、冬の登山も格別である。

だが、ひとたび天候が崩れると、そこは過酷な修羅場となる。

身動きは取れず、周辺に助けの手を差し伸べてくれる者もいない。

ただただ天候の回復を祈ることしか登山者にはできないのだ。

雪と風に閉ざされた巨大な密室。それが冬山ではないか。

その密室に閉じ込められた者に課せられた使命はただひとつ。生き延びること。だが、もし、その密室に立場も生き方も違う者たちが一緒に放り込まれたらどうなるのか。

他者と協力して生き延びようとする者、自分だけ生き延びようとする者、どっちつかずの優柔不断。

それぞれの葛藤と行動が密室の中で繰り広げられる。

だからこそ、古くから山を舞台にした小説が数多く書き継がれてきたのではなかろうか。

極限状態の人間を描くのに、これほど適した舞台装置はない。

この本にはそうした極限状態の中（山中にいるかいないかには関わらず）の人間たちを描いた作品が四編、収められている。

荒れ狂う大自然の中、卑小な人間が心の奥に抱える深い闇を描いた作品がコンセプトだ。

他にも収録したい作品があったのだが、物理的な制限がある以上、収録を諦めざるを得なかった。

先達たちの類い希なる作品を、わたしごときが吟味するなど面はゆいことこの上ないのだが、ひとりでも多くの読者に、山を舞台にした小説の面白さが伝われぱと選者を引き受けた。

山は登るのも面白いが、読むのも面白い。それを実感していただければ幸いである。

遭難

松本清張

一

鹿島槍《かしまやり》で遭難《そうなん》（R新聞九月二日付）

A銀行丸ノ内支店勤務岩瀬秀雄《いわせひでお》さん（二八）＝東京都新宿区喜久井町《きくいちょう》××番地＝は八月三十日友人二名と共に北アの鹿島槍ヶ岳《かしまやりがたけ》に登ったが、霧と雨に方向を迷い、北槍の西方牛首山《うしくびやま》付近の森林中で、疲労と寒気のために、三十一日夜凍死した。同行の友人は、冷小屋《つべたごや》に救援を頼みに行ったが、同小屋に泊まっていたM大山岳部員が、一日早朝救助におもむいた時は間に合わなかった。

二

（この一文は岩瀬秀雄の遭難の時、同行していた浦橋吾一《うらはしごいち》が山岳雑誌『山嶺《さんれい》』十一月号に発表した手記である。浦橋吾一は岩瀬秀雄と同じ勤め先の銀行員で二十五歳、岩瀬よりやや後輩で、本文中に名の出る江田昌利《えだまさとし》は三十二歳、同銀行支店長代理である。この三人が八月三十日に鹿島槍ヶ岳へ登った）

鹿島槍に友を喪《うしな》いて　浦橋吾一

1

私が江田昌利氏から鹿島槍行をすすめられたのは七月の終わりであった。江田氏はS大当時、山岳部に籍を置いていて、日本アルプスの主要な山はほとんど経験ずみだし、遠く北海道や屋久島《やくしま》まで遠征したことのある、わが銀行内きっての岳人《がくじん》だった。これまで江田氏に指導されて山登りが好きになった行員はずいぶんいる。

「岩瀬君が行きたいと言っている。二人だけではつまらないから、君を誘ったのだ」

江田氏は私に言った。休暇の都合や、登山に興味のない者を除くと、私だけということになったらしい。

職場では仕事の関係で夏季休暇を代わりあってとっていたが、江田氏も岩瀬君も私も、係が違うので偶然にいっしょに休暇がとれることになったのである。

ただ、私の場合は山の経験はほとんどなく、穂高《ほだか》の涸沢《からさわ》小屋まで一回と、富士山に一回登っただけの初心者である。岩瀬君のほうは八ケ岳《やつがたけ》、甲斐駒ケ岳《かいこまがたけ》と、北アには槍と穂高に三度ほど登っている。つまり、登山がおもしろくなりかけてきたところであった。私はこの二人ならよいと思い、江田氏の勧めを承知した。休暇をとっても、別にどこに行くあてもなかったので、かえって誘われたことをよろこんだ。

われわれ三人は、それからよく集まっては相談した。銀行の帰りに喫茶店で長いこと話をしたり、日曜日には江田氏の自宅に岩瀬君といっしょに行ったりした。

「岩瀬君がね、今度は、鹿島槍から五竜《ごりゅう》を縦走したいと言っていた。穂高のようにあまり人の混《こ》まないコースだし、二泊三日の予定ではちょうどいい山行《さんこう》だと僕も思ってね」

江田氏の言葉では、鹿島槍の発案者は岩瀬君のようだった。人間の運命というものはわからないものである。

岩瀬君は私よりは、はるかに身体《からだ》が頑丈で、いつもその丸っこい顔に鮮かな血の色をみなぎらしていた。どちらかというと蒼白《あおじろ》い顔色の多い銀行マンのわれわれの間では、その元気そうな姿は目立っていた。彼は貸付係だったので、仕事上、外回りが多かったが、銀行のドアをあおるように開いて外から帰ってくるときの大股な歩き方や、みごとな頬《ほお》の血色は、机にいる内勤の者に、風が舞いこんだような新鮮な印象を与えた。

岩瀬君と私とは係が違っている関係もあって、それほど親しくはなかったが、この山行の話になってから急に近づきになった。彼は私と同様に独身で、アパート暮らしだったが性格は朗らかで、嫌味がなかった。酒は好きだったようである。彼は今度の鹿島槍縦走をひどく愉《たの》しんでいた。

われわれは休暇の都合で、二泊三日と初めから決めていた。予定では、八月の中旬にするつもりだったが、江田氏の方に故障があり、結局、八月三十日からということになった。何といってもベテランの江田氏がリーダーであった。私のように山に慣れない者は江田氏だけが頼りである。実際私は、支度などについていろいろと教えてもらった。

岩瀬君の方は私よりは経験者だから、自信があり、多少、気負ったところがみえた。あとから考えて彼の遭難の素因の何パーセントかはその心理にあったと言えなくはなさそうである。こう言うと、死者への礼を失するようだけれど、登山はどのように経験を積んでも、常に最初のように謙抑《けんよく》でなければならぬ、という戒《いまし》めは守るべきである。

そのことは江田氏も分かっていて、何かと岩瀬君の疾《はや》る心を押さえていた。しかし人間の弱さはそれを徹底的に通し得なかったことに今度の悲劇が生じた。これは誰を責めることもできない宿命的な不可抗力であろう。

それはともかく、われわれは最後の打合せを江田氏の自宅でおこなった。岩瀬君は

アパートが近いせいか、江田氏の家にはたびたび遊びに行っているらしく、江田夫人から、

「岩瀬さん、あんたなんか、自信過剰な方だから、うっかり山をバカにするとひどい目にあうわよ」

と、冗談を言われていた。これが実際に予言となって的中したのだから、まったく人の命の一寸先は分からない。神様でない岩瀬君は、やはり冗談めかして夫人と軽口をやりとりしていた。江田氏も私も、傍《そば》で笑っていたのだ。

そのとき、最終的に決定したスケジュールは次のとおりだった。

八月二十九日　新宿発二十二時四十五分。

　三十日　信濃大町《しなのおおまち》着。　バスにて大谷原《おおたにはら》へ。

　　大谷原→冷池《つべたいけ》→爺岳《じいがたけ》→冷小屋泊。

　三十一日　冷小屋→鹿島槍→八峰《はちみね》キレット→五竜岳《ごりゅうだけ》→五竜小屋。

九月一日　五竜小屋→遠見小屋《とおみごや》→神城《かみしろ》。松本《まつもと》発二十二時三十九分。

　二日　新宿着四時四十五分。

この予定はきわめて普通のコースである。なお、慎重な江田氏は私のために往路の夜汽車を三等寝台車にすることを主張した。

これは、普通三等車では、登山のための乗客で満員となり、その混雑で席がとれず、不眠をおもんぱかってのことだった。眠りが十分にとれないと、翌日の登山に疲労度が加わり、経験のない私が脱落するかもしれないと考えたのであろう。そのために、江田氏は奔走して苦心の上、寝台券を三枚手に入れた。これについて岩瀬君は、それほどまでにしなくとも、と多少反対するところがあったが、すべて初心者の私のためだというので納得した。もっとも、寝台券三枚は江田氏が料金を出してくれたので、彼も実は感謝していた。

いよいよ二十九日の晩、われわれは、新宿駅に集合した。その日を待っていた岩瀬君がいちばん喜んでいたようである。季節《シーズン》中には毎度のことながら、この夜行列車を待つ登山姿の乗客が、ホームから地下道の階段、通路に二列になって長くすわりこんでいる。早くから汽車の入構を待っているので、退屈と身体の不自由のためにすでに疲れた顔つきをしているのが多い。

そこへ行くと、われわれは悠々たるもので、遅く来てらくらくとした寝台に横たわることができた。登山客としては贅沢《ぜいたく》この上もない。少々もったいない気持である。

車内では三人でウィスキーの角瓶を一本空《あ》けた。江田氏が下段、岩瀬君がその上段、私は三つばかり離れた場所の下段に寝台をとった。岩瀬君は、その時も愉快そうに話をしていた。

私はあまり飲めないので、ウィスキーの酔いでまもなく眠りについた。

しかし、しばらくして便所に起きたとき、正面の出入口のガラスドアに人影が映っているのが見えた。それがどうも岩瀬君らしいので、ドアを開《あ》けると、やはり岩瀬君で、彼は二等車との間のデッキの上で、ぼんやり外を眺めていた。暗い中で、彼の喫《す》っている煙草《たばこ》の火が赤く呼吸していた。

「まだ起きていたのかい?」

私が声をかけると、彼はちらとふり返ったが、

「うん、少し酔ったので風に当たっている」

と、はずまない声で答えて、また外の方に顔を戻した。外は暗い闇が流れ、星のある空に山のわずかな黒い輪郭《りんかく》が動いていた。

私は眠いのと、岩瀬君の姿がひとりでたたずんでいるのを好んでいるふうに見えたので、それ以上話しかけずに自分の寝台に戻った。江田氏の寝台には幕が垂れ、中からかすかないびきが聞こえていた。通路の薄暗い電灯で腕時計を見ると、一時を過ぎていた。

「塩山《えんざん》、塩山」という駅員の眠そうな声を聞いてすぐに私は覚えがなくなった。

身体を揺すられて目をあけると、江田氏がもう身支度《みじたく》して立っていた。次は松本だというので、あわてて靴をはいた。眠っている間に着いたので、さっぱり距離感がない。窓の外を見ると、薄明《はくめい》の中を平野が走っていた。

岩瀬君も起きていて煙草をくわえていた。少し、ぼんやりした恰好《かっこう》だった。

松本駅に着くと、大糸《おおいと》線の電車がすでに発車ベルを鳴らしていた。ほかの連中にまじって、われわれもホームを駆けた。

電車の中は登山姿の人間とリュックとで満員だった。大町に着くまで立ちどおしだったが、ほかの連中は混みあう三等車で一夜を窮屈にかがんできたのにくらべ、われわれは寝台車でらくらくと手足を伸ばして寝てきたのだから、ずっと贅沢である。混んでいる車内では、三人ばらばらな所にいたが、江田氏は吊革《つりかわ》につかまって本を読み、岩瀬君はリュックの上に腰をかけていたようだった。


早朝の大町の駅前にバスを待っているのは登山者ばかりで、女性も多かった。すでに秋めいた冷たい空気が、この盆地の町におりていた。女性の身につけている赤い色が暖かさを思わせたくらいだ。

バスで約一時間、相変わらず立ったままだった。リュックが、人間と人間の間を岩石のように埋めている。土曜日なので、季節の終わりかけにもかかわらず、人が多いのであろう。ここでも、われわれは離れていた。

林檎《りんご》畑《ばたけ》や桑畑がしばらくつづくと、バスは山峡《やまかい》の中にはいって行く。陽《ひ》が射《さ》しはじめ、遠くの山頂の雲から色が輝きだした。いい天気である。道は狭くなり、坂になった。屋根の上に石をおいた鹿島の部落を過ぎると、人家は途絶《とぜつ》し、森林がはじまった。

終点の大谷原に着いて、昨夜以来の乗物の継続から解放された。みんなぞろぞろバスから降りて背伸びしていた。水のない、白いごろごろ石だけの川原《かわら》に小さなキャンプが一つぽつんとあって、幕の間から人の首が出てこちらを眺めていた。

バスから降りた登山者の半分は、朝食のため川原の石の上に散り、半分はそのまま山の方角に向かって出発した。

「ぼくらもここで朝めしを食べようか？」

江田氏が言った。

「そうですな」

私が賛成し、岩瀬君がうなずいた。このとき岩瀬君は白い石の上を歩いて行く登山者の黒い姿を何となく眺めていた。

江田氏がリュックから、昨夜新宿で買ったすしの箱詰めを出した。空腹だったので私はよく食べた。

「昨夜、よく眠れたかね?」

江田氏が私にきいたので、私は熟睡したと答えた。岩瀬君はコッヘルで湯を沸かす支度をしていたが、何とも言わなかった。私は彼が遅い時間にデッキに立っているのを見ていたが、何時に寝たのか知らなかった。

ここで約四十分を過ごし、ぼつぼつ周囲の人たちも立ちあがって歩きだしたので、われわれもリュックを背負った。背中にかかった五貫の重さがはじめて出発の意識を密着させた。水のない白い川を横切るとき、先頭に江田氏が立ち、次が私、後ろが岩瀬君だった。この順序は、最後まで変わらなかった。川のふちには、悪戯《いたずら》のように小石を積んだケルンがいくつもあった。

「かわいいもんだな」

江田氏がそれを見て、つぶやくように言うのが聞こえた。

小さなダムを過ぎてから径《みち》はたえず、川と森林の間につづいていた。それほどの勾《こう》配《ばい》ではない。そのせいか、江田氏の足はかなり早いように思われた。

「ちょっと休憩したいな」

岩瀬君がひとりごとのように言っているのが耳にはいったので、私は、前の江田氏にそれを取りついだ。

「そうか」

江田氏は、岩瀬君の方をちょっと振り返り、リュックをおろした。そこからは川におりることができた。

「浦橋くんもはじめてだから、この辺で休もう。西俣出合《にしまたであい》までちょうど半分来たよ」

江田氏は初心者の私に気を使ってくれた。ほかの何組かは、われわれの頭の上を通りすぎ、唄声が森林の中から聞こえていた。岩瀬君は岩の上に立ち、川を見ながら煙草を喫っていた。

「岩瀬君は少し元気がないようですね」

私は彼の姿を眺めて江田氏に言った。

「出発前にあんまり張りきった反動だろう。寝台でらくらくと眠ってきたから、身体の調子はいいはずだ」

江田氏は答えた。

「ぼくは夜中に目をさましたが、上段の彼は高いびきで眠っていたぜ」

私はそれを聞き、彼がまもなくデッキから帰って寝台に横たわったことを知った。

江田氏の言うとおりで、私自身は少しも疲れてはいなかった。

「さあ行こうか」

江田氏が出発を告げた。岩瀬君が黙って岩の上から戻ってきた。ふたたび、橅《ぶな》、栂《つが》、樅《もみ》の林の中を歩いた。川は径から離れ、崖《がけ》の下から音だけがしていた。そしてそこを歩いているのは、われわれ三人だけであった。径はしめっていた。

やがて、突然といった感じで渓谷《けいこく》が割れ、空がひろがった。川がすぐそこを流れ、吊橋がかかっていた。川の正面はV字型の山峡となり、その間に南槍《やり》と北槍の東尾根とが高く出ていた。

陽が完全にこの山の襞《ひだ》と色合いとを詳細に描き分けていた。黒い雲霧が裾《すそ》からしきりと上昇して、それを隠顕《いんけん》させた。

「さあ、ここで一休みだ。これからが大変だからな」

江田氏が私と岩瀬君に言った。

われわれが川のふちに出て石の上に腰をおろすと、それまで休んでいた若い男女の一組が出発した。彼らは真向かいの急な斜面の小さい径を登りはじめた。

われわれは西俣出合で四十分ばかり休息した。

この四十分の間に、V字型渓谷の正面をふさいでいる北槍の東尾根は、絶えざる雲の運動で部分を見え隠れさせていたが、われわれの休止の終わるころには全体の眺めが落ちついた。わずかに薄い霧が余煙のように岩肌をはいあがっているだけであった。陽が高くなり、山の翳《かげ》りの面積がずり落ちた。南槍と北槍の中間にある雪渓《せっけい》が輝いていた。

「今日は天気がいいな。ぼつぼつ行こうか」

江田氏が空を見上げて言った。

休止の間、われわれは川の冷たい水を飲み、水筒に詰めた。水は上流の雪渓の雪が溶けこんでいるので二分間も足を浸《つ》けていると赤くなり、痛さを感じた。

「これから先は水がないから、ここで水筒に十分に入れておくんだ」

江田氏が注意した。実際、その辺の石の上にも、水筒に水を補給せよと注意書がしてあった。

飲み水は氷のように咽喉《のど》に刺激を与えて快かった。岩瀬君は何度もコップに汲《く》んでは飲んでいた。よほどうまいとみえて、少し飲みすぎると思われるぐらいだった。

われわれ三人以外に、吊橋のかかっているこの川原には誰も残っていなかった。

「さあ、これからがちょっと大変だよ。急な上り坂がしばらくつづくからね。眺望はきかないし、苦労ばかりで、ちっともおもしろくない道だ。だが、そこを辛抱《しんぼう》して、高千穂平《たかちほだいら》まで登ると、すばらしい眺望が待っている」

江田氏は説明した。

「その高千穂平までどれくらいかかりますか?」

「三時間だね」

江田氏が先頭に立って歩きだしながら私に答えた。

その三時間の登りは想像以上に苦しかった。径は樹林帯の中にジグザグな急坂をどこまでもつづけていた。五分もすると汗が出はじめた。

樹《き》の重なりのほかは視界にはいるものはなく、変化もなかった。樹海は静止していた。一歩一歩這《は》いあがる作業だけが目的を感じさせる唯一《ゆいいつ》の動きであった。

前を登って行く江田氏の足どりには、山歩きに慣れた確実さがあった。山靴の運びに狂わないリズムがあったし、余裕があった。ときどき、その黒いアルパイン・ベレーがふり返っては、私と岩瀬君の様子を眺めた。

しばらくすると、私のあとに来ている岩瀬君がひどく遅れていることに気づいた。彼の焦茶色《こげちゃいろ》のシャツはずっと下方の樹の間でゆるく動いていた。私は、はじめ彼が何か気に入った植物でも見つけて道草を食っているのかと思った。

「岩瀬君は疲れているようだ。この辺で一休みしようか」

江田氏は立ちどまって言った。このとき、岩瀬君はいかにも大儀そうに登ってきていた。彼は口をあけ、顎《あご》からは汗が滴《したた》り落ちていた。

「岩瀬君、リュックをおろしたまえ、楽になるまで休むからな」

江田氏がいたわって言った。

岩瀬君は、そのとおりにリュックを肩からすべりおろし、草の上に身体を投げた。急な斜面のために彼の姿勢はまだ立っているような恰好であった。それから彼は水筒を口に当てて、咽喉を鳴らした。

われわれは二十分くらいそうしていた。ただ江田氏だけは、リュックを背負ったまま、ちょっと腰をおろしただけで、径からはずれた樹林の中をがさごそと音たてて歩きまわっていた。三人の若い男が登ってきたが、われわれの腰をおろしている傍をよけるようにして行った。

「お先に」

と、見知らぬ彼らは挨拶《あいさつ》を残した。

「じゃ、ぼくらも行こうか」

江田氏が岩瀬君を見て言った。岩瀬君はうなずき、身体を起こしてリュックをとった。

単調で、苦しい運動を要する歩行がまた始まった。どこまで登っても、樹林はいつ切れるともなくつづいていた。それでも少しずつ変化が現われた。樅《もみ》が減って、栂《つが》が多くなり、樹の背が低くなった。

しかし、相変わらず後尾の岩瀬君は、遅れがちであった。われわれは途中で、五六回くらい休止をした。そのたびに、岩瀬君はリュックをおろし、身体を横たえ、あかい顔に流れる汗を拭《ふ》いた。彼の水筒の水は四度目くらいでなくなった。あとは江田氏が自分の水筒を与えた。

岩瀬君は私よりは山歩きには経験者のはずである。その彼が私以上に疲労しているのを見て、少し意外だったが、彼にはこのように際限のない急斜面の登り道が不得手だったのであろう。江田氏の世話は、私よりもむしろ彼の方に向けられ、注意が払われた。高千穂平に登りつくまで四時間近くかかったのは主《おも》にそのためであった。

高千穂平からは急な登りでないため、少しは楽だったし、これまでの代償のように眺望がひらけたので愉しいコースであった。右手には南槍と北槍との隆起がつづき、その果てに東尾根の急激な傾斜が谷に落ちていた。左には爺岳《じいがたけ》の稜線《りようせん》がある。どの頂上にも岩壁にも明かるい陽が当たり、皺波《しわなみ》の陰《かげ》と明度とを浮彫りしていた。

岩瀬君もここからは少しずつ元気を回復したようだった。われわれはやはり縦列になって這松《はいまつ》の覗《のぞ》いている赤い岩の上についた道をたどった。苦労の末に脱出した樹林帯は、渓谷の下になだれをうって沈み、その上に陽が照りつけていた。その暑そうにあえいでみえる蒼《あお》い色のひろがりを上から見おろすのは、今までの仕返しのようで、ちょっと快《こころよ》かった。

江田氏は東尾根の稜線を指《さ》して、あれが第一岩峰で、あれが第二岩峰だと教え、そこに登った話などをひとりでしゃべっていた。実際、歩くにつれての周囲の眺望は、はじめて登山の実感を私に満たし、愉しさを湧かせてくれた。

赤岩尾根《あかいわおね》についたその径《みち》は、やがてはずれてトラバースみたいになると一つの鞍部《コル》に出た。

「ここが冷《つべた》の乗越《のっこし》だ。小屋はもうすぐだよ」

江田氏がふり返って励ますように言った。別の大きな稜線がそこで合していた。その主稜が信濃《しなの》と越中《えっちゅう》との国境だった。

この鞍部に立つと、左手には黒部《くろべ》の深い渓谷が陥没していて、その向こうに立山《たてやま》と剣《つるぎ》の連峰が真正面だった。これは雄大だった。右は今までわれわれの目についてきた南槍と北槍だが、陽の具合で大冷沢北俣《おおつべたざわきたまた》の斜面が黒い翼のような影《シャドー》をつくっていた。南の方には、爺岳の頂上があまり高くない位置にあった。

この稜線を歩いて行くうちに、ちょっとした樹林帯にはいったが、そこを抜けると小屋が目の前に突然といった感じで現われた。すでに傾いている陽に半面をくっきりと光らせたその小さな建物は久しぶりに人工的なものを見た安心を私にどこか与えた。この山裾にとりついてそこへ着くまで、われわれは八時間を要していた。

そこには濁った一坪あまりの小さな池があった。地図に載《の》っている冷池《つべたいけ》がこれだと江田氏は笑って言った。地図にあるくらいだから、もっと大きくて、もっと山湖を思わせるような深く澄んだ池だと考えていたのは私の錯覚《さっかく》であった。

その地図は五万分の一の《大町》である。鹿島槍、五竜岳の縦走はこれ一枚でたりるのだ。よけいな地図は不必要で邪魔だという江田氏の意見にしたがって、われわれはこの一枚だけを携行していた。

小屋では五十ばかりの頑丈な肩をしたおやじが迎えてくれた。土間にはいると、板敷きの広い宿泊室には、登山荷物がいくつか積んであった。客は三四人しかいなかった。今晩ここに泊まる予定で着いた者も、今は近くの山に散って歩いているのだとおやじは言った。

「爺岳に登ってみるか、往復二時間もあれば行ってこられるが」

江田氏が岩瀬君と私とを見くらべて言った。岩瀬君は頸《くび》を振って、

「ぼくはよそう」

と、短く答えた。そのとき彼の身体は非常に大儀そうに見えた。

私も疲れていたので、彼に同調して断わることにした。

「もう四時だからな、少し遅いか」

江田氏は時計を見て残念そうにつぶやいた。陽がずっと西へ落ちて赤味を加え、剣岳がぐっと黒くなってきていた。雲が黒部の渓谷に這いおり、少しずつ厚味を重ねていた。予定では、この小屋に到着するのが三時だったことを私は思いだした。

「予定より一時間遅くなりましたね」

私が言うと、江田氏は、

「ああ、はじめての君はともかく、岩瀬君があれではね」

と、低い声でぼそりと言った。あんがいだ、という顔つきがやはり出ていた。

その夜は、小屋の薄い布団《ふとん》の上でごろ寝をした。いざ寝るときになってみると、広い板の間は人間で足の踏み場もないぐらいに混みあった。

はじめ容易に私は寝つかれなかった。背中をノミが這いまわっているのがまず気に

かかった。それから人の話し声がする。山の自慢話ばかりだった。

遅くなると、それは小さな声でささやかれたが、そんなぼそぼそ声がよけいに耳についてて神経にさわった。関西の人が来ているとみえて、大阪弁のもつ粘液性の話し方がそのいらだちを掻《か》き立てるようだった。

私は寝返りを打ったついでに隣に寝ている岩瀬君を見ると、薄暗いランプの光の中で、彼の目が天井を見つめて開いているのを知った。彼もやっぱり話し声が耳にはいって眠れないのだと私は思った。

江田氏は軽いいびきを立てて熟睡していた。こういう山小屋の習慣にはいかにも慣れているような眠り方であった。

2

翌朝、われわれは七時すぎに冷小屋を出発した。岩瀬君は元気そうにしていた。が、私は昨日の疲労が足や腰に鈍痛となって残っていた。

この日は朝から空が曇り、うす陽が射していた。上々の天気ではない。昨日は全体をはっきりと見せた周囲のどの山も、鉛色の重々しい厚い雲海に閉ざされていた。風までが何だかしめっぽく思われた。

灌木帯《かんぼくたい》の中を一時間ばかりすすむと、道は布引岳《ぬのびきたけ》を過ぎて赤茶色をした小石の多いガレ場となった。

このあたりに来ると、不意に私の耳にサイレンの音が聞こえた。私はおどろいて足をとめた。

「大町の工場のだね」

江田氏が言った。なるほど、それは、はるか下の方から伝わってくるという感じだったが、あの大町の騒音が二千数百メートルの高差のある辺まで聞こえることが、奇異な感じであった。

私は、モンブランの頂上に登って行く登山者の耳に、麓《ふもと》の村落のチャペルの鐘が聞こえてくる外国映画を思いだし、ロマンチックな気持になった。

剣、立山の連峰は妙にくろずんだ雲に前面を張られて見えなかった。それは、最後まで変わらなかった。

小屋を出て二時間もすると、われわれは大きなケルンのある南槍の頂上に立った。そこは小さな平地になっていたが、周辺の眺望はさらに雲に閉ざされてまったく利《き》かなかった。

「あいにくの天気だったな」

と、江田氏は雲ばかりの展望を眺めて言った。

「ここからは北アルプスの山が全部見えるんだ。ここから見えない山は、モグリだというぐらいだからね。残念だな」

岩瀬君は呆然《ぼうぜん》として腰かけて眺めていた。

この時になって風の吹き具合が強くなっていることに気づいた。それは正面から吹きあげてたたいてくるような湿気《しっけ》を含んだ風だった。ガスが白い煙のように谷間から上昇し、われわれの方に向かって流れてきた。

「これはいけない。天気が悪くなった」

江田氏は顔をしかめた。

かまわない、予定どおり進もうと言いだしたのは岩瀬君だった。彼の顔には、昨日とはまるで違う精気のようなものがみなぎっていた。

しかし北槍をすぎたあたりから、白いガスがしだいに濃くなってきたようだった。眺望はいよいよ利かない。ただ、行く手の径が急傾斜で下降し、その二十メートル先は白い霧の中に消えていた。風が強いため、霧は激しい動きで巻いては流れた。

「危ないな」

江田氏が危ぶむように歩みをとめて言った。この尾根道の両方は急峻《きゅうしゅん》な渓谷に落ちこんでいて、ことに北壁《ほくへき》の方からはげしい風が吹きあがっていた。

その風のために霧が揺れ、瞬間的に下方に裂け目を起こした。薄くなった霧の亀裂《きれつ》からは、岩壁の一部がのぞいたが、それは、はるか足もとの下の方だった。白い雪渓が、ずっと下に遠い距離で見えたとき、かすかな恐れが私にも起こった。私の身体が風に吹き倒されて、この霧の巻く急斜面の壁を転落して行く幻覚が起こった。

「引き返そう」

江田氏は言った。が、われわれのリーダーに反対したのは岩瀬君だった。

「大丈夫ですよ。行こう。せっかくここまで来たんだもの、引き返すテはないと思うな」

彼の口調《くちょう》は昂然《こうぜん》たるものがあり、江田氏の躊躇《ちゅうちょ》をわらっているようなところがあった。それは東京出発前のきおい立った岩瀬君にまったくかえっていた。

この時、ふたりの男がわれわれの傍をすり抜けて先に行ったのが、岩瀬君の主張を勢いづけたようだった。

「そら、あの連中だって行ってるだろう。行こうよ、江田さん。引き返すよりも、キレット小屋に着いたほうが早いよ」

岩瀬君は口をとがらせた。

実際、われわれは冷小屋を出てここまで三時間を歩いていた。ところが、ここからキレット小屋までは、せいぜい三十分の距離だった。もとの冷小屋に戻るにはふたたび三時間を要する。引き返すとなれば往復の六時間がまったく無意味となるのにくらべ、一方は三十分で目的を遂《と》げるのである。

この時間の絶対的な比重が、私にも岩瀬君の主張に賛同させ、江田氏をも動かしたようだった。

「じゃ、もう少し行ってみるか」

江田氏は、しかし、慎重に言った。

「だが、これ以上、天候が悪くなったら、あっさり諦《あきら》めて引き返すんだよ、いいな?」

岩瀬君は、素直にうなずいた。行きさえすればどうにかなる、といった承知の仕方であった。

雨滴が頬を打った。

「ヤッケを着よう」

江田氏が言った。われわれはリュックをおろし、ウインド・ヤッケをとりだして上から着た。

腕時計をめくると十時二十分になっていた。その時計のガラスの上に雨が落ちた。

江田氏を先頭に、私、岩瀬君という順序はこれからも変わりはなかった。われわれはガスが濃くなってゆく吊尾根《つりおね》を北に向かって歩いた。この岩稜についた足場はしっかりしているが、今まで二十メートル先に見えた道は十メートルくらいに縮まった。右も左も白いガスが立ちこめ、風だけが強く下から突き飛ばすように吹きあがった。もはや、その風のためにガスに隙間《すきま》が生じるということはなかった。それほどガスの密度は濃くなり、右の信州側の絶壁も、左の黒部の渓谷に落ちこむ岩壁も完全に閉じこめられた。名にし負う北壁からカクネ里《さと》につづく足もとの急激な落下が、視界から遮閉《しゃへい》されていることで、よけいに断崖の上を行く高所の想像を私に起こさせた。

われわれは速度をゆるめたが、私にはかなり長い距離を歩いたように思われた。ガスが前面を流れ、その移動の中で、黒くなったり白くなったりした。

雨が前よりは激しく降ってきた。私が恐れで声を立てる前に江田氏のふくれあがったリュックの背中が立ちどまった。

「引き返そう」

江田氏はふりかえって言った。

「これ以上進むのは危険だ」

その目に私は同意したが、後ろの岩瀬君の声が反対した。

「もうすぐですよ。もう二十分も歩いたらキレット小屋に着く。行きましょう」

岩瀬君は実際に二三歩近づいていった。

「しかし、こう悪天候になっては危ない。雨もひどくなりそうだ。無理をするのはよくないよ。諦めよう、岩瀬君」

「大丈夫ですよ、江田さん。あと二十分だ。二十分がんばればいい」

岩瀬君は主張した。

「よそう。道はこれから険《けわ》しくなる。キレットが危ない」

かつては通行不可能とされた八峰キレットの深い抉《えぐ》り込みが、教えられてきた私の目にも恐ろしげに浮かんだ。悪場の岩壁に、鉄線がとりつけられているということだが、そこで雨と風に巻かれて這っている自分を想像すると足がおびえた。

「でも、引き返すのは大変だ。また三時間も歩かねばならないからな」

岩瀬君はまだつづけた。

「三時間かかっても、安全な方がいい。危険な二十分よりはずっといい。生命を落とすきっかけは、ほんの一秒か二秒の瞬間だからね」

江田氏は押さえるように言った。

「そんなに危ないかな、大丈夫だと思うがなあ」

岩瀬君は諦めきれないという調子で口をとがらせた。

「ぼくの言うことをきいてくれ、浦橋君もいることだからね、危ない真似《まね》はよそう」

江田氏は、強い口調になり、完全に身体の姿勢を変えた。

「ぐずぐずしてはいられん。この辺だって危ないぞ。ぼくが先に行く。さあ、引き返すんだ」

事実、雨はこのとき多くなり、風のはげしさが加わってきたようだった。江田氏の語気は命令的となり、元の方角へ行くその後ろ肩の恰好には、リーダーとしての責任が石のように充実して見えた。私は、ほっとした。

われわれは北槍に向かって歩きだした。むろん、三十分前に踏んだばかりの北槍の頂上はおろか、その所在すら分からなかった。白い壁は厚くなり、雲の中を歩いているみたいだった。方角が逆になって、北壁の奈落を左にたえず感じた。この時、私に新しい恐れが生まれた。

「足もとに気をつけろ、踏みはずさぬように用心しろ」

江田氏が前かがみになりながら、先頭から注意を送った。われわれは盲人のようにピッケルを杖にした。ガスは足を中心に数メートルの隙《すき》を残してくれているだけだった。雨と風の方向も逆となり、背後からたたいた。後ろから来る岩瀬君はまったく沈黙した。

私はふるえはじめた。それは恐怖のためだけではなく、肩から冷たくなってきたからだった。雨がヤッケを浸透し、シャツを濡《ぬ》らして皮膚に来たのだ。

私が歯をがちがち鳴らせて五六歩行ったところで、江田氏がふり返った。

「寒いか?」

江田氏はまるで知ったようにきいた。

寒い、と私が答えると、

「みんなここで厚いシャツに着替えよう」

と、やはり命令的に言って、自分から背中のリュックをおろした。

われわれはかがんで、びしょ濡れのシャツを脱いだ。純毛のシャツ、セーターをリュックから出してかわりに着た。この着替えは強まった雨の中でおこなわれた。

道を元の方向に進むにつれて、見覚えの個所を私はときどき発見した。岩の具合や這松《はいまつ》の恰好で通り過ぎた場所であることを思いだした。そしてこの道が吊尾根であるのを知った。来る時は、それでも、もっと周囲の視界が広かったが、今は心細く極限に閉鎖されていた。

いちばんいちじるしかったのは、登りにかかってのガレ場で、これは来るときには南槍から下《くだ》ったさいに靴で踏んだから記憶があった。今は赤茶色のどの岩にも石にも草にも雨がたたきつけ、狭い道は水が流れていた。

南槍の頂上はすぐだ、と私は思った。しかし、頂上の姿も、大きなケルンも、ガスの奥に埋もれて見えはしなかった。

「江田さん、南槍はもう近いでしょう?」

私は確かめるように、前に声をかけた。

「そう、すぐだ」

江田氏はやはり前かがみに歩きながら答えた。アルパイン・ベレーからは水がしきりと落ちていた。

私は、それを告げるために岩瀬君をふり返った。だが、ガスにつつまれて、岩瀬君の姿は見えなかった。われわれはしばらく待っていた。その時間は意外に長かった、しばらくして、彼は白いガスの中から大儀そうに歩いてきた。それはさも引き返すことに不平をあらわしているような恰好に見えた。

「おい、岩瀬君、南檜がすぐだよ」

私はなだめるように言った。岩瀬君の顔は雨の中でちょっとうなずいたようだった。その姿は不運な山登りに来て、腹が立ってたまらぬというふうにもとれた。当然のことながら、他のパーティーには出あわなかった。

やがて登りきると平らなところに出た。風が強く、雨がさらに横なぐりとなり、白いガスが近いところで渦巻いていたが、そこは南檜頂上の小さな広場に違いなかった。が、その位置に来ても、われわれが休息して眺めた二メートルの高さのケルンは視界にはいらなかった。

私は心覚えの方に少し歩いた。すると何歩か先に、ケルンの輪郭が霞《かすみ》の中の塔のようにうすれて見えた。

ケルンは確かに在《あ》った。間違いなくここは南檜の頂上だった。

私は腕時計を見た。十二時を五分すぎていた。来る時には冷小屋《つべたごや》からここまで二時間を要している。帰りは下りだからもっと時間が少なくてすむかもしれない。いや雨だから同じことかな、などと思った。

「元気を出そう」

江田氏が私の近づくのを見て言った。岩瀬君と二人で立っていた。

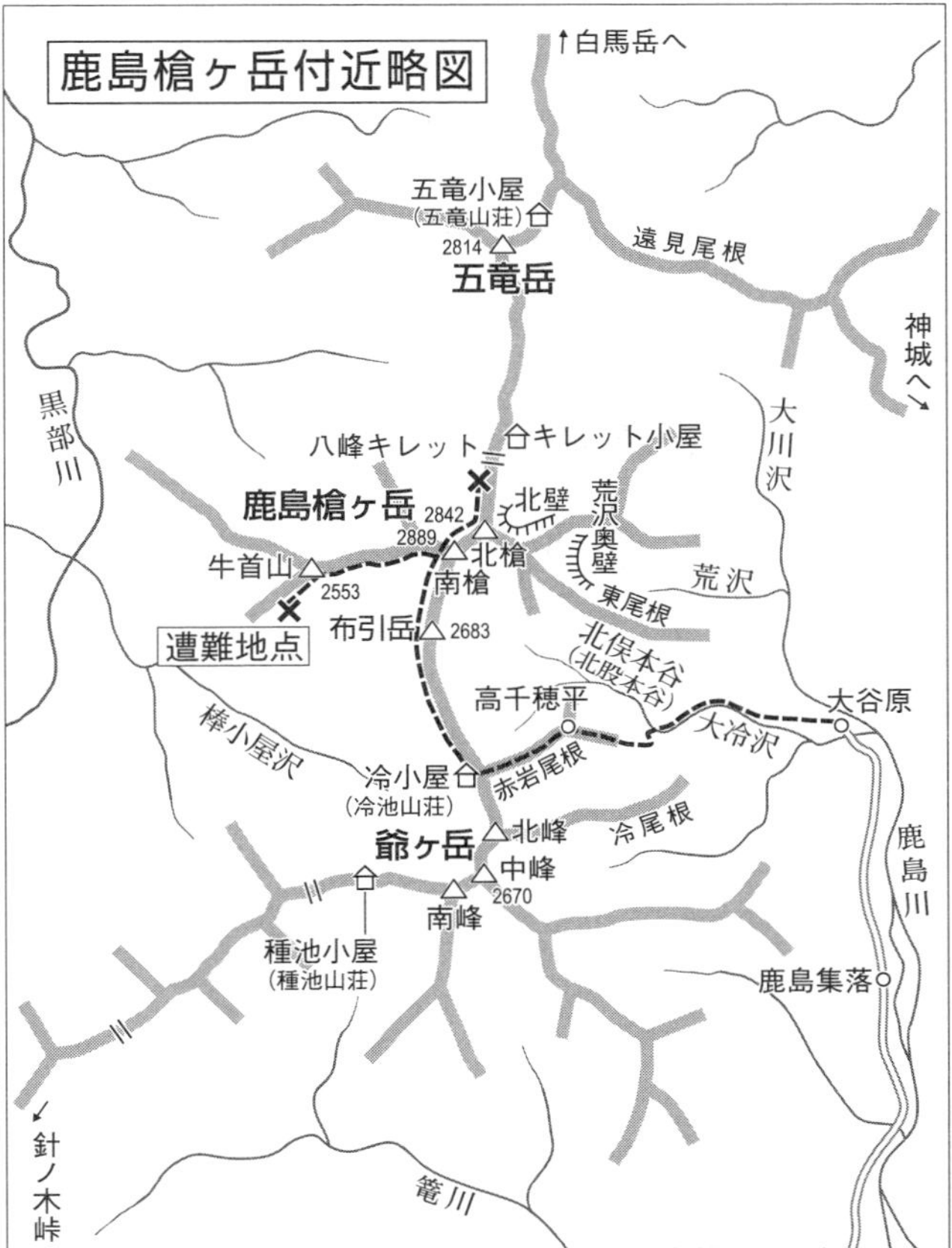
鹿島槍ヶ岳付近略図
↑白馬岳へ
五竜小屋
(五竜山荘)
2814
五竜岳
遠見尾根
神城へ↘
黒部川
大川沢
八峰キレット
キレット小屋
鹿島槍ヶ岳
2842
北壁
荒沢奥壁
2889
北槍
南槍
牛首山
2553
遭難地点
布引岳
2683
荒沢
東尾根
北俣本谷
(北股本谷)
高千穂平
大谷原
大冷沢
棒小屋沢
冷小屋
(冷池山荘)
赤岩尾根
爺ヶ岳
北峰
中峰
2670
南峰
冷尾根
種池小屋
(種池山荘)
鹿島川
鹿島集落
↙針ノ木峠へ
篭川
信濃大町へ↓

「もう一息だ。煙草を喫《の》みたいが、それもできないし、ひどい目にあった」

江田氏は雨にたたかれている頰に苦笑を浮かべた。

「登りがしばらく続いたから、少し足ならしをしよう」

それから江田氏にしたがって、足踏みのようにわれわれはその平地を二三回歩きまわった。

江田氏は、行こう、とかけごえをかけて破片岩の勾配をくだりはじめた。

冷小屋から南槍への道を、われわれは布引岳を経てきたのだが、それは黒部側の斜面につけられた径《みち》であった。信州側は大冷沢《おおつべたざわ》への渓谷がそぎ落ちているのにたいし、黒部に面している方がゆるやかな傾斜になっているためだ。

その道を、来たとおりにわれわれは戻っていた。道の幅といい、傾斜といい、いちいち覚えがあった。ガレ場というほどでもないが、破片岩と這松の尾根で、今度は、左が大冷沢の巨大な岩壁のはずであった。むろん、白いガスがその急激な谷を隠していた。

雨は相変わらず降っている。霧もやはり周囲を塗りこめている。ただ風の調子が変わって、急に弱まったように思われた。

われわれは、黙々と歩いた。先頭の江田氏の靴の運び方は依然として正確で、リズムに狂いはなかった。私はそれを真似ようと努力した。ヤッケはびしょ濡れとなり、下半身は川を歩いてきたように水浸しであった。凍るような冷たさが股から腿《もも》にかけて滲《し》みこんだ。私は 腓《ふくらはぎ》 が少しずつ硬直してくるのを覚えた。それで江田氏との間が離れがちになった。

後ろを見ると、岩瀬君はもっと私から遅れていた。彼の身体は、揺れながらピッケルを突いて歩いていた。私はこの時はじめて、彼がさっきから疲れていることをさとった。不平そうに歩いていると思ったのは、実はあの時から疲労していたのであった。

「江田さん」

私は前を進んで行く江田氏を呼んだ。

「岩瀬君が疲れているようですよ」

江田氏は立ちどまって、私の肩越しに岩瀬君を眺めた。それから戻ってきて、私の脇をすり抜け、岩瀬君の傍に行った。

「君、大丈夫か?」

江田氏は岩瀬君の肩に手を置き、下から顔を覗きこむようにした。

「大丈夫ですよ」

岩瀬君は身体をやや立てなおすようにして答えた。その姿勢も、語調も、私より山登りの経験者であることを表示しているみたいだった。

「そうか。君、リュックをおろせよ。ぼくが持って行ってやろう」

この江田氏の親切な申出《もうしで》も、岩瀬君は頸を振って断わった。

「そうか。じゃ、がんばってくれ。もう一時間も歩いたら布引《ぬのびき》だからな」

江田氏はついでに私の様子にも気づかうように目をくれ、リュックを重そうに揺すって、ふたたび先頭の位置に戻った。


われわれはその方向に向かって長いこと歩いた。風も雨も弱まったが、流動するガスの壁は少しも薄くはならなかった。

その径が布引岳に向かっていることに、私は疑いを起こさなかった。勾配の起伏といい、破片岩といい、這松といい、たしかに記憶があった。まさしく冷小屋、布引岳、南槍の往路を逆にかえって行っているのであった。

岩瀬君は遅れがちに後ろから歩いてきた。彼の姿勢は、以前よりまた崩れていた。五貫のリュックの重味がいかにも負担だというように腰を曲げ、ピッケルを杖に、泳ぐような様子で歩いていた。疲労は私も同じだったが、彼のそれは私の倍くらいに見えた。

江田氏は足の速度をゆるめて前を歩いた。二人の後続者のために歩調を合わせていたし、頻繁《ひんぱん》に振り返ってはわれわれを観察し、間隔の狭《せば》まるのを待ったりした。

「おい、布引だぞ。もう小屋まではすぐだ」

江田氏は大きな声を出して後方を励ました。

布引岳は緩慢《かんまん》な頂上であった。来たときもそうだったように、われわれは小丘を越すようにそこを通過した。

腕時計を見ると、二時十八分を指していた。時間的にも、布引岳がそこに在るのと合致していた。

布引岳を越すと、ゆるやかな下りには、相変わらず、ガラガラ石と這松の間の径がつづいていた。この後立山《うしろたてやま》の縦走路は、私の往路の覚えによると、まもなく灌木帯の中にはいるはずであった。

まさしく、そのとおりに灌木帯にはいった。背の高さくらいの低い林の中を歩きながら、私は安心を覚え、勇気が少しずつ出た。そこを突き抜けると、冷小屋に到着するはずであった。

雨はやはり降っていた。前ほどの激しさはなかったが、ジャケツと純毛シャツの下が冷たくなった。背中だけが、リュックのために乾《かわ》いている感じであった。

江田氏はまっすぐに歩いていた。今までの行動で、三人の小さなパーティの引率者として申し分のない資格を私は彼に認めていた。多年の山歩きの経験者だけに、今でも、小屋を出発したときと同じように足の運びは正確であった。リュックを背負い、ピッケルの先を軽く地面に立てて歩く江田氏の後ろ姿は、日ごろ、銀行の机で帳簿を見ているときの恰好からは、およそ想像もつかないくらい、かけ離れてたくましかった。

岩瀬君は、やはり遅れた。彼の疲労は、はっきりと姿に現われていた。身体がぐらぐら揺れ動いていた。それはあえぎながら歩いている、という言い方が当たった。

「もう、すぐだよ、岩瀬君。小屋がもう見えるはずだ。がんばれよ」

私は、岩瀬君に言った。私の方が彼よりは山の経験が浅かったが、激励は逆の立場であった。それほど彼は疲れていて、杖にしているピッケルに全身の力を託しているといった歩き方であった。

しかし、行けども行けども灌木帯はつづいていた。私は疲れのために、最初それをよけいに長く感じているのかと思った。が、あまりに長かった。もうとっくに、灌木帯が切れて、冷小屋が見えてよいはずであった。

時計を見ると、三時を過ぎていた。変だな、と思った。あたりのくらさが、濃くなってきたようだった。

前を歩いて行く江田氏が速度を急に落とした。それは後続者を待っているという緩《ゆる》め方ではなくて、疑問を感じてそうしたという様子であった。

「おかしいな」

江田氏は立ちどまって、はっきりつぶやいた。

「どうしたのですか？」

私は傍に追いついてきいた。

江田氏は、すぐにはそれに答えず、頸をきょろきょろまわした。が、むろん、周囲には雨とガスが立ちこめて眼前の倭小《わいしょう》な黒い林以外に何も見えるわけはなかった。

「道がおかしいのだ」

江田氏は低く言ったが、

「まあいいさ。もう、ちょっと歩いてみよう」

と、ふたたびもとの足どりで歩きだした。

私はこのときまでは不安を感じなかった。道を間違えたとは思わない。この灌木帯にはいるまで、往路の特徴を記憶していて、そこを歩いてきたのだ。第一、布引岳のゆるやかな頂上をたしかに越したのだ。径は一本道であった。

雨は降りつづいていた。あたりがさらに暗くなってきたのは、濃密な雲霧のはるか上の方で、見えざる太陽が落ちかけているのであった。

3

われわれはその径《みち》が冷小屋に向かっていることを、それからもかなり長い時間信じていた。傾斜の角度も、灌木帯の様相も、あまりによく似ていた。何かの都合で、小屋に出るのが暇どっているのだと考えて歩いていた。

その時間は、同時に岩瀬君の疲労が急速に進行している途上であった。彼は、遅れた後尾から、全身の力が脱けたという恰好で、よたよたと歩いていた。それはすでに登山者の意志を喪失《そうしつ》した、ひとりの落伍者の姿だった。

「岩瀬君、じきに小屋が見える。がんばれ」

私は、顎をつきだし、あえぐように口をあけて、ピッケルに重心をかけてやっと足を前に動かしている彼を励ました。私自身も、この灌木帯がまもなく切れて、小屋が見えることを疑わなかったし、非常な疲労を、それに希望をかけて、辛抱していた。

それにしても、岩瀬君の弱り方はひどかった。彼の山登りの経験からすれば、中級者であるにもかかわらず、初心者の私よりも何倍かのまいりようだった。彼が日ごろ吐いている山の経験がうそなのか、あるいは何か特別な悪い条件が彼の肉体にだけ起こっているのか、私にはよく分からなかったが、とにかく予想外の現象だった。

江田氏が岩瀬君の方に戻って、手をさしだした。

「おい岩瀬君、リュックをおろしたまえ。ぼくが持って行ってやろう」

岩瀬君は拒《こば》みもせず、黙って肩の荷を滑り落とした。彼は意地も張りもないという顔をしていた。その弛緩《しかん》した表情は、登山家の面子《メンツ》を自分からまったく放棄していることを示していた。

江田氏は自分の五貫目のリュックの上に、岩瀬君の同じ重さのリュックを積み上げ、強力《ごうりき》のような恰好で前進をはじめた。それでも空身《からみ》になったはずの岩瀬君は、相変わらず、後ろから、よろけるように歩いていた。

雨はやんだが、かわりに冷たい風が強くなった。あたりはガスに閉じこめられたまま、暗くなりかけてきた。

「しまった」

江田氏が突然、立ちどまって言った。

「道を間違えたらしいぞ」

おどろいて私は江田氏の傍に行った。なるほど径は、それから先が不意に細まって急な斜面のブッシュの中に消えていた。冷小屋からの往路には、こんな地形はなかったのだ。

「しかし」

私は半信半疑で言った。

「布引を越えたのは確かでしょ？　あのガレ場も這松も、冷小屋からの尾根道でしたよ。それをまっすぐに歩いてきたんだから……」

「そう、布引を越したのは確実だ。その一本道をたどってきたんだから、間違うはずはないのだがな」

江田氏は首をひねっていた。

「もう少し行って、様子を見るか」

江田氏はつぶやくように言って足を進めた。しかし、今までよりはずっと遅く、調査するような歩き方であった。

三十メートルも進んだころ、径が急に左へ分かれるようについていた。

「やっぱりこっちへ行くのかな。少し変だと思ったよ。君、こっちだ」

江田氏はふたたび自信をとり戻した足どりになった。前面を張ったガスの壁がしだいにくろずんできて、足もとが薄暗くなった。

しかし、密生した灌木帯は容易にわれわれを解放しなかった。振り逃げようとするわれわれの足をあざけるように果てしなく連続していた。径だけが、その中を心細く通っていた。

「いけない」

江田氏が声をあげた。

「どうしたのですか？」

私が追いついてきくと、江田氏は前方を指した。径がそこで頼りなく消えていた。

「ケモノ道だよ、これは」

「ケモノ道？」

「羚羊《かもしか》とか、熊《くま》とか、そのほか、この山に生息している動物が自然と足跡で踏みならした道だ。人間のつけた道とよく間違えるのだが。……君、何時だ、今？」

「五時三十分です」

私は時計の針をすかしてみて答えた。

「そんなになるのか。どうも、変だ、変だと思っていたが、完全に道を南槍から間違えたのだ」

江田氏は歯をむきだすように言った。

「え、南槍から？　だって布引を……」

「いや、布引と今の今まで思っていたのが錯覚だった。あれは、君、牛首山《うしくびやま》だったんだ。ガスで見当が分からなかったのだ」

「牛首山？」

「そう。布引岳とよく似ているのだ。高さも同じくらいだし、恰好もね。おまけに、南槍から来る尾根がゆるやかで広いから、径をあやまるし、破片岩のあるのや這松の生えているのもそっくりだ。君、われわれの足の下は黒部渓谷だよ」

それを聞いて私は驚愕《きようがく》した。

冷《つべた》から南槍、北槍、八峰キレット、五竜岳のいわゆる国境主稜線《しゆりようせん》の縦走路は南北に走っているが、南槍から支稜がぐっと西に突き出て、その端が黒部渓谷に段崖となって落ちこんでいる。冷小屋に出ないはずだった。われわれは、その南槍から西へ分岐《ぶんき》した稜線を、ひたすら歩いてきたのであった。牛首山は、その支稜の途中にある。視界を密閉した厚いガスのために、ベテランの江田氏が牛首山まで布引岳と誤認したのである。

「君、地図はないか？」

「地図ならありますよ」

私はビニールのサックにたたんで入れた地図をさしだした。江田氏は二人ぶんのリュックをおろし、中から懐中電灯をとりだして地図に光を当てた。

「これじゃない。これは《大町》だから役に立たん。その隣の《立山》が必要なんだ。この辺は《立山》の地図でないと載っていない」

江田氏はもどかしそうに言った。

「だって《立山》はあなたが持ってくる必要がないと言われたから、指示どおり、《大町》だけを持ってきました」

私は言った。すると江田氏はがっかりしたような顔つきになって、

「そうなんだ、普通、五竜までのコースなら《大町》だけでいいんだが、牛首は《立山》にはいっているんだ。弱ったな。やっぱり両方持ってくればよかった。具合のわるいときにはまずいことが重なるもんだなあ。岩瀬君も持ってきていないだろうな?」

「それは同じでしょう」

「仕方がない。とにかく、道を引き返して、また、南槍にいちおう出るよりほかはない。すまないことをした。ガスで迷ったとはいえ、ぼくがヘマをやったばかりに、とんだ迷惑をかけた。すまない、すまない」

「それは仕方がありませんよ」

私は江田氏の謝罪をさえぎった。このような悪天候の条件の中では、避けられない不可抗力なのだ。いかなる山の経験者でも、これくらいの過誤はきわめてありうることだった。

「暗くなったね。すぐ引き返そう」

江田氏がふたたび二人ぶんのリュックを負い、戻りかけた。

すると、岩瀬君は地面にすわったまま立とうとはしなかった。立ちあがれなかったのだ。このときになって、彼が重大な状態に陥《おちい》っていることに、江田氏と私とは、はじめて気づいた。

「どうした、岩瀬君、しっかりしろ」

江田氏は彼の肩をつかまえ、強く揺すった、岩瀬君は完全に力つきた姿で、幼児のようにすわりこんでしまった。もう一歩も動けぬことが分かった。

「いけない！」

江田氏が岩瀬君の顔に懐中電灯を当てて叫んだ。光の輪に浮かんだ彼の表情は虚脱したような目つきをし、がたがたと胴ぶるいしていた。

江田氏はリュックを投げだすと、岩瀬君の肩をたたき、背中をこすりはじめた。

「浦橋君、その辺にやすめそうな平らなところはないか、探してくれ」

私は懐中電灯を照らしながら、ブッシュの中を当てもなく踏み分けた。まもなく、灌木の茂みが薄くなった一坪ばかりの平地が見つかった。が、私の胴体も、恐れと寒さで、ふるえていた。雨はあがったが、濡れた衣類は身体に密着し、凍《こお》るような冷たさを押しつけてきた。

私が報告すると、江田氏は岩瀬君を肩にかついで、その場所に移した。岩瀬君はそこでぐんなりと横になった。

「おい、眠るな、眠ったら死ぬぞ」

暗いから、もはや、懐中電灯でも当てぬかぎり、お互いの顔は分からないが、死ぬぞ、と言われて私は激しく顔を運動させた。

「浦橋君、ぼくはすぐに冷小屋に救援を頼みに行ってくるからな。岩瀬君を頼むぞ」

さすがの江田氏も声に息切れがしていた。

「ぼくが帰ってくるまでここを動くな。かならず動かずにここにいるのだ。いいな！」

江田氏は力をこめてどなるように言った。

「岩瀬君が動こうとしたら、君がとめるのだ。どんなことがあっても動いてはいけない。救援隊をすぐに呼んでくるから、それまでがんばってくれ。君も眠るな。岩瀬君も眠らしてはいけない。分かったな！」

江田氏の言いつけで、三人のリュックは内容物をことごとくほうりだし、空《から》になった袋の中に岩瀬君と私はそれぞれ足から腰までずぼりとはまりこんだ。一枚は岩瀬君の尻《しり》に当てた。

これだけの処置がすむと、江田氏は、動くな、とくどいくらいに繰り返して、懐中電灯を振りながら、暗がりの中を大急ぎで去った。

闇が急に巨大な生物となってせまってきたのは、それからである。私に恐怖がふくれあがった。岩瀬君は間断なく胴ぶるいしていた。

江田氏が冷小屋に救援隊を頼みに行って、ここに引き返してくるまでの時間がどれくらいかかるものか、私には見当がつかなかった。が、それはたいして長い間ではないと私には思われた。計算は私の頭から消え去って、まるで東京の近くで人を待っているような時間を予想していた。

しかし、夜がしだいに私の頭の上から圧《お》しかかってきた。それは途方もない広がりと無限の量感をもっていた。風は凄《すさ》まじく鳴っていた。それが夜自身の吠《ほ》える声に聞こえ、日ごろ詩を感じさせてくれている夜は想像もつかない反逆を狂暴にぶっつけてきた。荒涼《こうりょう》たる夜が、幾千幾万倍かにたかまって、私の神経を攻撃した。

私はリュックの袋に足をつっこみ、身を小さく屈《かが》めたまま、目を閉じ、両耳を塞《ふさ》いでいた。それでもこの深山の夜が私の身体をつかみ、谷底にひきずりこんでたたきつけるような錯覚に襲われた。耳をちょっとでもあけると、獣の唸《うな》りとも何とも得体《えたい》の知れぬ轟音が四囲《まわり》から湧きあがるのであった。

もはや、岩瀬君を見ている勇気は私にはなかった。山と夜と風が荒々しく駆けまわっている底で虫のように背を曲げて、われとわが身体にしがみついていた。その孤絶に、気が狂いそうな恐怖がつきあげた。

そのうち私の感覚から、氷のような寒さが遠のき、たいそう快い倦怠《けんたい》がひろがってきた。死ぬのかな、と思った。面倒くさいから死んでやれ、とその惰眠《だみん》に引きずりこまれようとしたとき、私は、うつらうつらとしながら耳もとで何かの唸り声がするのに気づいた。それは岩瀬君の声だった。

「おい、戸を閉めろ」

と、岩瀬君は大声で叱っていた。

「早く、早く。早くしないとあいつらがはいってくるぞ。ばか!」

岩瀬君は幻覚に向かって手を振っているようだった。その叫びを聞いた瞬間、私はぞっとして、死んではならないと気づいた。正気づくと、恐怖がまた奔騰《ほんとう》してきた。

岩瀬君はすぐ静かになり、寝息を立てはじめた。私はその寝息のやんだときの重大さを思い、それだけは耳から放すまいと聞き入った。寝息は鼻を鳴らして異様だった。

やがて離れたところで数人が声を合わせて笑っているのが耳にはいった。彼らはがやがや言っていた。そのとき、私はそれをふしぎとは思わなかった。すぐ下で、人が車座になって雑談しているなと思っていた。その辺だけ夜が明けたように薄い光が射していた。

があう！　というような叫びをあげて岩瀬君が突然に起きあがった。その声に私の衰えかけた神経が不意に刺激をうけると、今までの人声も薄明かりも消え、暗黒の中で岩瀬君がリュックの空袋から足を脱ぐところだった。

「おい、岩瀬君！」

私は声をかけたが、むろん、その反応はなかった。彼は立ちあがって、ウインド・ヤッケを脱いでいた。それから、下のジャンパーを脱ぎはじめた。さも暑くてたまらぬ、といった面倒くさそうな脱ぎ方であった。

また奇妙なわめき声が彼の口からほとばしり出た。と同時に、彼はふらふらと立ちあがると、消えてしまった。ブッシュの中を、よたよたしながら駆け去ってしまったのだ。はじめて現実の人間が実際に立てる音を私は聞いた。灌木の小枝が折れる音がし、葉がすれる音を激しく立てた。暗いから彼の走る姿は見えはしない。それが岩瀬君の死への疾走であった。

私の恐怖はさらにつのった。いまや、私は、たったひとりで取り残されたのだ。私は岩瀬君の残したリュックをとって、頭からその空袋をかぶった。あらゆる感覚を私は身体から殺そうと計った。視覚、聴覚、触覚、それから自《みずか》ら狂いそうな思考力、もうどれかが一つでも生きていると、私も岩瀬君のように駆けだす衝動を起こしそうだった。

江田氏が救援を頼みに立ち去ってから、この間どれくらい経過していたか、はかることができない。しばらく時間が経《た》ってからのようでもあるが、あんがい、すぐだったかもしれない。とにかく、私もやがて東京の、行きつけの喫茶店で誰かと話している場面を見はじめた。——

私が冷小屋に宿泊していたM大山岳部の救援隊に助けられたのは翌朝の九時ごろだった。あとで聞くと、江田氏が小屋に着いたのが当夜の八時半ごろで、それからすぐに救援隊の出発は困難だったので、夜明け前の五時までやむなく待った。その間、江田氏の焦燥《しょうそう》は大変なものだったという。遭難現場は牛首山から西方六百メートル、冷小屋まで片道三時間を要する地点だった。

岩瀬君は凍死体となって発見された。彼は私のかがんでいた場所から百メートル西へ寄った、ちょっとした崖の下に落ちて死んでいた。もう百メートルも下降すると黒部渓谷の奈落が口をあけているのだった。

岩瀬君はほとんど全裸体で死んでいた。彼が走ったあとには、ズボン、ジャケツ、純毛シャツ、下着などが一枚一枚、道しるべのように脱ぎ捨ててあった。これが疲労と寒気の果てに、恐怖に気が狂って凍死した友人の最期《さいご》の姿であった。

私は担架《たんか》に助けられて山をくだったが、岩瀬君の遺体は江田氏やM大山岳部員の好意で運ばれ、鹿島部落に近い山林中でダビにふされた。

この遭難をかえりみると、山登りは決して無理をしてはならぬ、というきわめて平凡な教訓が痛烈に身にしむのである。天候が悪くなったら、冒険をせずにいさぎよく引っかえすことである。

われわれはリーダーの江田氏の配慮で三等車の混雑をさけて、寝台車に乗ったぐらい大事をとった。しかし、肝心《かんじん》の山に来てから、その慎重さもけし飛んだ。北槍のあたりからガスが濃くなり、雨さえ落ちてきたのだから、さっさと後戻りすべきだった。しかし、八峰キレット小屋には二三十分で到達するにたいし、冷小屋に逆戻りするには三時間を要する。しかも往路の三時間がムダになるから、往復六時間の徒労となるのだ。三十分と六時間の価値の対比が、岩瀬君をして江田氏を強引に説得して前進せしめたのだ。

江田氏も人情負けがして、ついに岩瀬君の前にその慎重さを破られた。これは誰を責めるべきでもない。人間の弱さであり、どうにもならぬ不可抗力である。

つつしんで、山に眠っている友人の霊に、その冥福《めいふく》を祈りたい。

（山岳雑誌『山嶺』に掲載された銀行員浦橋吾一の手記は、ここで終わっている）

三

江田昌利は四時前に、机の上に鳴っている電話をとった。

「江田さんですか？」

交換手が言った。

「岩瀬さんからです」

江田は、びっくりして目をむいた。

「なに、誰からだって？」

「岩瀬さんです。女のかたです」

江田は、すぐに返事の声が出なかった。

「亡《な》くなった岩瀬さんの、ご家族のかたじゃないですか?」

交換手は抑揚《よくよう》のない声で早口に言った。

「おつなぎしますか?」

うむ、と思わず咽喉《のど》が答えた。送受器を耳に当てたまま、正面を眺めた。大きな高い窓からは衰弱した光線がそそぎ、カウンターの向こうの人のいない客溜《きやくだま》りでは、係りが掃除をしている。収納係は背中をならべて札を勘定し、硬貨計算器を鳴らしている。為替《かわせ》係、預金係、株式係などの区画からは計算器や当座記帳器などの音が聞こえていた。どうぞ、という交換手の声が急いで逃げると、

「もしもし、江田さんでいらっしゃいましょうか?」

澄んだ女の声が耳に流れた。

「はい、江田ですが」

「どうも恐れ入ります。私は岩瀬秀雄の姉でございます。先だっては、いろいろと
……」

江田を確認したためか、声が少し高くなった。江田は、はてな、岩瀬の葬式のとき

に、そんな姉さんがいたのかな、と思った。喪服《もふく》を着た女たちの中に、そういう姉がいたのかもしれない。もう二カ月前のことだから思いだせなかった。岩瀬の宅には、その後、二回ほど仏前に線香を上げに行ったが、母親と低い背をした叔父という人に会うだけだった。

「いえ、どうも」

江田はあいまいに、しかし、ていねいに答えた。

「あのう、恐れ入りますが、実は今日、あなたさまにお目にかからせていただきたいのでございますが」

「はあ？」

江田は顎《あご》を上げた。

「いえ、弟のことでいろいろお世話になりましたので、私もゆっくりお礼を申しあげたいし、それに、ちょっとお願いしたいことがあるのでございますが」

「……」

「もしもし、あの、三十分ばかりでよろしいんでございますが、銀行からお帰りがけでもお時間をいただけませんでしょうか？」

「それは、さしつかえありませんが」

江田は、相手の熱心になった声に誘われた。会ってみようと決心した。

「ありがとうございます。それでは銀座のM会館でお待ち申しあげておりますが、あの、何時ごろにおいで願えますでしょうか？　お時間をおっしゃっていただければ、お迎えのお車をさしあげますが」

「六時ごろまでにうかがいます。勝手にまいりますから、車をいただかなくとも結構です」

「さようでございますか？　どうも申しわけございません。それでは六時にお待ち申しあげております」

失礼します、と電話は切れた。かすかなその音の鳴るのを聞いて、江田は送受器をおいた。

彼はふたたび目を遠い窓に向けた。一部分だけ開いた空が夕方の色をしている。自動車の流れる音が激しくなっていた。どの机のスタンドにも灯《あかり》がはいった。江田は引出しから煙草をとりだして喫った。

電話の声の年齢を考えている。三十二三であろうか。四十に近いとは思えない。落ちついているが、若やいだところもある。死んだ岩瀬秀雄が二十八だったから、三十をちょっと出たぐらいであろう。ぼんやりとしていると、支店長が彼を呼んだ。

用事がすんで、支店長の席から戻りかけると、伝票を持ってせかせかと机の間を歩いている浦橋吾一の、いかにも文章を書くことが好きそうな、高い背を見た。

「浦橋君」

江田は、立ちどまった彼に近づいた。

「いま、岩瀬君の姉さんというひとから、電話がかかった」

浦橋にそんなことを言う必要はなかったが、つい話を聞かせたくなった。

「ほう、どういうことですか?」

浦橋はきょとんとした目をあげた。

「ぼくに会いたいと言うんだがね。君、岩瀬君の姉さんというひとを知っているかい?」

「いえ、知りません」

「そうか」

浦橋が知るわけがない。岩瀬秀雄のことは、江田の方がずっとよく知っているのだ。

江田は、浦橋の傍から勝手に離れると、自分の机にかえり、急いでやりかけた貸付申請書を書きはじめた。

丸の内から銀座までは十分とかからない。江田昌利は六時少し前にM会館に着いた。給仕のあおるように開いたドアに身体を入れて、そこで突っ立ち、店内を見渡した。いくつもならんだ白い卓にはそれぞれ客がとり囲《かこ》んでいた。探すまでもなく、目に止まったのは、低い段の下で江田を注視して立っている、上背《うわぜい》のある白っぽいスーツの女だった。

両方で目が合うと、顔の細いその女は微笑を見せて頭をさげ、江田の方へ近づこうとした。江田は先に女の方へ歩いた。

「江田さまでいらっしゃいますか？」

「そうです」

江田はおじぎをした。思ったよりも、ずっと美人だな、と思い、歯なみのきれいなのがすぐに印象に残った。年齢は、やはり三十二三くらいか。しかし、若かった。

「お忙しいところを、勝手にお呼びだしもうしあげて、申しわけありません」

肉声も電話のとおりであった。

「どうぞ」

女は短い階段を上がって席に導いた。江田は恰好のいいその姿にも注意した。中庭を見渡す窓ぎわの卓に案内されたが、江田は、おや、と思った。そこにすわっていた体格のいい背広の男が、江田のはいってくるのをみて、迎えるように椅子《いす》を引いて立ちあがった。同伴《つれ》があったのだ。卓の上には白いナプキンが三つ、ピラミッド型に置いてある。はじめから、三人で会食の予定であることが知れた。

「私が岩瀬秀雄の姉で真佐子《まさこ》でございます。弟がたいへん、お世話さまになりまして。また葬儀のときは、わざわざありがとうございました」

女は江田と向かいあい、つつましやかな微笑で挨拶した。細い咽喉くびは透きとおるような白い皮膚をしていた。その言葉で、この姉なるひとは葬式にも来ていて、自分の姿を見ていたのだと、江田は知った。

「恐れ入ります」

江田は返した。岩瀬真佐子は身体を開いて、傍の、口もとにかすかな笑いをたたえて待っている男を紹介した。

「従兄《いとこ》の槇田二郎《まきたじろう》と申します。東北の電力会社に勤めております」

男は肩幅の広い姿勢を正した。

「槇田です。どうぞよろしく」

三人は挨拶を交換すると、テーブルについた。こちらで勝手に決めさせていただいたと言って岩瀬真佐子は若鶏の蒸し焼き料理を注文したことを告げた。

「ほんとに江田さんには弟が面倒をみていていただきましたわ。お葬式のときは混雑で、つい、お礼をゆっくり申しあげられませんで……」

「そうおっしゃられると、ぼくこそ申しわけがありません。傍についていながら、むざむざと弟さんを遭難させまして、おゆるしください」

江田はスープで濡れた唇を、急いでナプキンでぬぐって頭をさげた。

「いいえ、それはおっしゃらないでくださいまし。当時の事情を聞きましたが、不可抗力ですもの。江田さんのご処置は、決してあやまってはいませんでしたわ」

岩瀬真佐子は、江田の謝罪を押しとどめるように上体を傾けて言った。

「あ、そうそう、私、ごいっしょに山に行っていただいた浦橋さまの手記を山岳雑誌で拝見しましたわ。弟が強引すぎたのです。少しばかり、山登りにうぬぼれたばかりに、リーダーのあなたさまのお言葉もきかず、わがままをつっぱり、かえってたいへんなご迷惑をおかけしました。あの浦橋さまの文章で、よく分かりましたわ」

「そうおっしゃっていただくと、穴にでもはいりたいような気がいたします」

江田はまた頭をさげた。

「でも、好きな山で死んだのだから、弟も本望でしたわ。ねえ、二郎さん？」

岩瀬真佐子は従兄を見た。横顔も線がととのっていた。彼女には夫はいるのか、どういう人であろうかと、江田は考えた。

「そうだな、そうも言えるな」

槇田二郎はおとなしい感じでものを言った。

「山登りには、毎年、かなりの犠牲者が出る。みんな、自分だけは大丈夫だ、と思って登っているのだが、心のどこかでは、万一のことがあっても、山で死んだら、それも、やむを得ないと思っているのだろう。つまり、そういうスリル感が若い人を山へ登らせるのかもしれないな。そうでしょうね、江田さん?」

槇田二郎は客に顔を向けた。

「さあ、あるいは、そう言えるかもしれませんね」

江田は控え目にして、その意見にさからわなかった。それから、この両人《ふたり》は何のために自分を夕食に呼んだのか、目的を考えはじめた。


「実は、私、弟の墓場に花を捧げてやりたいんですの。つまり、遭難現場ですわ」

岩瀬真佐子は、江田をこの席に請《しょう》じた目的をしばらくして明かるい声で言った。

江田は、おどろいて真佐子の顔を見た。

「弟ですもの。姉が山がまで来てくれたら喜びますわ。それに、弟がどんな所で最期を迎えたか、一目見たいのが肉親の人情です」

「しかし、それは……」

江田が言いかけると、岩瀬真佐子は唇から笑いをこぼして、軽く手の先を従兄に向けた。

「そしたら、こちらが無理だと、とめるんです」

「そりゃ、そうです」

江田が一も二もなく言うと、槇田二郎はうなずいて話に加わった。

「無茶ですよ。このひとはピクニックぐらいにしか考えていないんですから。もう雪が降ってるはずですしね」

彼は皿の若鶏にナイフを入れながら静かに言った。

「そうです、もう新雪がつもっています」

江田は答えた。

「ですから、私の代わりを、この人に頼みましたわ。ついて行くのも無理だと言うものですから」

江田はナイフを動かしていたが、思わず手をとめた。

「江田さん、お聞きのとおりなんです。ぼくが従弟《いとこ》の秀雄のところに行くことになりました。ちょうど、勤めが仙台だものですから、葬式に間に合わなかった罰でもあります」

槇田二郎は少し容《かたち》をあらためるような姿勢をした。が、言い方は、あくまでもおとなしかった。

「つきましては、お願いがあるんですが」

「はあ」

江田は相手の言いだす言葉の見当がついたが、少し緊張した。

「こういうことはたいへん申しあげにくいのですが、いかがでしょう、ぼくを従弟の死の現場までご案内していただけないでしょうか?」

槇田二郎は恐縮した顔をしながらも、瞳《ひとみ》を動かさずに江田をうかがった。岩瀬真佐子がそれにつづいて熱心に江田の顔を見つめた。

両人《ふたり》が夕食に招《よ》んだ目的を江田はここで了解した。断わるのは容易だった。年末近くで、銀行が忙しいと言えば理由は十分に立った。

が、何かの意識がそれをさまたげた。自分が岩瀬秀雄を遭難させたリーダーとしての責任者であること、そのため遺族を現場に案内するくらいは仕方がないという義務感、それが彼の拒絶をしばったことも事実だが、それ以外の何かが、彼の気持の奥に作用した。強《し》いていえば、それは岩瀬秀雄の美しい姉と、広い肩幅をもった従兄の妙に熱心な自分への凝視《ぎようし》であった。

「ごもっともです。承知しました」

江田は圧しかぶさってくるものをはね返すような心になって答えた。

「お聞きとどけくださいましたか、ありがとうございます」

ほっと肩をゆるめたように槙田二郎は安心して礼を言った。

「助かりましたわ、そのご返事がいただけて。ほんとうに何度もお忙しいところをご迷惑をおかけして申しわけありません」

岩瀬真佐子はかわいく顔をかしげ、ていねいに身体を折った。

「私はまいられませんが、従兄が行くことで、どんなにか気持が安らぐか分かりません。ありがとう存じます。ご恩は忘れません」

「いえ、そんなこと」

江田は会釈《えしやく》を返した。

「そのかわり、この従兄は、弟のようなご迷惑をかけないと存じます。これでも、大学時代は山岳部員だったそうですから」

岩瀬真佐子の静かな言葉が、江田の耳を刺した。彼は思わず目をあげて、槙田二郎を見た。

「いやあ、たいしたことはないんですよ。学校のときだけで、それからずっとやってないんですから」

槇田二郎は、若鶏の脚を両指でつまみ、歯で肉をむしりとりながら言った。

「大学はどちらですか？」

江田はきいた。

「いや、山岳部は松本高校です。戦前派ですよ。そのころですな、山に登りたくてしようがなくて、親父《おやじ》に無理を言って松本へ行ったもんです」

江田は沈黙した。

——江田昌利は、帰りの電車に乗った。八時ごろになっていた。

三人の会食の間で、鹿島槍に槇田二郎と登るのは十二月六日、七日と決めた。六日が土曜日で七日が日曜日である。遭難した行員の家族を案内すると言えば、支店長は一日の休暇をゆるすに違いない。

しかし、電車に揺られて江田昌利がじっと考えているのは、そのことではない。十分前に別れたばかりの槇田二郎のがっしりした体格であった。鶏にかぶりつきながら、山に登りたくて松本高校にはいった、という彼のおとなしい言葉であった。

四

江田昌利は、帰りの国電を新宿駅で降りた。

家は高円寺の奥にある。しかし、電車で乗りつづけて行く気持は失せて、開いたドアから外になだれ出る人波に押され、ホームへおりた。

地下道と出口への階段までは人間のゆるい流れといっしょだったが、改札口を出ると、人びとは、これからはおれの勝手だと宣言するように、急ぎ足で散開して去った。駅前の灯のある光景が、暗い風に吹かれていた。

江田はそこまで来て、行く方角をうしなった。目的のないことにあらためて気づいた。しかし頭脳《あたま》の中は忙しい仕事をもったように充満している。ただ、それにはつかみどころがなかった。

江田は時計を眺めた。八時半だった。彼は駅の構内に掲示してある映画の看板を見上げた。まるでひとり者である。実際、そのとおり、今はひとり身だった。家に帰っても妻はいない。一週間前から金沢《かなざわ》の実家に行っている。

江田は看板で外国映画を選択し、その映画館の方角へ歩いた。路《みち》には人があふれている。さまざまな会話が耳の傍を通り抜けた。彼には風の音のようにかかわりのない話だった。

歩きながら、金沢の実家にすわっている妻の姿が、ふと目に浮かんだ。旧家で、低い天井に太い梁《はり》がくすんで這《は》っている家だった。囲炉裏《いろり》を切り、黒い自在鉤《じざいかぎ》の先に鉄瓶がさがっている。炉端《ろばた》の紅《あか》い座布団に膝を折った妻の姿勢が、江田には写真を見るように明瞭に分かるようだった。

それから映画館に着いて切符を買ったとたん、一時間前に別れた岩瀬秀雄の姉の顔を思いだした。彼はその顔を映画の光がちらちらする暗い座席まで運んだ。

低い階段の下に白っぽいスーツで立っていた岩瀬真佐子の顔と、卓についてナイフを動かしているその動作とが頭にからまって離れなかった。彼に述べた礼の声が、そのまま耳に残っている。

礼を言われるだけの理由はある、と江田は映画の進行を見ながら思った。岩瀬秀雄は親切にあつかってあげたと考えている。彼の家に遊びにきた時もそうだったし、最後に山に連れて行った時もそうだった。

浦橋吾一という初心者が、パーティにいたためもあるが、新宿駅から松本までは寝台車に寝かせて行ったのだ。贅沢な登山行である。

西俣《にしまた》の出合《であい》から、高千穂平《たかちほだいら》に出るまでの、あの単調で苦労の多い三時間の樹林帯の登りには、何度も休止をとった。少していねいすぎるくらい無理をさせていない。

しかし、翌日の雨と濃霧の中で径を間違えたのは、リーダーの責任といえばいえる。が、不運だったのは、あの深いガスと、あまりにも似た地形だった。ガレ道、這松《はいまつ》、岩の間に少しのぞいた高山植物、小高くて、まるい牛首《うしくび》の頂上、それを越えてはじまる灌木帯、それは南槍から布引《ぬのびき》を越えて冷小屋《つべたごや》に至る径にそっくりだった。晴れて眺望が利いていたら、むろん、見当をあやまるはずがない。厚い白壁のようなガスが、周囲の位置を確かめる視点を閉ざしたのである。

画面は人物と風景とがやたらに動くだけで、江田には筋がちっとも分からなかった。フィルムから飛びだしてくる外国語がわめくばかりである。

——あれは不可抗力だった、と江田はつづきを考えた。岩瀬真佐子も口に出してそれを保証した。誰が聞いても納得してくれる。牛首を越えて、径の間違いに気づいてからも、処置に手落ちはなかった。岩瀬秀雄の疲労が激しかったので、自分は彼の五貫目のリュックを取り、彼を身軽にしてやった。

いよいよ、岩瀬が一歩も前に進めなくなったとき、初心者ではあるが浦橋吾一を彼の傍につけ、決して動いてはならぬと注意して、自分は単独で冷小屋に救援を頼みに行ったのだ。

闇の中を霧に巻かれながら、懐中電灯をたよりに三時間あまりかかって冷小屋に到着した。まかり間違えば、自分だって遭難しかねなかった。緊迫した状態でなければ、あのような冒険は二度とできるものではない。

不運だったのは、小屋についたのが八時半ごろで、折よく泊まりあわせたM大の山岳部員も、夜中に三時間もかかって現場におもむくのは不可能だったことだ。自分が同僚の危険を告げて、必死に頼みまわったとき、大学のリーダーは肩をたたいてなだめてくれた。その時の自分の形相《ぎょうそう》の恐ろしさを、彼らはあとで話してくれた。

寒冷と疲労が、岩瀬秀雄をその夜のうちに死に包んだのは、人の力をこえた自然の所業である。数知れない同じ遭難がそうであるように、あれは狂暴な自然が岩瀬秀雄の生命を奪ったのだ。救助の手のおよばない不可抗力だった。

誰に向かっても弁解できるし、山のことを知るほどの者なら、何度も大きくうなずいて理解してくれるはずである。いや、知合いの古い岳人たちが数人も同情してくれたことだった。

ここまで考えた時、江田は、岩瀬の姉の横にすわっている槇田二郎の広い肩と、静かな口調とに突きあたった。

映画は少しもおもしろくなかった。江田は席を立って、外にとびだした。人通りは、少し減り、酔って歩いている人間が目についた。江田は裏通りを歩き、狭い、いくつかの小路《こうじ》を出入りした。

ほおずきのように紅い提灯《ちょうちん》を軒《のき》に吊《つ》るした小屋のような家が何軒もならんでいて、笑う声が内側から聞こえている。じめじめした路には、ギター弾《ひ》きがうろついていた。

江田は客の少なそうな一軒にはいった。鼻をつきそうに狭い。注文すると、不自由な隅で、酒の肴《さかな》をままごとのようにつくった。

焼き鳥の甘い匂《にお》いが、鉤《かぎ》の手になった店の奥からしていた。隣に腰かけた男が、串《くし》を握ってモツをほおばっている。

江田は、それを見て、若鶏の蒸し焼きを食べている槇田二郎の姿を、また思いだした。

(いや、山岳部は松本高校です。戦前派ですよ。そのころですな、山に登りたくてしようがなくて、親父に無理を言って松本へ行ったもんです)

鶏の脚を両指でつまみ、歯で肉をむしりとりながら、静かに言っている槇田二郎の言葉が耳朶《じだ》に生きた。

——槇田二郎は、鹿島槍に登ったことがあるだろうか。

江田は、コップを手にしながら考えた。

それはあるだろう。松高の山岳部なら、北アは庭のようなものだ。若い学生のころの槇田二郎は、パーティを組んで鹿島槍に登ったに違いない。南槍から五竜への縦走路もかならず行ったであろう。

行ったってかまわない、江田はコップの中で傾きかけた黄色い液体を勢いよく飲みほして、呟《つぶや》いた。

あの山岳の地形を知っていれば、江田のリーダーとしての行動を承認するだろう。非難されるところはない。槇田二郎が山を知っている男ならよけいである。

江田は落ちついて二杯目のコップに酒を注《つ》がせた。

「今晩は」

声をかけてギター弾きが店にはいってきた。客の顔を見まわしている。

「何かやってくれ」

江田は顔を向けた。

「どういう曲がよろしいんで?」

艶歌師は腰をかがめて作り笑いした。

「景気のいい歌、そうだ、軍歌をやれ」

ギターが鳴りだし、徐州《じょしゅう》、徐州と人馬は進む、と歌いだした。江田は手を拍《う》った。居合わせた客も、店の女もそれに同調した。歌っているうちに、江田はいらいらしてきた。理由のない動揺が心を支配した。槇田二郎のおとなしい姿勢が咽喉に刺さった小骨のように、気になって仕方がなかった。槇田二郎なんかに負けるものか、と江田は突然に心に叫んだ。何に負けないというのか。彼は自分ですぐそれに気づいておどろいた。酔ったな、と思った。

江田は、少し足もとをもつらせて飲み屋を出た。人通りは減っていなかった。大通りにくると、彼は空車の標識に手をあげた。タクシーは彼の前で軋《きし》り音を立てた。

「高円寺」

行先を命じて、江田は後ろによった。息が熱い。手をまわして、窓ガラスをずりさげると、寒い風が流れこんだ。

十二月初旬の北アの頂上の空気は寒いだろうな、と江田は思った。新雪がどれくらいつもっているだろう。おそらく岩瀬秀雄の死体の埋まった崖も雪がまるくかくしているに違いなかった。あの灌木帯も半分は埋まっただろう。

江田はまた、槇田二郎とならんでいる岩瀬真佐子の白い顔を思いだした。弟の特徴をわけた顔であった。——

家の前までは車ははいらない。江田は鍵《かぎ》のかかった玄関をあけた。鍵の一つは隣の小母《おば》さんが持っている。電灯をつけると、食卓の上に白い布が掛かっているのが見えた。昼間だけ食事や留守をみてくれる手伝いの人がしてくれたことだった。

食卓の端に、封筒がきちんと置いてある。江田は裏をかえした。金沢の妻の実兄からだった。妻の名ではない。

江田は手紙をひらいた。義兄の文句は前後の挨拶がくどくどしい。中ほどを読むと、要するに妹は、今しばらく実家に滞在したいと言うから了承してくれ、との文句であった。妻の筆跡は末尾の余白にもついていなかった。

江田昌利は、毎日、丸ノ内の銀行に出勤した。街路樹の葉が落ち、走っている車の車体《ボデイ》の光が冷たそうに感じられるようになった。十一月が半ばを過ぎようとしていた。

江田は次長の前に行き、来る《きた》十二月六日、土曜日の休暇を申し入れた。理由は、鹿島槍で遭難した同僚の岩瀬秀雄の遺族が、現場を訪れたいと希望するので、案内に同行したい、と述べた。

次長は支店長の机に相談に行き、江田があらためてそこに呼ばれた。

「もっともだ。行ってあげるとよい」

支店長はもの分かりのいい微笑を惜しまなかった。心のあたたまる話だと感心した様子をみせた。

「銀行としては、どうすることもできない。これは、君のぶんの往復汽車賃だ」

支店長はポケットから二千円くれた。江田は辞退したのちに、顔をあからめてうけとった。

妻はまだ家に帰らなかった。江田は箪笥《たんす》の上に置いてある箱から冬オーバーを着た。ナフタリンの匂いが、通勤の一日だけ鼻にただよっていた。妻の匂いであった。

日曜日、江田はピッケルやザイルの手入れ、防寒具の用意に一日を暮らした。そんなものが、座敷いっぱいに散らかると、山の空気が流れてくるようだった。ピッケルとアイゼンは油の滲みた布で、愉しげに磨くように拭いた。

地図は何度もよく見た。木目《もくめ》の渦巻きのような等高線の出合や流れを、暗記するみたいに頭にたたきこんだ。いかなる地点で迷い、いかなる地点で岩瀬秀雄が生命を絶ったか、雪が、地の表皮に積んでいても、案内にまごつかぬためだった。

そうした時、江田昌利の目つきは、山に憑《つ》かれているように茫乎《ぼうこ》としていた。——

ある日、銀行で、彼は自分を名ざした電話を聞いた。

「岩瀬さんとおっしゃる女のかたからです」

交換手が取り次いだ。

「江田さまでいらっしゃいますか」

岩瀬真佐子は変わらぬ声で呼びかけた。

「そうですが」

「岩瀬の姉でございますが、先日はお忙しいところを勝手なお願いをしまして」

声はいくぶんゆっくりして、抑揚があった。江田は彼女の白い顔を目の先に見ていた。

「いえ、こちらこそ失礼しました」

「あの……」

と、言いよどむように語尾をひいた。江田にはその先の言葉が分かっていた。

「先日、お願いした山行《さんこう》の、日取りのことでございますが」

はたして声はそのとおりに言った。

「来月の六日、七日でご都合がよろしゅうございましょうか？」

江田は、ふと、その質問を槇田二郎が真佐子に言わせているような気がした。

「結構です」

江田は、槇田二郎に返答するように言った。

「そのつもりで、土曜日の休暇をとりました」

「まあ、さようでございますか？」

岩瀬真佐子は、少しばかり大仰《おおぎょう》な声を出して、よろこびをあらわした。

「どうも、ほんとうに恐れ入ります。ありがとうございました。身内の者が行ってやれば、弟がどのように喜ぶか分かりません。おかげさまですわ。いずれ、ゆっくりお目にかかってお礼を申しあげます」

「いや、どうぞ、そのご心配はいりません。ぼくも、岩瀬君の眠った場所にはお詣《まい》りする義務がありますから」

「ありがとうございます」

儀礼的な挨拶が二三つづき、電話は双方が同時に切った。江田は送受器をおくと、大事な面会をすませた後のような表情になって、煙草を口にくわえた。——

その電話があって三日あとだった。その日は出納《すいとう》係の帳尻が合わなくて、行内の全員が居残り、七時近くになって解放された。

江田は、みなといっしょに通用門を出た。むろん、外は真暗だ。八重洲口《やえすぐち》のにぎやかさと違って、この界隈《かいわい》は寂しい。断崖を連ねたようなビルは、灯のはいっている窓が少なかった。

暗いところから動いた人間が、不意に江田の前に立った。

「江田さん」

おとなしく呼びかけた声に、ぎょっとした。

「槇田二郎です、先日、M会館でお目にかかった……」

槇田二郎は黒い姿をし、大きなオーバーに両手をつっこんでいた。

「あのときは、失礼しました」

江田がすぐに声が出なかったのは、槇田二郎が遅くまでこの通用門の前に自分を待っていたことだった。それに気圧《けお》された。

「予定どおり山行の日どりが決まったそうですね。従妹《いとこ》から聞きました。今夜は、その打合せにあがったのですよ。どこかでお茶でも飲みながら話しましょうか」

槇田二郎は、しかし、平静に言って、江田を誘うように、ゆっくり歩いた。

五

江田昌利はリュックを背負い、夜の新宿駅の地下道からホームにあがった。

厚いオーバーをきて歩いている者が多く、江田のように山行の恰好をしている人間は目立った。季節《シーズン》には、地下道から階段まで張った綱の中で、登山家たちが家畜の群れのようにすわりこみをしていたが、今はそれも見られなかった。

時計は十時二十分を過ぎている。長野行準急はホームに黒い列を横づけしていた。江田は列車に沿い、窓を覗きながら前部へ歩いて行った。どの車両《はこ》も人が立っていた。

「やあ、江田さん、ここです」

窓から手を振る者がいる。ジャンパーをきた槇田二郎が顔いっぱいに笑っていた。江田はうなずいて横のステップに足をかけた。

槇田二郎は窓ぎわにすわって、近づいた江田を微笑で迎えた。

「遅くなりました」

江田はリュックをおろして挨拶した。

「いや、ご苦労さまです」

槇田は几帳面《きちようめん》なおじぎをした。江田の荷を手伝って網棚にあげた。横に槇田の古いリュックがある。その上に白いナイロンで巻いた花束が載っているのを江田はちらりと見た。

槇田二郎は、江田の席を自分の向かいに取ってくれていた。他人にすわられないために、空《あ》いた座席の上には本が置いてある。その表紙を見て、江田はちょっとぎくりとした。『山嶺』の十一月号であった。浦橋吾一の〝鹿島槍に友を喪《うしな》いて〟の文章が載っている号であった。

その雑誌を槇田は拾って自分の身体の脇に置いた。江田はあとに腰をおろした。

真正面に顔が向かいあうと、槇田二郎はにこにこして、

「この汽車に乗るのも、何年ぶりかです。相変わらず、混んでいますな」

と、おとなしく話しかけてきた。

座席はみんなふさがっていて、立っている人が十二三人いた。しかし、季節《シーズン》中の、登山者たちで通路も歩けない混雑からみるとゆっくりしたものだった。槇田二郎は、最近、山に行ったことはないのであろうか、江田は思った。

が、こうして見ると、槇田の広い肩は、登山の姿がよく似合った。のみならず、その無造作《むぞうさ》だが隙のない服装は、彼が十分に山なれした男であることを江田の経験ある目は読みとった。彼の膝のわきにまるめてある『山嶺』と同じに、江田には気になることだった。

「これをやりませんか？」

槇田二郎はウィスキーの小型瓶をさしだしてみせた。

「よく、眠れますよ」

江田は口瓶のコップを握らされた。

「ぼくは、汽車の中では眠れない方でしてね」

槇田は飴色《あめいろ》の液体をつぎながら言った。

「江田さんは、どうですか？」

「ぼくは、わりと苦にならずに、眠れる方です」

江田は答えてから、相手の顔を見た、槇田二郎は、口辺にやさしい微笑を浮かべていた。

「そりゃ、いいですね。眠れないと、翌日がこたえます。ことに山登りにはね」

槇田は、江田がウィスキーを飲みほす間、意味をもたない目で外をながめて言った。

「そうそう。従弟の岩瀬秀雄は、あのとき、寝台車に乗せていただいたそうで。お世話になりました」

江田は残りの液体にむせた。コップを返して、槇田二郎の顔を見たが、先方の表情は普通だった。

「同行の浦橋君が山には初心者だったからですよ」

江田は気をつけながら答えた。

「行きとどいた注意ですね。ごった返しの三等車では、よけい、眠れませんからね。

秀雄の奴も楽だったでしょう」

槇田二郎は従弟のことを江田に感謝する口吻《くちぶり》だった。

江田は槇田二郎が、車中の眠りのことを持ちだしたときから、彼に何か他意があるのかと思って、ひそかに表情の動きを観察していた。が、これという特徴は見られず、彼はやはり、温和な笑いを唇にのぼせていた。

雑誌の『山嶺』を、座席の確保のしるしにのせていたのは、どういうつもりだろう、と、江田は考えた。荷物でもよいし、週刊誌でもよいのだ。浦橋吾一の遭難手記のある雑誌を置いていたのは、わざと自分の目に触れさせる気持からであろうか。もしそれなら、いかなる考えで従弟の凍死現場に自分と同行しようというのだろうか。

いや、それはあるいは思いすごしかもしれない、と江田は考えなおした。浦橋吾一の手記は、詳細に岩瀬秀雄の遭難顚末《てんまつ》を書いている。

槇田二郎はそれを何度も今まで読んだに違いない。今度もそれを携行したのは、目的が目的だけに、きわめて自然のことだった。

江田は、そう考え、少し神経がいらだっていると思った。

「発車しましたよ」

槇田二郎が、窓を向いて教えた。

酒の酔いで、江田はうとうとと眠った。列車の動揺が身体に伝わる。それと同じくらいに、真向かいに掛けている槇田二郎の姿勢がたえず感じられた。それは熟睡していない証拠だった。

ふと槇田二郎が席を立った。江田は目をあけ、くもった窓ガラスを指で拭いた。その部分が穴があいたようになり、外の模様が映った。真暗な中に、黒い山が走り、ときどき、とぼしい灯が遠くに流れた。

一つの駅が走り去った。「しおつ」という駅名を一瞬にとらえた。

槇田二郎は容易に席にかえってこなかった、最初、便所かな、と思っていたが、それにしては長すぎた。汽車が速度をゆるめ、大月にとまったころ、槇田二郎はやっと座席に戻った。

「零時二十五分ですね」

江田が目をさましているのに気づいて、槇田はのぞきこんで言った。

「スチームのせいか咽喉が乾きましたね。ジュースでも買ってきましょうか」

江田は、自分は結構だと言ったが、槇田二郎は出口の方へ行き、ホームに降りて二つの瓶を抱《かか》えてきた。体格に似ず、こまめな男のようだった、すすめられて、江田は一本を半分残して飲んだ。槇田二郎は、うまそうに咽喉を鳴らして全部を流しこみ、空瓶を始末した。

「ウィスキー、飲みますかな」

次に槇田二郎は問いあわせた。

「いや」

江田は頸を振った。

「よく、眠られたようですね」

槇田二郎は好意に満ちた微笑を浮かべ、自分も小瓶を出すのをやめて、煙草をくわえた。両人《ふたり》とも、しばらく煙草を喫ったが、江田は無意味に煙を出すだけで、少しもおいしくはなかった。

指で拭いた窓ガラスの穴は、ふたたび曇りに閉ざされた。周囲からは、寝息が聞こえていた。スチームの暖かさにひきずりこまれて、江田は、いつか、うとうととしはじめた。

いくらか経ったのち、江田は眠っている意識の中で、槇田二郎がふたたび、すっと立って行くのを覚えた。江田は目をあけずに、彼の帰りを待った、
帰ってこない。江田は目をあけた。前は空席となり、雑誌が身代わりのように置い

てあった。例の『山嶺』だった。

江田は、皺《しわ》のよれたその表紙をこちらから眺めていたが、その本をとりあげてみる気持はなかった。

ふと目を上げると、網棚には槇田二郎のリュックがあり、その上に白いナイロンに包まれた花束が見えた。大輪《たいりん》の菊がかたまって重たげに首を出している。岩瀬秀雄の死の現場に置いてくるはずの花だった。花弁は、汽車の動揺でたえずふるえていた。

江田は、これを託した岩瀬真佐子の白い顔を思いだした。M会館で彼を見つめて立っている姿が、昨日のことのようだった。目もと、口もとのあたりは弟の岩瀬秀雄の特徴がそっくり女性化されていた。

槇田二郎がかえってこない。江田は、あることに気づくと、はっとした。彼も席を立った。江田は、眠っている車両を二つ、後部に歩いた。通路にうずくまっている客が大儀そうに身体を動かした。

最後のドアをあけたとき、三等寝台車の文字のついた磨《す》りガラスが隣にあった。江田は二三歩すすんで、そのドアをあけた。

すぐそこに、槇田二郎が後ろむきに立っていた。予期したとおりだったが、江田は、どきりとした。

槇田二郎は、通路になっている窓ぎわに、あたかも車掌のように突っ立っていたが、ふりかえって江田を見ると、暗い照明の下で、静かな笑みをみせた。まるで江田があとから来るのを予期していたみたいだった。

「なるほど、これなら、よく眠れますな」

槇田は緑色のカーテンのかかった寝台の列を眺め、感心したように言った。

「ぼくのように、汽車の中で眠るのが不得手な者でも、これなら眠れます」

カーテンの内からは、いびきが聞こえていた。

槇田二郎は、寝台車を見学して納得したことを、江田に伝えて、満足したように、彼の肩を軽くたたき、しずかにドアの外に戻った。

江田は、槇田二郎のする行動が、少しずつ分かりかけてきた。

彼の心は、おそれと、ある準備を感じた。

大町に降りた。槇田二郎の背負ったリュックには、花束がくくりつけられてあった。古武士のしたような風雅さに見られないことはない。リュックのもう一つの部分には、無骨《ぶこつ》な黒いワカンが取りつけられてあった。

槇田二郎の服装も道具も、ことごとく、古くよごれていた。が、かけだしの山登りにはおよびもつかない完全さがあった。江田の目には、それが分かる。いわば、いかにも古強者《ふるつわもの》という感じで、一分の隙もなかった。江田は圧迫された。両人《ふたり》は、案内人組合長の宅で冷小屋の鍵をかりて目的地へ向かった。

夏とは違い、鹿島部落までしかバスがないので、ハイヤーをやとった。槇田二郎は、花を傷《いた》めないように、大事そうにリュックを車の中に持ちこんだ。動いて行く枯れた森林から鹿島槍が真白に見えていた。南槍の突起部も、北槍の瘤《こぶ》も、はっきりと見えた。空は晴れて、朝の陽が滲《にじ》み渡るころであった。雪が光っていた。

しかし、車が山麓《さんろく》につっこむにつれて、頂上は林の中に沈んで行った。道では、牛車をひいた農夫以外、ひとりの登山者の歩く姿も見かけなかった。

車の内では、槇田二郎は相変わらず、おとなしい話をしかけてきた。江田の勤めている銀行から、世間の景気についての様子をたずね、自己の電力会社の話などをした。

「仙台には、いつ、お帰りになるんです?」

江田はきいた。

「今度の山行がすんで、東京に二日ばかり居たら帰ります」

槇田二郎は煙草を喫いながら言った。

「向こうでは、ときどき、山に登られますか?」

江田はたずねた。

「冬の蔵王《ざおう》は二度ばかり登りました。勤めていると、なかなか暇《ひま》がありません」

「この鹿島槍には、前にはずいぶん、お登りになったでしょう？」

江田はさぐった。

「いや、松高のときだけですよ。それも三度くらいですかな。古いことです」

正直な返事だと江田はうけとり、すこし安心した。

鹿島の部落を過ぎた。道は悪くなった。

「失礼ですが、お子さまは、なん人ですか？」

槙田二郎は揺られながら質問した。

「ありませんよ。ひとりも」

江田はうすい笑いをまじえて答えた。

「ほう、それは。奥さんがお寂しいでしょうな」

槙田二郎は、同情したように、つつましく言った。江田は何となく、胸が騒いだ。

槙田二郎の横顔をひそかに見たが、彼は世間話をしている時の平凡な表情だった。妻のことを口にしたのは、別に意味もなさそうだった。

急に、川原がひらけ、鹿島槍の白い稜線が接近した姿を見せた。車はとまった。大《おお》冷沢《つべたざわ》の出合だった。

両人《ふたり》以外、ここにも誰の姿もなかった。川原を一めんに埋めている白い石の堆積《たいせき》が冷たそうに見えた。

「どうです、ここで朝めしにしましょうか?」

槇田二郎は遠慮深く提案した。

「いいですな」

江田は賛成した。

リュックから用意の弁当をとりだした。槇田二郎は相変わらずこまめに動き、コッヘルを組み立て、湯を沸かし、紅茶にして江田にすすめた。

「すみません」

江田は素直に受けた。コップのあたたかさが掌《てのひら》に伝わった。

「何年ぶりでしょうかな、この山の姿を見るのは」

槇田二郎は正面に立っている鹿島槍を目でさして言った。陽のために、新雪の明部と暗部が立体化しつつあった。

「江田さんは、ずいぶん、お登りになったでしょう?」

「いや、それほどでもありません。ほかに、いろいろと行くものですから」

江田は控え目に答えた。

「そうでしょうな。この辺は登りたい山ばかりだから」

槇田二郎は、すこしうらやましそうに言った。学生時代の彼がのぞいていた。江田は、東北の殺風景な田舎に閉じこめられている彼の生活を思った。

槇田二郎は時計を見た。

「四十分経ちました。じゃ、ぼつぼつ行きましょうか」

両人《ふたり》は腰を上げた。

江田が前を歩き、槇田二郎が後ろに従った。

林の径を歩きながら江田は、槇田二郎が何気なく、

(四十分経ちました)

と言った言葉の意味を急に理解した。

それは岩瀬秀雄と同じ場所に休んだ時間だった。

江田は歩いている足が滑りそうになった。

西俣出合《にしまたであい》では、雪が五六センチの薄い厚みでつもっていた。

「休みましょうか」

槇田二郎が、後ろから声をかけた。

江田昌利は、槇田が、休みましょうか、と言った瞬間、彼はここでも正確に四十分休むに違いないと直感した。岩瀬秀雄と、浦橋吾一とを連れてきたときの休止時間がまさにそれだった。

「こんなものが、できたんですな」

槇田は渓流にかかっている吊橋を見て言った。

「いつからです？」

「去年からですよ」

江田は、いくらか槇田二郎の不案内に安心するように言った。槇田はその辺に立っている新しい指導標も眺めまわし、

「鹿島槍もずいぶんとひらけたものですね」

と、感心したように言った。松高時代と比較しているらしい。実際に、彼は十数年も登っていないようだった。

V字形渓谷の正面には、南槍と鹿島東尾根とが雪をかぶって鮮かにみえ、ちぎれたうすい雲が稜線の下をかすめて通過していた。

槇田二郎は渓流の岩に足をのせて、しゃがみこみ、水筒に水を補給した。これから

先に水のないことは彼も知っているのだ。が、それは常識だから心配はしなかった。ただ、水を汲む動作まで、岩瀬秀雄のやったことをなぞっているみたいで、すこし気にかかった。

江田は腕時計を見た。

「そろそろ、行きましょうか」

間髪を入れずに槇田二郎が横から言った。ほんとうに四十分経っていた。江田は指先をすこしふるわせてリュックをとった。

槇田二郎が、ある実験をしているらしいことは、ほぼ明瞭となった。彼は『山嶺』に載った浦橋吾一の記録を頭の中に暗記しているのだ。それぞれに区切ったコースを何時間で歩き、途中で何回休み、それに何十分をついやしたか、ということである。『山嶺』は彼のリュックの中にある。しかし、雑誌を取りだしてページをあける必要のないくらい、槇田二郎は、脳裡《のうり》に記事の詳細をたたみこんでいるに違いなかった。

先方の態度がはっきりした以上、こちらも鎧《よろい》を固めねばならぬ、と江田昌利は考えた。あの記録から槇田二郎が何を読みとって、どう出るか、である。このときまでは、江田はおのれがこの鹿島槍では現役だというハンディをひそかにつけて、相手を多少、引きはなして見ていた。

赤岩尾根の難儀な登りが三分の一すぎた。樹林帯は幹とうるさい枝ばかりであった。眺望の利かない、おもしろくもないコースであることは、夏も冬も同じであった。

「ちょっと」

後ろからついてきている槇田二郎が言った。

「この辺で少し休みましょう」

江田は足をとめ、槇田が径《みち》の雪を払いのけて木の根に腰をおろすのを見た。それから、彼はリュックを肩から落とし、ポケットからマッチと煙草とをさぐった。

「秀雄は、ここでたいそう水を飲んだそうですな」

槇田二郎は、煙を冷えた空気のなかに吐きながら言った。

「そうでした。咽喉が乾きますな、夏ですからね」

江田は答えた。

「それにしても、飲みすぎる」

槇田は煙の中に目をしかめて言った。

「疲れていたようですな。浦橋君の文章をよむと、秀雄の奴《やつ》、はじめからまいっていたようですね。前夜、寝台に乗せてもらってきたくせに、だらしのない奴だ」

あとの言葉は、従弟《いとこ》を冷嘲《れいちょう》しているようにとれたが、ふと気づいたように、

「秀雄は熟睡したんでしょうね？　あの文章では、あなたが夜中に目をさましたら、上段の秀雄は高いびきをかいていた、とありますが」

と、江田に微笑《ほほえ》みながらきいた。

「そのとおりでしたよ。ぼくが夜中に起きたときはね」

江田は肯定した。

「そうですか」

槇田二郎は、何となく少し考えていたが、時計を見て、

「さあ、歩きましょうか」

と、リュックをかついだ。ほぼ、二十分を休んでいた。それも、ここで岩瀬秀雄が休んだ時間であった。

しばらく登ると、槇田二郎は、また、

「江田さん」

と言った。江田昌利は、来たな、と思った。はたして休止の要求だった。岩瀬秀雄のしたとおりなのだが、違うのは槇田二郎が息も乱していないことだった。

「江田さん」

また、しばらく登ってから槇田二郎が呼びかけた。江田は、心の中で、勝手にしろ、どのような真似《まね》をしてもおどろかないぞ、と思ってふりかえった。

しかし、槇田二郎は、今度は、休もうとは言わずに、たしかな足どりで登ってきながら、

「リュックをおろして、途中で何度も長い休みをすることは、かえって疲れるものですな」

と、うつむいたままで言った。

江田は、どきりとした。槇田二郎は、そのことを知っていて実験しているのだった。

「そうですな」

江田昌利は、取りあわずにあいまいな答え方をした。かならずしもそうとはかぎらないが、いちおう、義理を立てて反対しない、という口吻《くちぶり》にみせかけた。しかし、内心は平静でなかった。

槇田を甘くみては失敗するぞ、と江田は心に言いきかせた。相手は、知っているのだ。評価をすこしあらためねばならぬ。

このとき、上の方から音がした。裸の樹林の間から、黒いものがちらちらして近づいてくるのが見えた。思いがけなく、ひとりの登山者がくだってくるところだった。

避難民のように、よごれて粗末な身なりだったが、山には相当な経験者らしいことは、先頭の江田がいちはやく気づいた。慣れているだけに、江田にはそれがわかった。しかし、髭《ひげ》に埋まったその顔は知らない人相だった。

「今日《こんにち》は」

山の人間の挨拶をして、横をすれちがったが、意外なことに、後ろの槇田二郎に、その男は声をあげた。

「おい、おまえは槇田二郎じゃないか?」

背中で聞いたのだが、槇田の声が、これも大きくこたえた。

「やあ、おまえか」

江田がふり返ると、両人《ふたり》は肩をたたきあっていた。

「珍しいところで会ったな」

槇田が言っていた。

「山で会うのが珍しかったら、どこで会うのが珍しくないのだ?」

くだってきた男は大声で咎《とが》めた。

「なるほど、おまえは山男だった。相変わらずだな」

槇田二郎が笑うと、相手もきたない歯を出して笑った。

「おまえは東北あたりに飛ばされて、蔵王あたりをうろうろしているのかと思ったら、こんなところにも現われるのか？」

「従弟が遭難してね、この夏。弔《とむら》いに行くのだ」

「どこだ」

「牛首の向こうだ。道を間違えて凍死した」

「ああ、そんなことを聞いたなあ」

山男は答えた。

「そうか、あれがおまえの従弟だったのか」

「山登りがおもしろくなったところで、少し生意気だったようだ。お互いに覚えがあるがね」

「うむ。危ないことをしてきたからな。ところが、このごろはブームとかにあおられて、若い者が見栄《みえ》をはって命知らずなことをしている。見ていて、おれたちがびっくりするよ。われわれの若いときにはなかった芸当をやっている。いや、こりゃ、おまえの従弟にあたるようで悪かったかな。しかし、山で死んだ人を弔いに行くとは殊勝だ。おれの死んだ時も来てくれ」

「おまえのことだ。厄介な谷で死ぬんだろうな」

「そういうことだな。誰もうかつには寄りつけん所で死んでやる」

山男はいばって笑った。

「じゃあ、それまで元気で」

「じゃあ」

山男は片手をあげ、街角ででも別れるように、あとも見ずに径をおりて行った。

「あれで、両足の先がないんですよ。凍傷にやられてね」

ぼんやり立っている江田に槇田二郎は説明した。

「山靴《やまぐつ》をはいてるんで分かりませんが、平地を歩いているときは跛《びっこ》をひいてるんですよ」

「何という人ですか？」

「土岐真吉《ときしんきち》っていうんです。松高時代、山岳部でいっしょだったんですよ」

江田は、それを聞いて目をまるくした。土岐真吉の名は、古い岳人として伝説的な名だった。積雪期における北アの草分けの一人なのである。江田などは、山岳雑誌や人の噂《うわさ》で、名前を見たり聞いたりしているだけで、当人を実見するのは、はじめてだった。

その土岐真吉と槇田二郎は友人だと言う。

江田昌利は、槇田二郎にたいする今までの、自分は現役だという多少の優越感が、完全に砕かれたのを知った。

彼は槇田二郎がいっそう大きく見えて、おそろしくなった。

六

空は晴れ、澄明《ちようめい》なガラスを何枚も重ねたように碧《あお》かった。空気の冷たさが、頰を冷《つべた》の乗越《のっこし》に立つと、新雪をかぶった立山《たてやま》と剣《つるぎ》が手近なところに見えた。黒部の深い谷が、大きな溝のように落ちている。

「なつかしい」

と、槇田二郎は山に向かって感慨を述べた。

「あの山には、ずいぶん、登ったものですよ。こっちから越中に行ったり、向こうからこっちへ出たりね。学生だから、みんな元気でした。今、別れた土岐真吉もその中にいましたな」

槇田二郎は旧友のことに触れた。

「あいつも、とうとう山のとりこになりましてね。大学を出て、ちゃんとした会社に勤めていたんですが、叔父さんや叔母さんを殺しては、休みの理由を稼ぎ、山にばかり行くもんですから、馘《くび》になったんです。今は何をやっていますかね。普通の人生は失いましたが、でも、当人は女房に逃げられて以来、気がねなしに年中、山に登られるんで本望かもしれませんね」

槇田二郎は、そう言って気づいたように、

「どうも、サラリーマンってやつは、休暇の日数にしばられて不自由ですな。秀雄のときもそうだったんじゃないですか?」

ときいた。

「そうでした。あのときは、両夜行で、小屋が二泊、三日間という休暇でした」

江田は答えた。

「勤め人は、みんな、それくらいの強行軍が普通のようです。その制約が遭難の原因になったりしますがね。江田さんの、今度の一泊二日も辛《つら》いですな。ほんとに、ぼくたちのために、ご足労かけて申しわけありません」

槇田二郎はわびた。

「いいえ、思いがけない登山ができて、ぼくもうれしいですよ」

江田は会釈《えしゃく》を返した。日程の制約が、遭難の原因になる、という槇田の言葉が妙に頭に残った。

両人《ふたり》は、ワカンを靴につけ、四十センチばかりの積雪の径を歩いた。右側の、南槍と北槍の頂きは真白に輝き、その下の北俣本谷の白い壁が、急速な角度で落下していた。新雪とはいえ、すでに光景は真冬のような荒涼とした様相であった。

「槇田さん、ぼくは、あの北俣の谷を上下したことがありますよ」

江田は歩きながら経験を語った。

「いつごろですか?」

槇田はきいた。

「夏と冬です」

「ほう、そうですか。実は、ぼくも一度、雪のとき下降した覚えがあります」

槇田二郎は謙遜《けんそん》するように言った。江田はききかえした。

「いつですか?」

「早春でしたよ。やはり、ずいぶん、前ですが」

江田昌利はその返事を聞いて黙った。

冷小屋に着いたのは、四時十五分前だった。

「大谷原から、八時間弱かかりましたね」

槇田は計算して言った。むろん、岩瀬秀雄を江田が同行して登ったときの時間に合わせているのだ。江田には、彼がそう言うに違いないことが、予定したように分かっていた。

「普通、夏の登山なら、七時間くらいでしょう?」

槇田二郎は江田の意見をきいた。

「まあ、そんな見当です」

江田はうなずいた。

「約一時間、長くかかっているわけですね。長くかかったのは、秀雄が遅れたからですか?」

「浦橋君という初心者もいましたがね。岩瀬君も、あまり元気ではなかったようだし、途中の休みに時間をくったためです」

「秀雄の奴、どうしてそんなに疲れたのだろう? 混みあう三等車ならともかく、寝台車で、熟睡してきたくせに」

槇田二郎は、ひとりでつぶやいた。江田は答えなかった。しかるべきときは、沈黙に越したことはないと思った。

寝ることといえば、誰も相客のいない冷小屋で、両人《ふたり》はならんで横たわったが、そのとき、槙田二郎は靴を抱いて寝袋の中にはいった。山の心得をことごとく知っていることは、その一つだけでも江田には分かった。

江田は、容易に眠れなかった。しばらくすると、槙田二郎が声をかけた。

「江田さん、まだ目がさめていますか?」

江田は暗い中で目をあけた。

「はあ?」

「ぼくも何だか眠れないんです。ちょっとお話ししても、いいでしょうか?」

「どうぞ」

と言ったが、江田は動悸《どうき》が高くなった。

「あなたが遭難されたときですね。八月三十一日ですな。ぼくは天気予報を調べてみたんです。一週間前に松本測候所が出す、長期予報ですな」

槙田二郎は、静かに言いだした。

「それによると、先のことは分からないが、高気圧の勢いがあまり強くなく、今の好天気は長つづきをしないだろう、三十一日、一日ごろから気圧の谷が近づくおそれが大きいので、たぶん天気は悪くなる見込み。ことによると、この気圧の谷はかなり深いもののようだから、天気の崩れ方も大きいかもしれない。こういう週間予報を一週間前に出しているんです。江田さんは、その予報をお聞きになりましたか？」

「いいえ、聞きません」

江田は唾《つば》をのみこんだ。

「そうですか。それを参考にお聞きになっていたら、出発を延《の》ばされたかも分かりませんね。もっとも長期予報もあんまり当てにはなりませんが」


朝、小屋の中で、江田昌利と槇田二郎とは期せずして六時に目をさました。コッヘルで飯を炊《た》き、湯を沸かし、七時ごろに小屋を出発した。

七時ごろの出発は、あえて気にかけることではあるまい。たいていの登山者が南槍に向かって、この時刻に足を踏みだす。だが、江田の意識には〝われわれは七時すぎに小屋を出た〟という浦橋吾一の手記に槇田二郎が行動を合わせているとしか思えない。

しかし、これは江田が今朝起きたときから半分は覚悟していたことだった。おそらく槇田は七時に小屋を出発するだろうと考えて様子を見ていたが、槇田二郎は六時に寝袋から這いだしてから、まさにそのとおりになるように、支度したのであった。

こうなると、槇田二郎がこの先どのような行動をするか、江田にも見当がついてきた。槇田二郎は、『山嶺』の文章の上に製図用紙《オイル・ペーパー》をのせ、そのとおりに複写し、再現しようとしているのである。その目的が明瞭になると、江田のおそれはひろがり、弁解の理由を探しはじめていた。

両人《ふたり》は、今朝はあまり話をかわさず、黙々と南槍に向かってリズミカルな歩調で登山をつづけていた。よそ目には、いかにも気の合った同士が、熟練した技術を身につけて、冬山の縦走を試みているようだった。

布引岳の手前から積雪が多くなり、ワカンをはいても膝ぐらいまでもぐった。しかし、布引を越すと、柔軟な新雪は量が減少し、雪質は硬くなり、あきらかに氷の状態となった。黒部側から吹く強い風が雪を払い、黒い夏道が露出して見えた。両人《ふたり》はワカンを脱《と》り、アイゼンを靴につけた。

今朝も天気はよかった。空気は氷のように澄みきっている。ふりかえると、越えたばかりの布引と爺岳《じいがたけ》の山稜が彎曲《わんきょく》し、遠くに、常念《じょうねん》、槍《やり》、穂高《ほだか》の連峰が光っていた。松本あたりの盆地にはガスが海のようにみなぎって沈んでいた。

アイゼンは氷を嚙《か》んで音を立てた。歩く足が鳴っているみたいだった。

「久しぶりにこの音を聞きますよ。ほんとうに冬山に登った感じですな」

後ろから、槇田二郎の声が聞こえた。実際に喜んでいるらしい調子だった。

江田が返事をしないで歩いていると、

「江田さん」

と、槇田はあらためて呼びかけた。江田は仕方なしに立ちどまって振り向いた。

槇田二郎は、頸を左右にゆっくりまわしていたが、

「秀雄と前にお登りになったときは、この展望は利かなかったそうですな？」

と言った。

「そうです。朝から曇っていましたからね。残念でしたよ」

江田は答えたすぐあとから、昨夜、寝ながら槇田が言いだした天気の長期予報の話を思いだした。

「そうですか。ところで、この辺ですか、大町のサイレンが聞こえたというのは？」

槇田二郎は確かめるように言った。

「ああ、浦橋君が書いてましたね。そうです、ちょうど、この辺でしたな」

江田はつまらないことのように返事をした。

「それは東風《こち》だったんですね。だから聞こえたのでしょう。天気が崩れる前兆だったんですな」

槇田二郎は、ぼそりと、そんなことを言った。

江田は、どきりとした。槇田二郎の言い方は、天気が崩れるのにかまわず進んだのか、と非難しているようにもとれそうだった。あるいは、単にもの知りぶって、そう言ったのかもしれない。彼は槇田二郎の気持をどっちに決定すべきか、判断に迷いながら南槍の頂上に到着した。

見なれたケルンに霧氷が凍りつき、白い灯台みたいだった。両人《ふたり》はそこでリュックをおろして休んだ。槇田二郎は、例の花束をやはりリュックに結びつけ、相変わらず大切そうにしていた。

「九時になりましたね」

と、槇田二郎は時計を見た。江田は黙って前面の展望を眺めていた。さあ、いよいよこれからだ、という緊張が来ていた。

北槍の頂上が、いくぶん丸い恰好で前方に立っていた。そこまでの尾根道も、途中に左に巻いた縦走路も、その先の八峰《はちみね》キレットのあたりも、雪の中に埋まっていた。遠くに、妙高《みようこう》、戸隠《とがくし》の稜線が空を区切り、落ちこんだ谷間《たにあい》には姫川《ひめかわ》がにぶく光る線を描いていた。

「この景色も、あの日には見えなかったのですね」

槇田二郎が横にならんで立って言った。

「惜しい。ここから見えない山は、北アのモグリだとあなたはおっしゃったそうだが、まったくそのとおり、どの山でもみんな一望に視界の中にはいっていますね。それが全部見えなかったのだから、従弟《いとこ》の奴もがっかりしたでしょう。この辺から少しずつガスが巻きはじめたのですね」

槇田は江田昌利の顔を見た。

「そうです。この南槍からさがって、あの北槍を過ぎたあたりからガスがひどくなりましたよ」

江田は指をつきだし、その地点に当てた。

「危ないな、と思って、ぼくは引き返そうとしたのですが、岩瀬君がどうしても前進をがんばるものですから、つい、気が弱くなったのです。いや、これは岩瀬君を非難している意味ではなく、かえってその気持は分かるのですよ。ただ、ぼくがその熱心にほだされて弱気になったのがいけなかったのです」

「ごもっともです」

槇田二郎は、二度も深くうなずいて言った。その口吻《くちぶり》は十分に同情的だった。

「あなたの立場はよく分かります。リーダーには妥協は禁物だと言いながら、つい、人情負けするものですね。血気にはやった従弟がいけなかったのです。江田さんにはお気の毒でした」

彼はあやまった。

「いえ、そんなこと。とにかく、その気持は、山がおもしろくなった頃の誰にもあります」

「山がおもしろくなった時分にはね」

槇田もそこは同感だというふうに、念を入れてうなずいた。風が冷たくて強いため、彼の目は寒そうに細まっていた。

「ところで、どの辺から雨が降りだしたのですか？」

「北槍をすぎて五十メールくらいだったでしょうか。あの辺ですな」

江田は指を上げた。

「なるほど、それが十時二十分ごろですね？」

槇田二郎は正確に言いあてた。

「天気は、そのとき、回復の見込みはあったのですね？」

「希望を持っていました。その期待で、ぼくも半分は前に進んだのです」

江田ははっきりと答えた。

「そうでしょうね。そして、はっきりといけないと分かったのは？」

「あの尾根を歩いているときでした」

江田は指の方向を移動させた。

「ガスは濃くなるばかりだし、雨も風もひどくなってくるのです。これは、もうどんなにせがまれても断乎《だんこ》として引き返さねば危険だと思いました。岩瀬君は、ここで引き返せば、往復の六時間がロスになる、まっすぐに行けばあと二十分でキレット小屋に着く、たいへんな違いだと言いましたが、その主張は理解できても、万一の場合を考えると、勇気が出ません。ことにパーティの中には浦橋君という初心者もいることですから、岩瀬君の反対を押さえて引き返しました」

「適切な処置ですな」

槇田は賛意を表した。

「それで、濃霧と雨の中をここまで引き返されたのですね。それが十二時五分すぎ……」

「そんなものです」

江田は言った。槇田がいちいち時間の念を押すのが、たしかに、ある重圧になった。

「なにしろ、雲の中を歩いているみたいで、北槍の頂上も見えず、この南槍のケルンだって傍にこなければ見えなかったのですからね。天候は悪化する一方でした」

「合っています」

槇田二郎が答えた。合っている？　江田は何のことか分からなかったが、槇田二郎はポケットから小型の手帳を取りだして開いた。

「当日の天気の記録がここにありますよ。松本測候所に問いあわせたのですがね」

彼は読みはじめた。

「八月三十一日の夜から九月一日午前にかけて日本海に低気圧がはいってきて、北東に進み、ちょうど鹿島槍の北方を通り抜けている。その低気圧の中心から南西にのびる前線が本州付近に停滞しているので、どこから見ても天気の回復しない型《タイプ》だった。雨量は中部地方の山岳部では五六十ミリ、風速十メートル、気温は二千メートル以上の高山で日中は五度くらい、明けがたには氷点下三度くらいだった見込み」

江田は胸が少しふるえた。槇田二郎は、いつのまに、そんなことまで調べたのであろうか。昨夜言った長期予報のことといい、今の記録といい、あきらかに今度の岩瀬秀雄の遭難地点登山行には周到な準備がなされていた。

小さな手帳を胸にしまった槇田二郎のおとなしい横顔は、まだまだ、いろいろなことが調べてあるぞ、と言っているようにみえた。

「どれ、ではぼつぼつ遭難現場にご案内していただきましょうか」

槇田二郎は江田に言いながら、リュックの雪を払い肩に担《かつ》いだ。そのときも、彼は花束を指でちょっと手入れするのを忘れなかった。江田は岩瀬真佐子の白い指を幻覚した。

江田は牛首山への尾根を先に立たされた。立たされたといっていいくらい、彼は後ろからしたがってくる槇田二郎に命令を感じていた。彼は、背中にたえず槇田二郎の刺すような目を意識せねばならなかった。

「なるほど、この尾根では、冷小屋《つべたごや》へ戻る道と錯覚するのは当然ですな」

そのくせ、槇田二郎の声はやさしく、親しげであった。

「あすこに見える牛首の頂上も、その丸味のある恰好といい、高さといい、布引とそっくりだし、この尾根もあの縦走路のように幅がひろく、ガレ石もあるし、同じようなブッシュもある。まったく、よく似たものですな」

彼は感嘆していた。

「これじゃ、ガスで視界が利かないときは、実際に間違いますね」

「そうなんです」

江田は、相手が本気で言っているのかどうか迷いながら、とにかく主張した。

「てっきり布引を越して戻る道だと思いこんだのです。ガスが少し薄くなって、どこかの山が一部だけでも見えると、すぐに間違いは分かったんですがね。何しろ壁のような濃霧と雨とで、この尾根も二メートルくらいの見とおしがやっとでしたからね。まさか黒部へ突き出ている支稜を西へ西へと向かっているとは、夢にも想像しませんでしたよ」

「それに、暗くなりかかったのでしょう?」

「そうです。だから、いよいよ運が悪かったわけです。迷ったと分かった時が夕方でしたから」

江田は槇田二郎が好意的に話を誘導しているのに気づいた。彼はもっと多く自分にしゃべらせたいと狙《ねら》っているのであろうか。江田は警戒して口を閉じた。

槇田二郎も、それからしばらくは黙った。両人《ふたり》は氷状になった硬雪をアイゼンで踏み刺しながら、牛首のゆるやかな頂上を越えた。眼前には、凄涼《せいりょう》たる雪の立山と剣がすさまじい迫力で威圧してせまった。

尾根は灌木帯《かんぼくたい》にはいった。低い黒い木は半分は雪に埋もれていた。ここまで来ると積雪はふたたび深くなり、脚が膝の下まで潜った。

「従弟の奴、このへんで、すっかり弱りはてたのですな?」

槇田二郎がまた言った。

「そうです。前から疲労していることはわかっていましたが、それほどひどいとは、思わなかったのです。とにかく、一歩も動けないという有様でした。やはり、道に迷ったのがこたえたのです。ぼくの責任です」

江田は頭を垂れて謝罪した。

「いやいや、そりゃ仕方がないですよ。遭難の時は、妙に悪条件が重なるものです」

槇田二郎はおとなしくさえぎった。

「それに、秀雄の奴、はじめから変にアゴを出していたようですね。どうしたのだろう、身体《からだ》でも悪かったのかな」

槇田は、あとを、ひとりごとのようにつぶやいた。

「ぼくの注意がたりなかったのです」

江田は、それ以上、そのことで話相手になるのをやめた。遭難のときは、妙に悪条件が重なるものです、とか、岩瀬秀雄の身体の具合でも悪かったのか、とかいう槇田二郎のさりげない一語は、相手になっていると、蔓草《つるくさ》のように伸びてからみつかれそうな無気味さをもっているように思われた。

両人《ふたり》は、また黙ってしばらく歩いた。灌木帯は依然としてつづき、やがて、前回に迷いこんだケモノ道のところに来るはずだった。槇田二郎は今の話のつづきを諦めたようにみえたが、

「江田さん」

と、やがて呼んだ。

「はあ？」

江田は、何を言われるかと思って身がまえた。

「あなたは山中《やまなか》温泉に行ったことがありますか？　石川県の山中温泉です」

「いや、あ、あります、前に一度だけ……」

江田は思わずどもった。心臓がいちどきに騒ぎはじめた。唇が白くなった。

「秀雄もあるんですよ。今年の六月ごろにね。いや、秀雄が凍死したものだから、反射的に奴が温泉に行ったことを思いだしたんです。皮肉ですな、夏のはじめに温泉に浸りに行った奴が、三カ月後には凍え死にに登山したんですからな」

江田は返事をしなかった。返答の声が出なかったのである。

彼のその沈黙は、岩瀬秀雄の死の場所に到着して、槇田二郎がリュックに結びつけ

た、従妹《いとこ》の花束を解き、雪の上に置いて合掌《がっしょう》する間じゅうもつづいていた。

そこは黒いブッシュが少しとぎれ、白い雪がまるくふくれていた。まるで岩瀬秀雄の裸の死骸《しがい》の上に雪がつもっているみたいだった。

江田昌利は、黙禱《もくとう》する恰好で、槙田二郎の様子を見まもっていた。

七

江田昌利と槙田二郎とは、ブッシュのとぎれた雪の上で四十分は、たっぷりと過ごした。それは槙田二郎が、従弟のために花束を供え、その冥福を祈っている時間であった。彼は雪を掘り、花束を半分挿し入れた。岩瀬真佐子の託した黄色い菊は雪の上に立って冷たい風に揺れた。

「かわいそうな奴だ」

槙田二郎が、リュックを背負いながら言った。そこで気が触れ、裸になって駆けだしてたおれた、従弟の岩瀬秀雄に向かっての言葉だった。

江田昌利は、この時まで終始傍観者であった。傍観者というよりも、槙田二郎の観察者であった。しかし、槙田の様子には、別段いちじるしい変化はなかった。彼は従弟の遭難現場を弔いにきた目的のとおりに、おだやかに行動しただけであった。

だが、江田は、槇田二郎が山中温泉を話題に出したことで、彼への疑惑がいっそう強くなっていた。たくみな話し方ではあるが、たしかに彼は黒い針をうちこんできた。江田の胸には暗い動揺がつづいていた。

太陽は頭の上近くにきていた。あたりの雪が強烈に輝いた。

「十一時ですな。ぼつぼつ戻りましょうか」

帰路も、江田が先に歩き、槇田が後ろを歩いていた。まだらに黒い灌木帯の中を、両人は牛首山の方へ向かって登っていた。

「江田さん」

槇田二郎の声が、背中から聞こえた。

「あなたが、救援隊を呼びに、ここを出発されたのは何時ごろですか?」

「五時半すぎでした」

江田はできるだけ平静に答えた。

「それは暗かったでしょう。途中が大変だったですね」

槇田は言った。

「無我夢中でした。なにしろ、疲労しきっている岩瀬君と、初心者の浦橋君を残しているのだから、気が気でなかったのです。冷小屋に着いたのが八時半ごろで、懐中電灯一つ頼りによく行けたと思います」

江田は答えた。

「その条件で三時間なら早い方です。やはり、そんな場合はふだんの常識以上のことができるのですな」

槇田二郎は賛嘆するように背後から言った。

「しかし、冷小屋に八時半に着いたのでは、どうにもなりませんでした。M大の山岳部の連中が居てくれたのですが、明日、夜が明けるまで待たねば、何としても救援に行けないと言うのです。先方の言うことはもっともですが、こちらは、両人《ふたり》のことを思うと、居ても立ってもいられない気持でした。浦橋君には、岩瀬君をおさえて、決して現場から動いてはいけないと堅く言いおいてきたのですが、もしかすると、山の恐怖から思わず動いているんじゃないかと不吉な想像をしたりして、未明まで、まんじりともしませんでした」

「そうでしょうね」

槇田は江田の説明にうなずいているようだった。

「それが、あなたの予感どおりの結果になったのだから同情します。深夜の山に置かれたときの、想像を絶した恐怖や寒さから、人間はじっとしていられないのですね。その点は、動物にかえるのでしょう。多くの遭難の記録がそれを語っています。浦橋君の手記も、そこんところがよく書けている」

江田は心の中で浦橋吾一を憎んだ。彼がつまらぬ手記を雑誌などに自慢げに出したものだから、槇田二郎はそれを下敷きにしてなぞっているのだ。

「あ、そうそう」

槇田が気づいたように言った。

「動物といえば、これはケモノ道ですね？」

歩いている径は、たしかにミチといってもいいくらい、灌木帯の中に細く、白い筋になっていた。

「そうなんです」

江田は答えた。

「いつも警戒しているのですが、気があせっているので、つい、間違えたんです」

「よくあることですよ」

槇田二郎は理解した。

しかし、そのケモノ道が、牛首の稜線で切れ、なだらかな頂上が近くなったころ、槇田二郎は突然言った。

「江田さん、あなたは、そのとき、この辺の地図を調べませんでしたか?」

江田は、どきりとした。が、息をととのえて答えた。

「あいにくと、この牛首方面の地図は持ってこなかったのです。それは五万分の一では《立山》にはいっているので、《大町》にはありません。われわれの目的は鹿島槍縦走ですから《大町》一枚にしたのです。まさか、牛首へ迷いこむとは思わなかったものですから」

江田は答えて、後ろの相手の声を待った。


「そうですね」

槇田は背後から歩みながら言った。

「五万分の一の《大町》には、冷池、北槍、布引、八峰キレット、五竜が地図の左の端すれすれに付いている。南槍はちょっと切れて、隣の《立山》にはいっているから、普通の鹿島槍縦走コースは《大町》一枚で間に合いますね」

彼は、それをよく知っていた。

「しかし、地図としては悪いところで切れたものです。ちょうど、あの辺が二つに割れているんですからね。もう少し、右に寄って、牛首山まではいると都合がいいんですがね」

槇田二郎は、すこし笑った。

折から両人《ふたり》は、なだらかな牛首山の頂上に達したところであった。南槍と北槍の稜線が碧《あお》い空に真白に氷結し、その下から黒部側の雪の斜面が眼前に落下していた。

「少し休みましょうか」

槇田二郎は、その眺望をゆっくり愉《たの》しむように腰をおろした。江田は、彼とすこし離れて斜めの位置にすわった。彼は槇田が、また地図のことを言いだすに違いないと思った。

「その二つに切れた地図のことで思いだすんですがね」

槇田二郎は、はたして言った。彼は煙草をとりだし、青い煙を吐いて、指に持った。

「大正二年の夏、東大生のパーティが奥秩父《おくちちぶ》の破風山《はふざん》に登って遭難したことがあります。むろん、ぼくらの生まれていないときで、記録で読んだのですが」

彼は静かに言った。

「その時も五万分の一の地図が破風山の近くで《金峰山《きんぷせん》》と《三峰《みつみね》》とに割れていたのですね。破風山は《金峰山》の端にあるので、東大生は《三峰》を用意しなかった

んです。ところが道をあやまって破風山の東を迷い《三峰》の地図を持っていなかったばかりに、遭難したんです」

江田は黙って聞いていた。槇田二郎は何を言おうとしているのか。彼はちらりと槇田の顔に目を走らせたが、槇田二郎はふたたび煙草をくわえて目を細めていた。しばらく沈黙がつづいた。江田は鼻に吸う空気が痛いくらいに冷たいのを覚えた。

「江田さん」

槇田は、口から煙草をはなして言った。

「今度のことで、ぼくは東大生の遭難を思いだしたんです。よく似ていますね。もちろん、今度の場合は、直接には牛首の地図がなかったことに原因しません。しかし、遭難の理由を言う際には、その条件の一つにはなると思うんです」

槇田の話し方に変わりはなかったが、江田は、突然、胸をなぐられたように感じた。

彼は頭が瞬間に空虚になった。

「そうすると、あなたは……」

江田は叫んだ。

「ぼくが故意《こい》に、《立山》の地図を持ってこなかったとおっしゃるのですか?」

「そうは言いません」

槙田二郎は、身動きもしないで、微笑みながら言った。

「しかし、今度の遭難にはいろいろな悪条件が偶然に重なっています。《立山》の地図をあなたが、ほかの両人《ふたり》に指示して持ってこさせなかったのもその一つです。もちろん、よけいな地図は一枚でも邪魔だという理由からですが、その偶然の悪い条件の一つに数えてもいいんですよ」

江田は反駁《はんばく》しようとしたが、すぐに適当な言葉がなかった。来た、いよいよ相手は来た、と感じ、胸の動悸が苦しいくらいに早く搏《う》った。

「ぼくは、その悪条件というやつを、いま考えているところです」

江田の応答の有無にかかわらず、槙田二郎は言った。声には、その顔色と同じように少しも興奮がなかった。

「まず、従弟の岩瀬秀雄ですが、登山にかかったときからたいそう疲れていた。新宿から寝台車で寝てきたのだから、身体は楽だったはずです。三等車の大混雑からみれば、まるで天国です。三等車では熟睡はできません。しかし、ぼくも見学したとおり、あの楽な三等寝台で来たのだから、不眠のために疲労したとは思えない。げんに、手記を書いた浦橋君は初心者だが、ずっと従弟より元気に登っているようです。つまり、秀雄の奴が、最初から疲労していたのが、そもそも、悪条件のはじまりです」

槇田二郎は、煙草を捨て、江田の方を見た。

「ぼくは、どうもふしぎで仕方がないのです。秀雄がどうして、あんなに疲れていたか。江田さんはご存知ありませんか?」

「知りませんね」

江田は唇を堅くして答えた。

「そうですか。じゃ特別に原因もなく、偶然に身体の調子が悪くなったのでしょうな。それから、いや、これは歩きながら話しましょう。出発しないと遅くなりそうです」

槇田二郎は、尻の雪をはたいて立ちあがった。

両人《ふたり》は、牛首山から南槍に向かってふたたび歩きだした。やはり江田昌利が先になり、槇田二郎が後ろについた。

「つづきを言いますよ、江田さん」

槇田が後ろから言った。江田は背後から槇田の声が来るだけで気味悪かった。人間は、常に背中には無防備を感じている。

「秀雄は大谷原から西俣《にしまた》出合《であい》まで二度休んでいます。普通なら、直行するか、せいぜい一回程度です。最初からどんなに疲れていたか分かります。それから西俣出合の大

休止では、あの冷たい水をがぶがぶ飲んでいる。次に、赤岩尾根の難儀な四時間の急な登りですが、五回、休止をとっていますね。これも三回くらいが普通でしょう。ちょっと腰をおろす程度で五分間くらいでしょうな。しかし、あなたは秀雄が疲れているという理由で、長い時間を休ませた。それも、リュックを背中からおろさせてね。たいそう丁重にあつかってくださったようだが、実は、それが疲労を倍加させる結果となったと思います。ぼくは、ここへ登るときに実験したが、足の調子がすっかり狂うんです。かえって疲れがひどくなるものです。そんなことで秀雄はよけいにくたびれた。相変わらず水は飲む。自分のぶんではたりずに、あなたの水筒まで奪《と》ったようです」

槇田二郎は背後から話をつづけた。しかし、その口調は、やはり落ちついていて、ぼつぼつと思ったとおりを口にだしているといった話し方だった。饒舌《じょうぜつ》の感じは少しもなかった。

江田昌利は真正面を向いて歩いていた。南槍の山頂も稜線も、彼の視界から薄れた感じだった。眩《まぶ》しく輝いている雪もくろずんで見えた。唾をのみこんだが、それが痛いほど、咽喉《のど》が乾いていた。

「そのため、冷小屋につくまで、たっぷりと一時間は遅れていますね。秀雄もたいし

たことはないが、それでも多少の経験者です。これはあまりに時間がかかりすぎます」

槇田二郎は話をつづけた。

「その夜は小屋泊まりですが、浦橋君の手記によると、宿泊者が多くて、遅くまで話し声が聞こえ、眠れなかったと書いてあります。われわれも経験があります。まったく、小屋でぼそぼそと話し声がしていると、耳についてやりきれません。秀雄はその晩もよく眠っていなかったかもわかりません。だが、これは予定の意志になかったことですが、効果はありました」

「予定の意志?」

江田は、はじめて口を開いた。前方を向いて歩きながらだった。

「どういう意味ですか?」

声がかすれていた。

「たとえば」

槇田は江田の背中にひたひたと付いて言った。

「たとえば、ここにある可能性にもとづいた意志をもった男があるとします。その男は鹿島槍に何度も登り、山をよく知っていました。その仮定で話をすすめましょう。

彼は、山好きの友人を鹿島槍に誘いました。そこで必要以上に彼をいたわるような手段をとりました。他人の目には、大事そうにあつかっているが、実はそれが疲労を与える要素をもっていたのです。それで山の天候が悪くなると……」

「ちょっと」

江田は手をあげるようにさえぎった。

「山の天気は、自然現象です。その男の意志ではどうにもなりません」

「長期予報を聞いていたとしたらどうでしょう。天気が崩れる可能性のあるとき誘って、その時期に登るんです。いくらかの確率はありますよ」

「偶然を期待するほかありませんね。天気が悪くならなかったら?」

「そのときは別な方法を他日選んだかも分かりません。しかし、実際には、予報どおり天候が悪くなっているから、その確率は高かったのでしょう。ただの偶然の期待ではありません。そうだ、この話は全部可能性の確率の上に立っていますよ」

槇田二郎は言った。

「北槍をすぎたあたりから、ガスが濃くなり、雨さえ降ってきた。その男は引き返そうと言いました。だが、山登りのおもしろさを覚えたばかりで、冒険心を起こしている友人は前進することを言い張りました。それに、引き返せば六時間が無駄になるという時間的な損失感の問題もある。なにしろ、彼らは勤め人だから、時間上の制約があった。一時間でも損失したくなかった。リーダーになっている彼は、しぶしぶその主張にしたがって前進しました。しかし、内心ではそうなることを計算に入れていたかも分かりません。つまり、そういう状態にある友人の心理です」

江田昌利は、前方に目をむき、口から白い息を吐いて歩いていた。背中から武器をつきつけられて歩いている捕虜みたいだった。しかし、この時になって、彼は恐怖の中に妙にふてぶてしい闘争感が、追いつめられた動物のように首をもたげてきた。

「それから歩行をつづけたが、いよいよだめだとわかって北槍をすぎたあたりから引き返した。南槍の頂上に戻ったのが十二時すぎ。この時間にも彼は期待していた。そうですな、そういえば、この遭難の条件は、ことごとく彼の期待性の上に組み立てられているようです。あるいはその積み重なりです……」

槇田二郎のおとなしい言葉はつづいた。

両人《ふたり》はいつか南槍の頂上に達していた。

ふたたび霧氷におおわれた南槍頂上のケルンに両人は近づいた。槇田二郎は、そこで肩からリュックをおろした。江田昌利も同じことをした。なんとなく決闘をはじめるために外套《がいとう》のボタンをとって脱ぐ姿勢を思わせたが、槇田二郎はリュックの上に腰を下ろし、肩を張って前方を眺めていた。

妙高《みょうこう》、戸隠《とがくし》の稜線が雲にかくれ、薄いガスの中に姫川の細い線がかすかに透《す》いて見えた。それは静かな遠景である。足もとには急激な斜面が、――北俣本谷と呼ばれる絶壁が、覗《のぞ》いただけでも、のまれそうな、すさまじい形相で落下していた。

「彼らが、ここに北槍から戻ってきたのは十二時五分でした」

槇田二郎は、目を遠いところに向け、横に蒼い顔で頬杖《ほおづえ》突いてうずくまっている江田昌利に言った。

「むろん、この景色は見えなかった。厚いガスに閉ざされ、この大きなケルンさえもほんの近くまでこないと分からないくらいだった。彼は、それから先頭に立って、布引を経て冷小屋の方へくだったのだが、実はそれが牛首山の方角でした」

槇田二郎はあまり抑揚のない声でつづけた。相変わらず、彼という仮定法だった。

「何度も言うとおり、この牛首尾根と布引尾根とは実によく似ている。幅といい、勾配《こうばい》といい、破片岩、這松《はいまつ》、ブッシュの道具立てまで同じだ。二メートルの見とおしがきかないくらい濃い霧の中では、間違えても不審を起こす者はないでしょう。げんに『鹿島槍研究』という山岳書には〝南槍頂上でガスにでも巻かれると、冷小屋へ下るのに黒部へのびる牛首山の尾根にはいってしまうことがしばしばなので、十分注意しなくてはならない〃と、書いてあります。今までも、たびたび、彼らのように迷いこんだ人があるとみえます。だから、今度の遭難を誰も咎《とが》める者がいない。ぼくだけです。ふしぎに思ったのは……」

江田昌利は頬の筋肉を動かした。うかがうように槇田二郎の顔に目を走らせたが、槇田はやはり気づかぬように遠くを眺めていた。

「ふしぎに思った理由を言いますと……」

槇田は、話をつづけた。

「仙台で従弟の秀雄の死を、その姉の美佐子から知らされたときは、ただの遭難だと思ったんです。ちょうど、秀雄は山登りの味を覚えて生意気になった頃だし、遭難は、そういう人間に起こりがちですから、秀雄もその組かと思ったのです。ところが姉の真佐子は、秀雄の死がどうもおかしいから調べてくれないかと手紙で言ってきたんです。ぼくが登山が好きで、また多少の経験があるのを頼ったんですね。真佐子の疑問は素人《しろうと》考えのきわめて素朴なものでした。つまり、同じパーティの中で、あなたはともかくとしても、初心者の浦橋君が生き残り、秀雄だけが死ぬはずがないというんです。これは山のことを知らない人間が肉親びいきに言う話だと思って放っておいたのですが、それから二カ月くらい経って、あの『山嶺』という雑誌を真佐子が送ってきたんです。浦橋君の手記をよんでみろというわけですな」

槙田二郎の話していた彼という仮称は、いつのまにか、あなたという直接話法になった。しかし、その混同も、江田昌利には気にならなくなった。指を向けられているのは自分である。仮定法で話をすすめてきた槙田二郎は、現実に江田昌利を弾劾《だんがい》しはじめているのだ。

「ぼくはそれを読んだ。秀雄はひどく疲れていることが分かった。なぜだろう。身体の調子でも悪かったのか。真佐子に問いあわせると、そんなことはなかったという。家を出るときは元気いっぱいで、はしゃいで出かけたという。江田さんが寝台をおごってくれたので、贅沢《ぜいたく》な登山だと喜んでいたそうです。寝台で横になって行ったのだから、汽車で疲れたというわけではあるまい。いったんは、そう思いました。しかし、大谷原から冷小屋までの途中、あなたは秀雄を何度も休ませた。必要以上に休憩することが、かえって疲労の増進に役立つことをぼくは知っていました。いたわるように他人には見えるかもしれないが、実はそうではない。待てよ、とぼくは思った。寝台車も、そのやり方に似てないか、ひどくていねいなあつかいである。しかも、容易に手にはいりにくい上、高い料金を払ってあなたが寝台券をおごってくださった。

親切すぎるんです」

槇田二郎は、ここでうすら笑いをした。

「しかし、寝台車で疲労するわけは絶対にない。それなのに、翌朝、登山にかかったとき、なぜ、あんなに秀雄は疲れていたのか。ぼくはいろいろ考えたが、結局、結論は一つに落ちつきました。秀雄は寝台車に乗ったが、眠れなかったのです。不眠が秀雄を疲れさせたのです。では、なぜ、あいつは眠れなかったのか。ぼくは、従兄《いとこ》だから、よく、あいつを知っていますが、横になると、どこでもすぐにいびきをかく男なんですよ。それが、眠れないというのは、誰かが、秀雄を眠れなくさせたのです」

「眠れなくするには」

槇田二郎は、新しい煙草をくわえ、マッチをすった。

「覚醒剤《かくせいざい》のような薬を飲ませるか、あるいは、眠れないくらいの精神的なショックを与えるかです。秀雄は、薬を飲まされたんじゃない、非常な精神的なショックをうけたんだとぼくは思います。誰かが、そんな話を秀雄に寝台車で言ったのだと思いますね。では、なんだろう、そんなに秀雄が衝撃をうける話とは。……これはぼくらには分かりません。おそらく当事者間だけの秘密と思います。その人から、説明を聞かねば、内容の想像がつきません」

江田昌利は頬杖ついた手をはずし、額に当てた。背中をまるめ、頭を垂れていた。

槇田二郎は、はじめて目を動かして、江田の恰好をじろりと見た。それからとぎれた話をつづけた。

「ぼくは、東京へ出てきて、あなたに従弟の遭難現場までの案内をお願いしました。あなたは快く承知してくださった。もうお気づきでしょうが、あなたといっしょに鹿島槍に登ることが、初めからぼくの実験でした。浦橋君の手記のとおりに、そのコースはもとより、途中の小休止の回数、その時間、出発の時刻、何から何まで同じに合わせました。新宿駅で同じ列車に乗った時から、その実験は、はじまっていたのです。その結果、あなたが秀雄にショックを与えて車中で眠らせなかったこと、これは、あなたが秀雄は高いびきで眠っていたと言ったにもかかわらず、浦橋君の手記にある、秀雄が遅くまでデッキに立って煙草をのんでいた、という一文でも分かります。彼が眠れなかったことは、翌朝、疲労していた事実と同じに確かだと思います。山登りの途中でも、あなたはその疲労を加えるように工夫した。ところで、江田さん、次に、ぼくが発見したのは、時間ですよ」

江田は、それを聞くと、どきりとしたように顔を少し上げ、耳を澄ますようにした。

「当日、冷小屋を七時に出発、布引、南槍、北槍をすぎて、八峰キレットの手前までは普通の時間をかけています」

槇田は、また煙を吐いて言った。

「そのころから天候が悪化した。秀雄は、半分は自暴的な気持になったとみえ、前進を主張する。あなたは、それをとめる。この辺の駆引《かけひき》は、あなたの思う壺《つぼ》だったに違いない。そして、この南槍まで引き返したのが十二時ごろで、すぐに牛首山の尾根の方へ向かう。これを冷小屋へおりる道ととり違える錯覚を装う。思えば、絶好の場所を見つけたものです。ほかの地形では利用できなかったでしょう。牛首山を越えて、霧の中をケモノ道まではいってしまう。この辺で、はじめて道を間違えたことに気づき、しばらく彷徨《ほうこう》しては時間をかけます。だから、あなたが、冷小屋へ救援を求めに現場を出発したのが五時半すぎでしたよ。おそらく、これが予定の時刻だったでしょう。なぜなら、あなたの頭の中には、救援を頼みに冷小屋に到着するまでに三時間はかかる。すると小屋に着いたときが八時半です。夜の八時半では、いくら救援隊が現場に行こうにも、夜明けまで出発を躊躇《ちゅうちょ》するにちがいない。事実、そのとおりでした、居合わせたM大の山岳部員も、翌朝になって救援に出動しています」

槇田二郎は、まるで文章を棒読みするように話した。

「秀雄は、雨にうたれ、寒さと疲労で一歩も動けない。その身体で、当夜、測候所調べによる氷点下三度までさがった山中にうずくまっていたのです。極度の疲労と寒冷、凍死の条件はそろっています。割合元気だった同行の浦橋君までが、救出されたときは危険な状態になっていました」

槇田二郎は、長い談話をそこで唐突に切った。煙草を雪の上に捨て、しずかに自分の長話にたいする江田昌利の反応を待つ姿勢をした。肩の張った彼の恰好は、攻撃をうけたら、いつでも立ちあがる態勢のようだった。

江田昌利は、黒いアルパイン・ベレーを両手で押さえるようにして聞いていた。壁に追いつめられ、身動きできない萎縮《いしゅく》している状態に似ていた。

氷を張ったような、咳《せき》をしただけでも音立ててひびが走りそうな沈黙がしばらくつづいた。足の下の渓谷を、うすいガスが動いていた。

「おもしろいお話ですが」

江田が痰《たん》のからんだような声を低く出した。

「あなたの類推は、偶然の現象ばかりを取りあげている。偶然では、どんな考えをもっていても、計画的とは言えませんよ」

「偶然があることは認めます」

槇田二郎は、江田の反撃をおとなしく受けた。

「しかし、その偶然にあなたは期待をかけていました。それはもう偶然ではありません。さきほどから言うとおり、これは可能性の積み重なりです。天候も予報で予知することができる、ある条件を与えて疲労させることもできる、《立山》の地図を持って行かないこと、道を間違えること、時間の調節、これは人為的にできる。この条件がことごとく、凍死を期待させていました。期待性の堆積《たいせき》は、偶然ではなく、もう、明瞭な作為ですよ」

八

これまで、殺人という言葉はださなかったが、槇田二郎は、はっきりと江田昌利が岩瀬秀雄を殺したことを指摘した。

が、その異常な内容をもっているにもかかわらず、槇田二郎の口調は少しも激しい波を起こさなかった。依然として、両人《ふたり》は目を前方の風景に向けたままだった。

「ただ、ぼくに分からないことが一つあります」

槇田二郎は言った。

「動機です。なぜ、あなたが秀雄を死なせなければならなかったか、です。この理由がどうしても分からない。これは姉の真佐子にきいても心あたりがないという。おそらく、あなたと秀雄とだけの秘密ではないかと思います。ただ、何かの関係があるのではないか、と考えるのは、秀雄が今年の六月、石川県の山中温泉に行った事実です。そのとき、秀雄は言わなかったが、彼ひとりではなかったらしい。誰かといっしょだったようです。それが秘密くさいと真佐子は言うのです。だが、あなたではない。調べたが、あなたは六月はずっと銀行に出勤しておられました」

江田は指先をふるわせた。瞬間に彼の姿勢は前かがみになった。

「その山中温泉行きが、あなたに関連しているかどうか分からない。江田さん、動機を教えてください、と頼んでも、あなたはたぶん、言わないでしょうな?」

槇田二郎は、江田を見た。江田も槇田を見た。両人の目は、はじめて正面で火のように合った。が、それをはずしたのは江田昌利が先だった。

しかし、そのことはかならずしも江田昌利の完全な敗北を意味しなかった。打ちのめされながらも、彼が地上に頭をすりつけるには、少しばかりの隙間《すきま》がまだ残っていた。その余地は相手が一つだけ大事な点に未知だということからきていた。

「調べることがお好きのようだから」

江田は頭をやや上げて言った。

「それも調べられたらいいでしょう」

「そうですか」

槇田二郎は受けた。

「調べます」

「調べて分かったら？」

江田はすぐに反問した。

「動機が分かれば決定的ですよ」

槇田二郎は、はじめて強い語気で答えた。

「あなたの犯罪が決定的だという意味です」

「決定的になったら、ぼくを、どうしようというんです？」

江田の質問に、槇田二郎は返事を暇どらせた。たぶん、その激しい切り返しを予期しなかったのであろう。彼はすこし呆《あき》れたような顔をして江田をみつめ、次に、はっきりと憎悪の表情に変化させた。

「犯罪を追及します」

槇田二郎の声は興奮していた。

「どういう形式でか、今は、言えない。警察に訴えるか、あるいは、文章や言葉で糾弾《きゅうだん》するか、それは分からない。しかし、しかしですね、このままではすませません。少なくとも、あなたの社会的な人格や生活に致命的な打撃を与えるつもりです。それは、かならずやります。覚えていてください」

江田昌利はまったく顔を上げていた。槇田二郎が興奮している。この男が――冷静で岩石のようにかまえていたこの男がである。この変化と崩壊が、江田に急速に回復を与えた。いや、実は、さっきから少しずつ立ちなおってきているところだった。

「分かりました」

と、江田は答えた。それから、彼は腕時計を見た。

「もう二時です。ぼくは今晩の夜行に乗らなければならない。休暇は今日までだから、明日は定刻に出勤しなければなりません」

江田昌利は、不意に、まるきり別なことを言った。

「今から冷小屋を経て西俣出合におりるには四時間かかる。それから鹿島部落まで二時間を要する。とても大町行きの最終バスに間に合わない。鹿島部落で一泊するようになるが、それでは東京に着くのが明日の午後になります。困った。明日は休むわけにはゆかないんですよ。槇田さん、この北俣本谷の壁をおりましょう。四十分で西俣出合に達しますよ。四時間が四十分に短縮できる。最終バスに間に合うのです。あなたも、早春のころ、ここを下降した経験があると言われましたね？　いっしょにおりてください」

江田昌利は、急激に落ちこんでいる雪の渓谷を指した。

「いままでのお話は、よく分かりましたから」

南槍の小広い頂上から、北槍側に向かって五十メートルくらいのところが、小さな鞍部《コル》になっていた。北俣本谷の巨大な壁の落下がそこからはじまっている。千メートル下の白い底まで見え、覗くと、足が麻痺《まひ》して身体が吸いこまれて転落してゆきそうな幻覚をおぼえた。

だが、真下を見ずに、正面に目をむけると、左右に張りだした小さな尾根の先が流れあい、その向こうに安曇《あずみ》平野がひろがり、さらにずっと遠方には棚引く雲のようなかたちをした山の重なりの上から、浅間《あさま》の白い煙が動かないくらいにゆっくり空にのぼっていた。

しかし槇田二郎も、江田昌利も、その景色に背を向けて、雪の急斜面に取りつき、すこしずつ這《は》いおりていた。江田が先になって下を行き、三メートルくらいの間隔で槇田二郎が上を這いおりていた。このルンゼは、ほとんど垂直で、江田が上を見ると、槇田二郎の踏張《ふんば》った両脚の間から、雲の動く碧《あお》い空がのぞかれた。

江田はピッケルを雪の中にさしこみ、アイゼンで雪を蹴込《けりこ》みながら足場をつくりつつ、一歩一歩、くだっていった。雪は新しいから柔らかい。上の槇田二郎も、同じようにキックしながらつづいてくる。さすがに確かな技術だった。

槇田二郎はこの雪の壁の下降をこばまなかった。江田は、そのことをはじめから計算に入れていた。登山はスポーツだ。槇田二郎ほどの男が、江田に挑戦されて拒絶するはずはない。その心理の測定に狂いはなかった。槇田二郎は、大きな呼吸を一つして、切り立った雪の断崖に足をかけたのだ。

その這いおりてくる姿を、下から、ときどき見あげながら江田昌利はわらった。もう一つの計算がまだ彼にはあるのだ。槇田二郎はかつて早春に、ここを登攀《とうはん》した経験があると言った。一冬を越した早春の雪は下から凍《い》てついてコンクリートのように堅い。新雪は柔らかい。槇田二郎はおそらく勝手が違うだろう。

江田昌利は、この壁を夏に何度も登っていて、およそ、どの辺にクレバスがあるかを知っていた。この割れ目は深さ十メートルくらいある。人間が落ちこんだら這い出ることができない。夏には、雪渓が切れたところが滝になっているが、いまはその割れ目の上を雪がおおっている。

早春に登攀した槇田二郎は、たぶん、このクレバスの上を通過したであろうが、冬を経た雪は割れ目の中にくさびのように詰まり、気づかずに歩くことができた。しかし、新雪は違う。柔らかいから下は空洞だ。身体を乗せたらひとたまりもなく、陥没するのだ。

江田昌利は、用心深くピッケルの柄を雪にさしこみながら、さぐるようにおりた。この辺だろう、もう来るはずだ、と思っているうちに、ピッケルは抵抗をうけずに、首まで雪の中にもぐった。まさしく空洞だった。江田は身体をすこし横に除《よ》け、そこでとまると、ピッケルを手に持ちなおし、試掘した個所から一メートルくらい上方を、こつこつと雪掻《か》きした。

「槇田さん、あなたの知りたい〝動機〟を言いますよ」

その作業を気づかれぬように江田は下から突然に声をかけた。槇田二郎は上で這ったままの姿勢でとまった。

「よく聞いてください。動機はね、恥を言わないと分かりませんが」

ピッケルで雪を横に掻きのける作業をつづけたままだった。

「岩瀬君は、ぼくの女房と普通でない交渉があったんです。この六月、山中温泉にふたりで行って泊まったんですよ。女房は口実をつけて五日ばかり家を留守にしましたが、ぼくはあとで感づいたんです。ふたりがどの旅館に泊まったか、ぼくは七月のはじめ、山中温泉まで出かけて行って調べてきたんです。確証はあります」

槙田二郎は声をのみ、その位置に貼りついたようになった。

「岩瀬君は、ぼくが知らないと思っていたんですな」

江田昌利は上に向かって大きな声を出した。

「あの寝台車の中で、それとなく匂わせてやりました。すっかり言ったのではなく、ほんのちょっぴり匂わせてやったんです。その方がかえって相手にショックなんです。岩瀬君が眠れなかったのは、そのためですよ。分かりましたか、それだけですよ、動機は……」

あっ、と槙田二郎が声を立てた。それは江田昌利から真相を聞かされたためなのか、それとも、折から彼の足をかけた雪が動き、勝手に下に滑りだしたためか分からなかった。江田が掻きのけたためにできた雪の断層に、上部の雪が重味に耐えかねて、下降をはじめたのである。

それは小さな雪崩《なだれ》となり、槇田二郎のもがく身体を載せて、江田の見ている前を走った。それから白い雪煙が上がり、槇田二郎の黒い姿は魔術のように見えなくなった。煙がしずまり、江田は十メートルの深さのクレバスの底に伏せている槇田二郎の姿を目に想像した。

江田昌利は、孤独《ひとり》になると、姿勢を前向きに変えた。そこからは勾配がやや緩くなっていた。彼は下降をふたたびはじめた。槇田二郎の遭難は、さっそく下山して報告せねばなるまい。が、彼の死体が上がるのは、来年の晩春か初夏のころだろう。

——

そのとき、江田昌利は、小さな雪崩が、相変わらずつづいているのを知った。危険をさとった瞬間、雪崩の風圧は彼を背中から突きとばして転がした。彼の身体は、その帯の中で揉まれて回転した。そのため、彼は雪の表面に突き上げられる機会があった。彼の目は一瞬に外界を見た。南槍と北槍の白い稜線が彼の見開いた瞳に映った。彼は雪崩の下にならないように、両手を左右に泳がした。幸いに、左俣ルンゼは狭いため、雪崩も小さく、腰を埋めた程度だった。その進行も、西俣の出合の緩い傾斜のところで停止した。

江田昌利は、雪崩の中から這い出て、太い息を吐いた。肩と腰とをやられたが、たいしたことはなかった。やれやれ、と思った。岩瀬の姉の顔が、ふと浮かんだ。彼は瞬間、不安な気持になったが、むりに安心した顔になって、安全で、愉しげな下山のつづきに移った。

松本清張（一九〇九―一九九二）
福岡県小倉市（現・北九州市小倉北区）生まれ。一九五一年、『西郷札』が直木賞候補になり、一九五三年、『或る「小倉日記」伝』で芥川賞受賞。一九五八年に『点と線』を発表し、一九六〇年から一九六一年にかけて新聞で『砂の器』を連載。

初出：「週刊朝日」昭和三十三年十月五日号〜十二月十四日号
底本：『黒い画集』（新潮文庫）昭和四十六年十月発行、平成十五年六月改版

錆びたピッケル

新田次郎

ツェルマットのアルプス遭難者墓地

ホテルの屋上高くかかげられているスイスの国旗が朝風にひるがえっていた。

秋田銀郎は窓をいっぱいにあけて朝の空気を吸いこんでから眼を前庭に投げた。首に鈴をつけた数頭の山羊がホテルの花壇に入りこんでいた。牧童が棒切れで追い出そうとするのだが、早いとこ、二つ三つの花をちょろまかして、その味を覚えてしまった山羊たちは、なかなか少年のいうことをきかなかった。少年は大声を上げて山羊を追い廻した。朝の散歩姿の避暑客が笑いながら、少年と山羊との鬼ごっこを眺めていた。

秋田は時計を見た。六時である。ホテルの食堂は七時から開かれる。彼は洗面を済ませると、カメラを肩にかけてホテルを出た。大通りをちょっと登って左折して川を渡ったあたりに、写真を撮るのに適当な場所がありそうに思われた。きのう暗くなりぎわにここへついた秋田が、僅《わず》かな時間を利用して歩き廻って見当つけておいたところだった。

その場所で彼はマッターホルンの朝焼けを撮影するつもりでいたが、その決定的瞬間はもう一時間も前に過ぎ去っていた。しかし彼は朝寝坊をしたことを悔いてはいなかった。朝焼けが見られなくても、マッターホルンが見えさえすれば満足すべきであると思った。雲のかけら一つない空から想像しておそらくマッターホルンはその全貌《ぜんぼう》を彼の前におしむことなしに見せてくれるだろうと思った。

彼は橋の上に立った。米の磨《と》ぎ汁のような色をした水が音を立てて流れていた。おびただしい泡沫《あわ》が浮いていた。川の底は見えなかった。日本の山で見る渓流とはほど遠い、なにか寒々としたものを感ずる流れだった。

流れにそって吹きおろして来るつめたい風を頰に感ずる。この川の源泉は氷河である。氷河が頭に浮ぶと彼は、一刻も早くマッターホルンを見たくなった。

秋田銀郎は小走りで橋を渡った。そこからは道がせまくなり、急傾斜になっていた。ここまで来ると牧草のにおいがした。彼はカメラを抱きかかえるようにして坂を飛び上っていった。道が大きく右に迂回《うかい》した。その角で、彼はミルクの罐を背負ったスイス人の娘にあやうくぶっつかりそうになった。両方で声を上げたが、すぐどちらからともなく笑顔になってすれ違った。その娘の赤い頰は日本の山国の娘とどことなく似かよっていた。

娘とすれちがって二十メートルも行ったところで、突然前がひらけた。眼下にツェルマットの村がひろがり、ずっと奥にマッターホルンが朝日に輝いていた。

彼はゆうべのうちに見当をつけていたところが間違いなくマッターホルン撮影の好適の場所であったことに満足した。

彼はカメラに手をかけたが、しばらくは、その景観に打たれたように、山に向って立っていた。マッターホルンは生きた巨人に見えた。南を向いて静坐している巨人の横顔に朝日が当っていた。マッターホルン東壁である。巨人の髪にあたる北壁には日はさしかけてはいなかった。西壁は見えないが、北壁と西壁との境界のツムット尾根ははっきり見えていた。

宮井久一はあのツムット尾根から滑落してティーフマッテン氷河に落ちて死んだのだ。五年前である。まるできのうのことのように思われる。

「ザイルを組もうかと話し合っていた時だった。まるで、雪稜《せつりょう》から湧き起ったような突風が宮井の足をさらったのだ」

その時宮井と一緒だった黒伏宗平が言ったことばが、秋田の胸に浮んだ。

秋田は眼をマッターホルンから足もとに戻した。ツェルマットの村は教会を中心にして谷間に長く発達していた。百年前は人が訪れることもまれだった寒村が今は村という概念からは飛び離れてしまっていた。ここはグリンデルワルド、ダボス、シャモニー、サンモリッツにもおとらない観光地である。村の中央道路は舗装され、その西側に豪華なホテルが立並び、世界中から集まった人々が、夏のひとときを自然の美しさの中に憩う場所となっている。しかしスイスの山村のおもかげは、未だに残されていた。教会と村の周辺に点在する民家とそして緑の牧場《アルム》だった。秋田は教会の塔から道路ひとつへだてたところにある墓地に眼をやった。

「そうだ宮井の墓にお参りしてやらなけりゃあ」

彼はスイスにやって来た最大の目的を忘れていたことに気がつくと、カメラのシャッターを切るのを忘れて、もと来た坂道を下っていった。

墓は思いもよらないほど美しく飾られていた。花の中に埋まった墓場という感じであった。一点の塵《ちり》もなく掃き清められていた。墓という暗い感じはなく公園のように明るかった。朝早いために墓を訪れる人はいなかった。年老いた墓守がひとり、静かに帚《ほうき》を動かしていた。

秋田は墓標を見た。四角な厚い花崗《かこう》岩にザイルとピッケルの絵が刻みこまれ、そこに短い詩と遭難者の略歴が書いてあった。墓標には遭難者のブロンズ像がはめこんであるのもあった。パーティーで遭難した者は、その名前が書きつらねてあった。ほぼ年代順に墓石は並べられてあり、どの墓の前にも美しい花が咲き乱れていた。

墓標を見て廻りながら秋田はこの墓は山の遭難者だけのために特別に設けられたものであることを知った。ちょっと見ただけで数十はあった。遭難者の国籍はほとんど世界中に渡っていた。墓の前の石畳の上に遭難者が使った。ピッケルが赤錆《あかさび》になったまま置かれてあったり、その時身につけていたハーケンだのハンマーなどが置いてあったりした。三十年も前のものもあった。三十年間、そこに置かれたままでなくならないでいることが秋田には奇妙なことに思われてならなかった。日本でもし、こんなことをしたら、一日かせいぜい二日で消えてしまうだろうと思った。それにしても、なんとこの遭難者の墓場は美しいことだろう。おそらく死者の霊も、その遺族たちも満足しているだろう。

「日本人の墓地を探しておられるのでしょうか」

気がつくと墓守が傍に来ていた。

「そうです、宮井久一……」

「ああ、一九五七年にマッターホルンで亡くなった方ですね」

墓守の老人はかなりの年輩だったがしっかりした身体つきをしていた。帚を持っている手の指がふしくれ立っていて、肩幅が広い。だが、年の割に、眼に落ちつきのない男だった。

ここですと墓守に教えられた宮井の墓は、他の墓に比較して、それほど見おとりのするものではなかった。それに碑文が日本語で書いてあることが、痛く秋田を感動させた。

山を愛した男　宮井久一ここに眠る
一九五七年八月三日、マッターホルン、ツムット尾根にて遭難

碑にはそれしか書いてない。日本語で書いてあったことに気をよくした秋田も、碑文があまりにもあっけなさ過ぎて、いささかがっかりした。この碑を作った黒伏宗平は友人を他国で死なせて、その後始末に大変だったに違いない。これ以上の碑を建てろと要求する方が無理かも知れない。秋田はそう自分自身に言い聞かせた。四角な墓碑の手前に石畳がある。その上にピッケルが置いてあった。秋田はそのピッケルに眼をやって、びくっとした。ピッケルが墓碑の前に置いてあるのは、他の墓でも見受けられたことであった。彼が驚いたのはそのピッケル自体にあった。

そのピッケルには頭がなかった。ピッケルとして最も重要なブレードとピークの部分、つまり金属部分が欠け落ちて、木部と石づきだけが残っていた。言わば首のない

ピッケルであった。首が欠けて落ちたピッケルの残骸がそこに置かれていたのである。

秋田は墓の前に腰をかがめてピッケルを手に取った。金属部分は真赤に錆びていた。木部は風雨に打たれてかなり痛んでいる。

(このピッケルは宮井久一が持っていたものだろうか、いやちがう、宮井久一は、確か日本のピッケルを持って来た筈だ。日本で作られたピッケルを使ってスイスの山へ登るのだと意気込んでいた)

宮井は山グループから餞別《せんべつ》として贈られた門内《もんうち》のピッケルを持って日本を発《た》った。門内のピッケルと言えば日本では最高級品である。スイスのシェンクやベントのピッケルに比して決しておとるものではない。門内は不世出の名工である。彼の鍛えたピッケルが欠損するなどということは絶対あり得る筈がない。するとこれは――。秋田は首のないピッケルの欠損部に眼をやった。真赤に錆びているので傷口を確かめることはできなかった。

「ピッケルの首が落ちるなどというばかなことがあり得る筈がない」

秋田は宮井の墓に向って言った。それならこのピッケルはなんだろうか、誰かいたずらに、どこからか、こんなものを探して持って来て置いていったのだろうか。

「あなたはこのピッケルについてなにか御存じでしょうか」

秋田は、彼の傍に立っている墓守に訊《き》いた。

「知りません」

墓守は両手を前でふった。知らんということを強調する顔が、老人の顔を怖い顔に見せていた。知っていても、知らんのだと言い切ろうとして或る種のジェスチュアーを作っているのだなと思った。こういう顔をしたら最後、外国人はなかなかほんとうのことを言わないのだ。

秋田はポケットの中に手をつっこむと、二、三枚の銀貨をつまみ出して老人の掌にのせて言った。

「これはあなたが、毎日私の友人の墓を掃除してくれることに対する感謝のしるしです。そして、もしあなたが、はるばる遠くからやって来た日本人に対してもっと親切を示す意志があるならば、このピッケルについて知っている人を私に教えて下さいませんか」

秋田は切口上で言った。効果は覿面《てきめん》だった。墓守はぐっと腰を延ばして川の向うをゆびさして、

「山案内人《ガイド》のハンスのところへ行って聞くがいい、彼がすべてのことを知っているでしょう」

秋田は念の為にノートを出して、墓守にハンスの家へ行く道を書いて貰った。その道はさっき彼が通った道だった。白い川を渡り、坂を登りつめたところに数軒の農家が緑の牧草畑の中に点在していた。それらの家のうちどれがハンスの家だか誰かに聞こうと思っていたが人の姿はどこにも見当らなかった。

時折鈴の音が聞えて来るけれど、牛の姿も見えなかった。秋田は一番手近な家へ行って聞いて見ることにした。

どちらかといえば赤土色の道が牧草畑の間を弧を画いて延びていた。その終点に木戸があって、無断で中へ入ってはいけないと書いてある。木戸には内側からさし金が掛けてある。木戸といっても隙間だらけの木戸だから、手を延ばせば木戸は開けられる。

秋田は声を掛けて外から家人を呼んだ。牛の鈴の音がした。家人のかわりに、でっかい牛が、ぬっと顔を出して、秋田の来訪を歓迎するかのように、頭で木戸を押した。その度に首の鈴が鳴った。

「おや、あなたでしたの」

牛の陰から澄んだ女の声がした。ふわっと軽くふくらんだスカートをつけた娘が立っていた。

「二度目ね、あなたに会うのは」

娘が言った。そう言われて、秋田は、その娘が坂の途中であやうくぶっつかりそうになった女だったことに気がついた。

「山案内人《ガイド》のハンスさんのお宅はどちらでしょうか」

すると娘は大きな丸い眼をくるっと動かして、

「うちのお父さんよ、でもお父さんは、山へ行っているわ、お父さんになにか御用なの」

娘は左手を牛の首にかけながら言った。話をしながら、牛の首をたたいてやると、牛は眼を細めて、頭で木戸を押すことをやめた。

「五年前に、マッターホルンで死んだ、僕の友人の宮井久一のことについて訊《たず》ねたいことがあるのです」

そう、と娘は口の中でいった。山のことなら私には分らない困ったなという顔である。

「お父さんはいつお帰りになりますか」

「父はとてもいそがしいんです。だって今が山案内人のシーズンでしょう、予約がいっぱいなんです。予約をしても、その日が必ずしも天気がいいって決らないでしょう。

だから、次々と約束がたまってしまって、家へ帰って来るのはいつになるか分りません。でも父にお会いになりたいのなら、そうむずかしいことではないわ、シュワルツゼーまで行って、角笛の小屋でお聞きになれば、父がどこにいるかすぐ分ります」

娘と話しているとミルクのにおいがした。ミルクのにおいと牧草のにおいが、まじり合ったこの山の空気は異常に甘かった。秋田は夢の中でスイスの乙女と話しているような気がしてならなかった。

「あなたは数年前、マッターホルンで死んだ、日本人のことについてなにかお父さんから聞いたことはありませんでしたか」

秋田はミルクと牧草のにおいの穴の中に落ちこもうとする自分を強いて引きずり出そうとした。

「無意味な死に方をした気の毒な日本人だと父が言っていました」

「無意味な死に方？」

その言葉で秋田は一度に眼が覚める思いがした。

「死なないでも済んだのに死んだということを父は言いたかったのだと思います」

「どこが無意味だったのでしょうか、宮井久一は僕の親友です。そして彼は、非常に慎重な男です。無意味なことをするような男ではありません」

秋田の突っこんだ言い方に娘は困ったような顔をしたがすぐ、

「くわしいことは知りません、ただ父は、もし、あの日本人がスイスのピッケルを持っていたならば死なないで済んだ筈だと言っておりました」

娘の顔には、ちょっとした悲しみのようなものが浮んだ。牛がまた頭突きを始めた。牛の首の鈴が鳴る。

マッターホルン、ツムット尾根

シュワルツゼー行きのケーブルカーはツェルマットの村はずれから出た。モミの林の中をぐんぐん登っていくと、間もなく森はつき、灌木《かんぼく》地帯になり、すぐ高原の様相となる。丈の短い草が生えている石ころの荒地である。そういうところにも牛が放されていた。羊の姿も見える。乗客がモルモットが見えると騒ぎ出した。

秋田銀郎はアルプスに住むモルモットを初めて見た。穴の入口に坐って、びっくりしたような顔をしている、兎《うさぎ》ほどの大きさのこの可愛い動物について、彼には思い出があった。

五年前宮井久一がこのツェルマットの郵便局から投函した絵葉書がこの動物の写真

だった。

(おれはまだ、この奇妙な動物は見ていないが、明日マッターホルンに向って、ここを出発するから、その途中で多分見ることができるだろう)

そう書いてあった。そして宮井久一はその翌日の午後、この世を去ったのである。宮井久一がその動物を見たとしても見なかったとしてもどうでもいいことだった。秋田は宮井の絶筆とも思われるその絵葉書で見たモルモットを実際に見たことによって、一層、宮井に対する追慕の情がかり立てられた。

ハンスの娘は父の言葉として、もし宮井がスイス製のピッケルを使ったならばおそらく死なずに済んだに違いないと言った。それは宮井が使っていた日本製のピッケルが彼の命を失わした原因を作ったということにもなる。秋田は宮井の墓碑の前に置かれた首のないピッケルのことを頭に浮べた。あのつけ根から折れたピッケルの残骸が日本のピッケルだというのだろうか、あれが、日本一のピッケル作りの名人、門内のものだというのか、冗談ではない、門内の鍛えたピッケルがこわれるなどということがありようがない。

すると、あの首のないピッケルは? 秋田は宮井が門内のピッケルを持って羽田を出発するところを確かに見ていた。分らなくなった。第一、宮井と一緒にマッターホルンに登った黒伏宗平の遭難報告にはピッケルのことなどひとことも書いてなかった。宮井久一は突風に吹きとばされてティーフマッテン氷河に墜落して死んだのである。死体と共にルックザックは発見されたが、ピッケルは見つからなかったと、報告されている。

「とにかくハンスに会って見よう、それからだ」

ケーブルカーが止った。

朝はあれほど天気がよかったけれど、シュワルツゼーにケーブルカーがつく頃には空には薄い雲が張り出していた。けれどそれくらいの雲の膜では眼のくらむようなアルプスの明るさを消すことはできなかった。

サングラスをかけていない観光客はなかった。顔中に日焼けどめクリームを塗りたくり、サングラスをつけて、とがった鼻の上に、紙をのせ、小さなクリップで止めている女がいた。ふき出したくなる御面相であった。

ケーブルカーの終着駅で角笛の小屋へ行く道を聞くとすぐ分った。秋田は地図と行先とをしっかり確かめてから、坂を登った。眼の前に白い風景が出現した。右手にブライトホルン、左手にモンテローザの高峰が輝き、白銀の峰から発する永遠の氷河が足下にひろがっていた。彼はしばらくその美しい山に見とれていたが、思い直したようにルックザックをゆすぶり上げると、指導標を求めて、尾根道を歩き出した。ブライトホルンとモンテローザはその偉容を彼の前に見せていたけれども、彼の進む方向にあるマッターホルンは雲にかくされていた。時々雲が切れて山の一部分が見えるけれど、それはかえって思わせぶりな、いらいらさせる景色だった。

マリヤの聖堂があった。無人である。壁に絵が描いてあった。肩にザイルをかつぎ、手にピッケルを持った青年に天使が花束を与えようとしている絵であった。この山の中の小さな聖堂は十九歳で死んだ青年のために建てられたものである

親子づれと思われるドイツ人をつれて長身の山案内人《ガイド》が入って来た。

「この堂が建てられたのは私の十歳の年でした……」

ガイドは説明を始めた。馴《な》れているらしく要領をわきまえていて、そうくどいことは言わなかった。秋田はその山案内人にハンスのことを聞いて見ようと思って、彼等が堂を出るのを待った。

「山案内人のハンスなら私です」

男はそう言って、秋田の顔をじろりと見た。

「あなたは五年前にマッターホルンで死んだ宮井という日本人のことを御存じでしょう。私はその友人です。私はあなたに会うためにはるばる日本からやってまいりまし

た」

　秋田は最後の方を少々誇張して言った。だが、ハンスの顔には、いささかも動揺は見えなかった。

「それで、なんの御用でしょうか」

　彼は義務的に言って、ちらっとドイツ人親子の方を見た。おれはこのドイツ人の旦那と契約しているのだから、妨害してくれては困るのだという気持がそのまなざしに表われていた。

「どうぞおかまいなく、私たちはこれから山小屋に帰って休養することだけが残っているのですから」

　ドイツ人が秋田に向って言った。秋田はその好意に甘える前に、ハンスに言ったことをもう一度そのドイツ人に話してやらねばならなかった。マリヤの聖堂の前から四人は二つのグループに別れた。幅の広い尾根道が氷河に向って延びていた。

「私はあなたが絶対に嘘をいう人でないということを確信した上で、一つずつ質問をします。それに答えていただきたいのです」

　秋田は言うべきドイツ語を一応頭の中で整理していた。

「私が知っていることならば……」

ハンスの眼の中には、秋田を煙ったがっている色があった。

「ツェルマットのアルプス遭難者の墓地に宮井の墓があります。そこに首のないピッケルが置いてありました。誰があそこにあのピッケルを置いたのでしょうか」

秋田は第一問を放った。

「おれだ。このハンスが、ティーフマッテンの氷河で拾って、所有者の墓地に返してやったのだ」

それに対して秋田は大きくうなずいてから頭の中で第二問と言った。

「あなたは、あなたのお嬢さんに、あの日本人がもしスイスのピッケルを使っていたならば、死なないで済んだに違いないと言ったそうですが、その意味をくわしく説明していただきたいのです」

ハンスは立止った。その図体の大きいハンスの顔にほんのちょっぴり感情が動いた。ハンスは大きな眼をまばたきもせずに、秋田の顔を見詰めていたが、やがてゆっくり話し出した。

その日ハンスは英国人を案内してツムット尾根をマッターホルン頂上まで往復する予定だった。ヘルンリの小屋を出たのは午前の二時である。暗いうちにマッターホルンの氷河を横断して、ツムット尾根に取りついたのは夜明けであった。朝から曇っていた。イタリー側から吹き上げて来る風がいやに生暖かく気味が悪かった。天気が悪くなる前兆だった。雲は時間の経過と共に増加し、明らかに嵐《あらし》の様相を呈して来た。そこはこの尾根のうちで最も危険な場所であった。高度は四一五〇メートルに達していたが、悪天候の中をそれ以上登ることは危険だった。

二人は断念した。ハンスと英国人の二人が、登頂をあきらめてツムットの歯(三八九七メートル)まで来たところで、後から登って来る二人の日本人に会った。そのふたりの日本人もヘルンリの小屋を朝出発したのである。

〈だめだよ、この山は嵐が来たら一刻も早く引返さないと危険だ〉

ハンスはふたりの日本人に言った。二人の日本人は顔を寄せ集めて相談を始めた。どうやら下山することに決めたらしかった。悲劇はそれから間もなく起きたのである。二人の日本人のうちひとりが、帰途足を滑らせて、千メートル下のティーフマッテンの氷河に墜落したのである。足を滑らせたところは氷河の最上端部であった。六十度近い傾斜だったが、ピッケルさえしっかりしていたら滑落を喰いとめられる場所であった。宮井は氷河を百メートルも滑り、それからほとんど垂直な岩壁を真逆様に墜落したのである。

悲劇はハンスと英国人の後を追ってヘルンリの小屋に帰って来た黒伏によって報ぜ

られた。悪天候は三日続いて晴れた。宮井の死体とルックザックは発見されたが、ピッケルは発見されなかった。

その宮井のピッケルの木部が発見されたのはそれから丁度一年後であった。ハンスがベルギー山岳会員を案内してマッターホルン西壁に挑《いど》んだ時、ティーフマッテン氷河に突き刺さっているのを偶然発見したのである。

「首のないピッケルが氷河につきささっているのを見た時、私は息わず身ぶるいしましたよ、それは死んだ日本人の霊が氷河に残した怨恨《えんこん》のしるしのようでした」

ハンスは肩をすぼめて、眼をマッターホルンに向けた。丁度雲が切れたところだった。雲に穴が明いて、マッターホルンの中腹が見えた。

「ツムットの尾根が見えるでしょう、あの白い尾根を登っていって、ほら、あの雲の直ぐ下にちょっとしたでっぱりがあるでしょう、あれがツムットの歯です。あの歯の直下から、ここでは見えませんが、あの尾根の向う側のティーフマッテンの氷河に滑落したのです」

「強い風だったでしょうね」

「勿論《もちろん》です。マッターホルンですから、いつだって風が弱いなんてことはありません」

「突風はどうでした」

「突風はマッターホルンの名物です。もっともマッターホルンに限らず、アルプスの山はどこへ登っても突風はあります」

ハンスの答え方は一般的過ぎていて、秋田の求めるものとは違っていた。

「つまり私は、その時の突風が、山の熟練者を吹きとばすだけのものであったかどうかを聞いているのです」

秋田はやや話の核心に触れた。

「山の熟練者というと、あの亡くなった日本人のことを言うのでしょうか、それならばはっきりお答えできます。熟練者ではないから突風に吹き飛ばされたのでしょう」

ハンスは死んだ宮井に対して、いささかの斟酌《しんしゃく》も加えていなかった。山の遭難は不可抗力ではない。未熟と不注意から起るものだという彼等の信念はいかなる場合も変更しないつもりらしかった。

「二人はザイルを組んでいませんでしたか」

「いませんでした。もっとも、あそこまでは、ザイルを組まずに登る人もいます。あそこから上はザイルを組まねば登れませんが、ヘルンリ小屋からあそこまでは、落石の危険はありますがどちらかと言えば単調な氷河歩きですから、馴れた人ならザイルを組みません」

黒伏宗平と宮井久一の行動についてあやしいところはひとつもなかった。

「最後にひとつだけお聞きしたいことがあるのですが」

「どうぞ」

ハンスは、再び雲に閉じこめられたマッターホルンから眼を戻して言った。

「ツムット尾根は案内人なしで登れるものでしょうか」

そういうと、ハンスは、明らかに不満の表情を浮べて言った。

「それは人間の問題です。案内人なしで登れる人もあれば、そうでない人もあります。実績で申しますと、ツムット尾根を登る人の八割は案内人をつれています。あのドイツ人はツムット尾根を今年で三回登りました。いつも私と一緒でした」

ハンスは前を行くドイツ人を指さして言った。ドイツ人親子は直ぐ下に見える黒い湖へおりていくところであった。

それ以上ハンスに訊くことはなかった。黒伏宗平と宮井久一は案内人をつれていなかったという点を除いては、そう無理をしていたものとは思われない。すると、宮井の死はピッケルだけにかかって来る。

「日本の山に登るにはピッケルを必要としますか」

ハンスが突然へんなことを秋田に訊いた。

「勿論必要としますよ」

「ではなぜ、もっとしっかりしたピッケルを作らないのです。ピッケルというものは、どんなことが起ろうと、折れたり、かけたりするものではありません。たまには木部が折れるということがありますが、金属部のつけ根から折れるなどというピッケルは絶対にスイス製にはありません」

絶対にというところにハンスは力を入れた。

「日本だって同じことだ。日本の門内というピッケル作りの名工がきたえ上げたピッケルは決してスイスのピッケルにおとるものではないとされている」

秋田は力んだ。力んだ効果をたしかめようとハンスの顔を覗《のぞ》くと、ハンスの口もとに、明らかに侮蔑《ぶべつ》と思われる嗤《わら》いが浮んでいた。

ふたりは黒い湖まで黙って歩いていった。

「ハンスさん、ツムット尾根へ私を案内していただけませんか」

突然の秋田の申出にハンスはびっくりしたような顔で秋田の顔を見詰めていた。

「お願いです。ハンスさん、僕はどうしても、友人の宮井の死に場所に行って見たいのです」

ドイツ人がこっちを向いた。

「ハンス君、この日本人と契約するがいい、この人は遠い日本から来たのだ。僕等は待っていよう、別にいそぐ旅ではない」

秋田はドイツ人の好意に思わず頭を下げた。黒い湖は近くで見ると青かった。池いっぱいに白銀のブライトホルンが映っていた。

鍛造ピッケルと熔接ピッケル

門内《もんうち》八兵衛は怖いような眼つきで首のないピッケルを見ていたが、腹の中から湧き上って来る怒りに耐えかねたように、それを仕事台の上にほうり出すと秋田銀郎に向った。

「どこから拾って来たんです、こんなものを……」

けがらわしくて見るのも不愉快だという顔であった。

「スイスのツェルマットの墓場から貰い受けて来たのです」

「すると、これはスイス製のピッケル?」

「いやそうではないのです。これを日本一のピッケル作りの名工門内八兵衛が作ったものだと思いこんでいる人があるから、わざわざお目に掛けに持参したわけです」

「なんだって、もういっぺん言って貰いましょうか、年は取っても、俺の耳はよく聞えるんだ。これは熔接ピッケルだ、ピッケルの頭を熔接してくっつけた贋物《にせもの》ピッケルなんだ、見たまえ、このかけた部分を、これは鍛造ピッケルでは絶対にない」

その事実を秋田は既に知っていた。ヨーロッパから持って帰った、首のないピッケルは彼の知人が勤めている金属研究室で調査した結果毀損《きそん》部に熔接の跡を発見したのである。熔接ピッケルであるからには門内のピッケルではない。そう分っていて、わざわざ、仙台の門内八兵衛を訪ねたのは別に目的があった。秋田は門内八兵衛の出方を待った。

「あなたも少しは山をやる人なら、ピッケルがどうして作られるものかぐらい知っているだろう。ピッケルは一つの鉄のかたまりからたたき出すんだ、たたいて、きたえて、たたき上げて、初めて、山男の命を託せるピッケルができ上るのだ……」

門内八兵衛はピッケルが如何《いか》にして作られるかを一席弁じて置いて、

「この贋物ピッケルを俺の作りものだと思いこんでいる奴は、いったいどこのどいつなんです」

門内八兵衛の機嫌を損じたら最後、何万円出したってピッケルは作って貰えないことは山男の間で有名だった。しかし秋田はピッケルを買いに来たのではない。勿論八兵衛をからかいに来たのでもない。この一徹者の名工を味方に引き入れて贋物ピッケルの出所を調べ出すにはこういう方法が一番手取り早いと考えたからである。

「この贋物をあなたの作りものだと思いこんでいた宮井久一は五年前に、マッターホルン、ツムット尾根から、ティーフマッテン氷河に落ちて死んだんです」

秋田は急に声を落して、スイスのツェルマットの墓場からの話を始めた。

「五年前、宮井久一がスイスに旅立つに先立って、彼は門内のピッケルを使って、アルプス登山をやりたいという意向を洩《も》らしたんです。それで僕たち山グループが金を出し合って、彼にあなたの鍛えたピッケルを贈った……」

知ってますよ、よく覚えていますと門内老人は大きくうなずいた。かんのいい門内八兵衛はそれだけで、おおよそはあらすじを飲みこんだようであった。

「誰かが、どんな理由か知らないが俺のピッケルの贋物を作らせて、俺のピッケルとすりかえたんですね」

門内八兵衛は飲みこんだいかりの持っていきどころに戸惑ったように両腕を組んだ。

「そうなんです。誰かが、何かの理由で、あなたのピッケルをにせものとすりかえたのです」

門内八兵衛はしばらく考えこんでいたが、なにかを思い出したように、急に立上ると、奥の仕事場で働いている従業員たちに一ぷくやれと声をかけて、事務室の方へ歩いていった。老人は眉間《みけん》に八の字をよせていた。その深い八の字の溝の奥から五年前のことを思い出そうと努力しているようだった。

事務室といっても、そこに机が一つ置いてあるだけである。戸棚があって本やら、書類やら、なにかとこまごましたものが、重ねてあった。門内八兵衛は戸棚に頭を突込んで、綴りこんだ伝票や書類を机の上にほうり出した。とうとう門内は一さつの綴りこみを探し出すと、秋田の鼻先でぽんぽんほこりをはたいて言った。

「運がよかった。焼かずに置いてあった」

その伝票の綴り込みの中に、五年前に、門内八兵衛にピッケルを依頼した手紙があった。差出人は秋田たちと同じ山グループの月崎信吾であった。本場のアルプスの氷河で使うのだからとことわり書きをして、ブレードの部分についての図解仕様があった。

「思い出しましたよ、このピッケルは、特製でした。普通のものとは違って、ブレードの幅が広いものでした」

発送した日付は六月二十日、宛名は月崎信吾になっていた。金を受取った日付は七月三日となっている。これは帳簿の方に書いてあった。

「特別注文のピッケルだったというわけですね、そう言えば、宮井はそんなことを言っていた。おそらく月崎は、宮井と相談して、この図面を書いたのだろう」

「その月崎さんという人に訊いて見なかったのですか」

門内八兵衛は不審そうに秋田の顔を見た。

「この件については、あなた以外には誰にも話してないのです。言わば、関係者は、あなたを除いて全部、あやしいからなんです。しかし、これはきっと解決する問題だと思います。門内八兵衛はいんちきピッケルは絶対に作らないという基点から出発すれば、きっとこの謎《なぞ》は解ける」

「基点？」

八兵衛はその意味が飲みこめなかったらしい。

「つまり、門内八兵衛のところへ来れば、あなたのピッケルを真似《まね》た奴、または真似ようとした奴、そういうふらち者の名が分るのじゃあないかと思ったからです。この仕事は、山のベテランの宮井久一の眼さえごまかしたんだから、贋物造りの道にかけてはかなり達者な奴がやったに違いないと思うのです」

秋田は老人の解答を待った。当てがないと言われたら、どうしようと思った。彼は八兵衛の表情の動きを見守った。
「六、七年前に一度そんなことがありましたよ。俺の作ったピッケルの首が取れたと文句を言って来た男があった。話を聞いてみるとその男はピッケルを岩壁の上から落したのだそうだ。そんなことぐらいで、ピッケルの首が飛ぶ筈がない。そのピッケルをよく見ると、熔接ピッケルなんだ。その熔接がまた、いい加減なものでしてね、そのピッケルを売った男からたどっていくと、作った奴が分った。東京の北村亀之助という男でしたよ」

板橋でバスを降りた時から刺激性の強いにおいが秋田に従《つ》いて廻っていた。側溝を白濁した水が流れている。その水の臭気か、それとも、空に瀰漫《びまん》しているよごれた空気のにおいかは分らなかったが、その臭気は鼻孔の粘膜をくすぐり、いくどかくしゃみを誘った。同じような小工場が並んでいた。通路の半ばまで仕事場をひろげて、鉄板をたたいたり、長い鉄棒を道路の真中で整理している工員もいた
こういうところを歩いていると秋田銀郎は自分だけが異質なもののように思えて来る。ここにはあらゆる、小工業が雑草のように芽を出していた。鋳物工場、メッキ工場、仕上工場、板金工場などが、なんの統一もなく雑居していた。

北村亀之助の家はこの付近ではちょっと見られないコンクリートの塀のある家だった。門も立派だった。門に近づくと犬が吠《ほ》える。犬はつないであった。門と塀は立派だが、中はごたごたしていた。鉄材料が積み上げてあるかと思うと、スクラップの山があったり、半製品の鉄パイプが投げ出してあったりした。工場は二棟あった。北村亀之助は、住宅兼、事務室にいた。せまい部屋に不相応なソファーがあった。壁に北村亀之助自身のモーニング姿の大きな写真がかかげられていた。

「そりゃあ、頼まれればなんだって作りますよ、作るのが商売ですからね、大体わしはね、山なんぞ行ったことがない。ピッケルが鍛造でなけりゃあいけないなどということも知らないし、大体、熔接ピッケルは製作してはならないという法律はないでしょう、それにわしは形こそ真似たけれど銘は入れはしなかった。仙台の門内という鍛冶屋がわしのことを贋物作りと言って怒っていたそうだが、筋違いの寝言ってやつじゃあないですかね」

北村亀之助は肥った男である。赭《あか》ら顔で、乱杭歯《らんぐいば》で、ものを言う時に、あごを突き出して話すあたりは、好戦的でもあった。

「さあ、六、七年前でしたな、運動具屋だという男が見本を持って来て、これとそっくりなものを作ってくれというんです。その単価がまたべらぼうに安い。値段を聞いただけで熔接ときまったようなものでしたね、かれこれ百本も作りましたか」

その後は作ってはいないようだった。熔接ピッケルを作るより、他に儲《もう》かる仕事ができたのである。

「門内のピッケルをそっくりそのまま真似て作るだけの技術を持った男は他にはいないでしょうか」

秋田はせっかくここまで来て、なにもつかまずに帰るのは残念でたまらなかった。

「人のものを真似るのはわけはないですよ、特に技術というほどのものは要りません、しかしもうこのごろでは門内のピッケルのにせものをやる男はいませんね、山登りたちも利口になって、門内のピッケルは門内の特約店以外では売っていないことをよく知っていますからね、だが……」

だがとあとを濁したあたりが意味あり気だった。

「ひょっとするとあいつはまだそんなことをやっているかも知れないな」

「あいつと言いますと」

秋田は身体を前に乗り出した。

「その頃うちに居た男だ、素行が悪くてやめさせた男だが、その後、ひとりでハイキング用の熔接ピッケル作りをやっているという話を聞いたし、近頃は、西洋のピッケルとそっくりそのままのものを作っているそうだ。それが案外売れるというから驚いたものだ。山男の中にも気取り屋がいて、贋物と承知して買って、他人にはほんものらしく見せびらかしているらしい。なにしろ、一万円近くするピッケルが三千円そこそこで買えるんだから……この男は腕はいい方だったが、金さえあれば落着いていられないんだ。いつも金に追廻されている男だ、ああいう男はどこまで落ちていくか知れたものではない」

北村亀之助はそこで言葉を切って、急に改まったように言った。

「まだ他にも探せば熔接ピッケルを作っている男はいますよ、なにしろ登山ブームでハイカーがピッケルを持ちたがる時代ですからね、しかし、あなたはいったいなぜ、それを調べたいんです。その理由が分らないと、こっちだってこれ以上のことは言えませんね」

秋田は北村の顔を見直した。この男は決して信用できる男ではない。しかし、この男が五年前にはピッケル作りをやめていたことは前後の事情で確かだし、現在もやってはいない。宮井のピッケルの秘密を解くには、或る程度の冒険は止むを得ないと思った。

「五年前です、昭和三十二年の六月から七月にかけての話です。門内八兵衛のピッケルを見本にして形だけはそっくりそのままの熔接ピッケルを作った男と作らせた男を探しているのです。そのにせものを持って私の友人は、スイスの山へ登って、ピッケルの熔接部が欠け落ちたために自分の身体を支えることができずに氷河に落ちて死んだのです」

「いんちきな熔接をしやあがったんだな」

北村は、ピッケルが原因で人間ひとり死んだことに、やはりいきどおりを感じているらしかった。

「ちょっと心当りがあるんだ。まかせてくれませんか、四、五日中には、あなたにいい返事ができるでしょう、わしも以前はいんちきピッケルを作ったことがあるから、いささか気がとがめる、熔接ピッケルが危険なことは知っていたが、熔接部分が毀損して、死んだという話は初めてだ。いやな話だ。熔接ピッケルなぞ作るものではないですね、大体あと味が悪い」

秋田は北村の家の門を出るとき、うしろをふりかえった。北村が応接間の窓から、秋田を見送っていた。北村は視線が会うとあわててそらしたがその眼が秋田に対して通常ではない感情を持っていることは明らかだった。

秋田は北村亀之助にあの事実を知らせたことを心の底で悔いた。既におそかった。

窓から見ている北村の眼の中には、油断ならない輝きがあった。

（北村亀之助は贋物ピッケル作りと何等かの関係があるに違いない）

来た時に気になった臭気はもう気にならなかった。彼は汗をかくほど急いで通りに出るとタクシーを拾った。巣鴨に出て、国電に乗りかえた。秋は深い。彼は車窓から見える、殺風兼な秋のたたずまいの中から山を想像した。いまごろの上高地は紅葉で美しいだろうなと思った。上高地から上部は黄色に富んだ色彩で谷間が埋まり、上高地から下は紅色に谷が埋まるのだ。

上高地が紅葉の色の境界に当るということを彼に教えてくれたのは宮井久一であった。

（あいつはいい男だった。あの男は男にも女にも好かれていた。五年前に日本を発つ前には、同じ山グループの知子と結婚の約束までできていたのだ）

その知子は現在黒伏宗平の妻になっている。

釣革にぶら下って考えこんでいる秋田の肩を軽く叩《たた》く手があった。振りかえると、知子が笑いながら立っていた。秋田は頭の中のことと、現実との混乱に驚いて眼を見張った。

（そうだ吾々の山岳会を代表して、宮井久一にあのピッケルを贈る役目を果したのは

知子だった)
秋田は知子の顔を真直ぐ見た。

知子とその周辺へ

知子はなにか言いたげだった。秋田銀郎を喫茶店にさそった時から彼女には秋田に聞いて貰いたいことがあるらしかった。ブラウンのシャネルスーツを着た知子は、窮屈そうに椅子に腰かけていた。しばらく会わない間にやせた様に秋田には思われた。秋田は彼女の年齢を数えた。五年前に黒伏と結婚した時二十四、すると今は二十九歳、相変らず若く見えるのは小柄で色白なせいかもしれない。ふけたとは見えないけれど、どこかに淋しそうな翳《かげ》がある。結婚生活に馴れたための落ちつきかも知れない。

「あちらからお帰りになったのは九月の末だったかしら、一度ゆっくり向うのお話をお聞きしたいと思っているうちに……」

知子は秋田の顔を窺《うかが》うように見てからツェルマットに行ったかと訊いた。ツェルマットを出す以上、彼女はツェルマットの宮井久一のことを知りたいのかも知れない。

「行きましたよ、宮井君の墓にもお参りして来た。花に飾られた美しい墓だった」

「写真もお撮りになったでしょう、よかったら、一枚いただけないでしょうかしら」

知子に取っては、かつて彼女を愛していた宮井の眠っているスイスの墓場の写真は、懐かしいもののひとつであろう。

「承知しました。この次の山の会の時に黒伏君にお渡ししましょう」

ちょっとと知子が白い手をテーブルの上にあげて、彼の言葉をさえぎった。

「私に直接渡していただきたいのです。あの人は宮井さんのことをいうと、とても不愉快な顔をするのです。怒ることもあるのです」

知子は悲しそうな顔をした。こういう知子の顔を秋田は見たことがなかった。そういう顔をすると知子はふけて見える。明るい、朗らかな知子にこんな翳を作ったのはやはり結婚生活なのか、そんなことを思いながら知子を見ていると、知子の眼が潤んでいるように見えてくるのである。

「私が一番楽しかった頃は、みんなで山へ行っていた頃だわ、宮井さんがまだ生きていらっした頃……」

生きていらっした頃と知子が言った時、秋田はあのピッケルの話を知子に打ちあけるべきだと思った。いつかは知子に訊かねばならないことだ。そう心が決ると、秋田は、知子と偶然会ったことに運命的なものさえ感じた。秋田は姿勢を正した。

「実は、知子さん、あなたにぜひお話しして置かねばならないことがあるのです。結論から申しますと、宮井久一は殺されたのではないかと思うのです」

殺されたといういい方には多分に秋田自身の誇張もあったが、この場合、その方が手取り早かった。秋田は、なるべく知子の顔を見ないようにして、スイスの墓場に置いてあった錆びたピッケルの疑問について話し出した。

「それで、あなたにお聞きしたいのは、あのピッケルをあなたがぼくらの山のグループを代表して宮井君の手にとどけるまでのことです。いつ誰からピッケルを渡されて、いつ宮井の手にそれを渡したか、覚えていらっしゃいますか」

知子は答えるかわりに祈るような格好をした。そして彼女はハンカチを眼に当てた。知子が話し出すまでにはかなり時間がかかった。

「宮井さんが羽田を出発される確か二週間前にはそのピッケルをお渡ししたと思います。その日は多分七月八日だったと思います。調べればすぐ分ります。そのピッケルは月崎さんが、私の家へとどけて下さったのです。数日は私の家に置いてありました。ピッケルを作るためにお金を出して下さったみなさんのお名前と、そして私の詩を目録がわりに添えて宮井さんに渡すのが私の役目でした。黒伏の発案でした」

知子はちょっと言葉を切って、なにかいいたりないような顔をしていたが、

「そうでした。私がピッケルをあずかっている間に吉岡さんが三日間ばかり、そのピッケルを持ち出していきました。アマニ油を木部《シャフト》に塗るためでした。折角スイスに持って行くのだから、少々磨きをかけて置いてやらねばなどとおっしゃっていました。ですから私の家にあのピッケルがあったのは、正味四日ぐらいのものでしょうかしら」

知子はそれまではすらすら言ったが、憤怒の表情が浮ぶと言葉が乱れて、

「ひどいわ、なんて卑劣なことを……」

彼女は声をふるわせながら、そのことを繰返していた。秋田は懐中ノートを出してなにか書いたり消したりしていたが、結局知子の前に出された数行の文字が、知子の記憶と秋田自身の記憶と、仙台の門内八兵衛の記録とを総合したものであった。

ピッケルの行方

一、六月二十日　仙台より門内発送
一、六月二十三日頃　東京着、月崎受領
一、六月二十三日頃より六月三十日頃まで　月崎宅
一、七月一日頃——七月七日頃　知子宅

右のうち三日間は吉岡宅
一、七月八日頃――七月二十日　宮井宅
一、七月二十一日　宮井羽田より手に持って出発

「大体こう言ったところですね、こう書いて見ると、ほんものピッケルを持ち出してにせものピッケル作り屋に見せて、ほんもの同様なものを作らせることのできた者は、月崎信吾、吉岡秀次、宮井久一、知子さんの四人になる。宮井久一と知子さんを除外すると月崎と吉岡のふたりになる。月崎はピッケルを受取って六月二十三日頃から六月三十日までの一週間もなぜ放って置いたのでしょうか」

秋田は性急な訊き方をした。知子がこの事件の解明の鍵を持っているように思われたからである。

「知子さん、あなたは今でも美しいように五年前はもっときれいだった。吾々の山のグループができたのも、あなたという核心があったからなんだ。あなたを求めていた男の名を言っていただきたいのです。つまり、宮井が死ねば有利になる男の名前をです」

知子は、その言葉に対して、とがめるような眼を向けたが、直ぐ顔を伏せて、

「私にはっきりプロポーズしておられた方は、宮井さん、月崎さん、吉岡さんの三人です。はっきり申込みをされなかったけど、熱心に手紙を下さった方がありました」

「それは誰です。黒伏ですか」

「いいえ、今私の前に坐っている方でございます」

秋田は思わず顔の赤らむのを覚えた。彼もまた知子に熱烈な愛情を感じているひとりだった。ただ秋田は他の男たちのように、率直に結婚の意思表示をする勇気がなかっただけのことだ。

「すると、吾々山のグループのうち黒伏だけは、あなたにプロポーズもしないし、ピッケルとも無関係であったということですね」

「ピッケルについては黒伏はなんの関係もないようですわね、しかし、私になんの感情も持っていなかったら、私と結婚する筈がないではありませんか、あのひとはずるいのよ、知らん顔をして、私を油断させて置いて、いきなり私を掠奪《りゃくだつ》したんだわ、私は黒伏が絶対にこの事件に関係がないとは思えませんわ」

知子が唇を噛んだ。彼女の言葉の意味はいろいろに解釈されたけれど、秋田は、そのことについて掘下げることは遠慮した。黒伏と知子の問題は、宮井の死とは別個なものである。

「宮井が死んだ後で月崎と吉岡はあなたにどういう態度に出ましたか」

「どういう態度って、同情していましたわ、ふたりとも、なぐさめの言葉以上はかけられなかったでしょう」

ピッケルの細工を月崎がやったにしても吉岡がやったにしても、宮井の死を悲しんでいる女に、プロポーズすることの不利は知っていたに違いない。時期を待っていたんだなと思った。ふたりがチャンスを待っている間に、黒伏が知子をかっさらったのだ。秋田は彼自身も宮井が死んだ直後は、知子の前でそれまでになくひかえ目にしていたことを今更のように思い出していた。

秋田銀郎は月崎と吉岡、宮井と黒伏の写真を持って北村亀之助のところへ尋ねていった。にせものピッケルについて話したいことがあるから関係者の写真を持って来いという速達を受取ったからである。

秋田は北村という男に会いたくなかった。この前会った時、窓の中から見送っていたあの眼がただの眼ではなかった。それに、この界隈《かいわい》はなんとなく秋田の神経にぴりぴり触るところだった。

犬は前来た時よりも激しく吠えた。犬が吠えると応接間の窓から、北村の顔ともうひとつ知らない顔が見えた。

「手取り早く取引きをしようじゃあないか、俺はいそがしいんでね」

知らない男は秋田の顔を見るとそう言った。背の低いつぶれた鼻をした男だった。頬のあたりに疵《きず》がある。

「両手といこうじゃあないか、だまってあなたが十万円出せば、にせものピッケルを頼みに来た男を教えて上げようじゃあないか」

あまりのいい分に秋田はむっとした。秋田が、その男に向って抗議しようとすると、男は、押し止めるような格好をして、

「分ってるさ、あなたが何を言おうとしているか分っているさ、ぐずぐず抜かすなら、俺はなにも言わねえよ、言うもんかい、警察へでもどこへでもいくがいいさ、へい俺はそんなことは存じませんと突っぱねりゃあそれまでのことだ、証拠があるっていいてえだろうが、スイスの墓場にあったという錆びたピッケル一丁じゃあきめてになりゃしねえさ、それに熔接ピッケルを作るところだって探しだしたらきりがない」

それまで黙って聞いていた北村亀之助の身体が大きく動いた。

「どうです秋田さん、こいつの車代としてこいつの言い分の半分の五万も出して上げたら、要するにあなたは、にせものピッケルを作らせた奴を知りたいのでしょう、警察へ言わずに、あなたたち山男仲間だけできれいに片をつけたいんでしょう、それな

ら、五万円では安いぐらいですよ」

ぐるだなと秋田は思った。北村とこの小男とがぐるになってゆするつもりだなと思った。ひょっとすると、こいつ等のいうことは全部でたらめかも知れない。

「時と場合によってはいくらか出してもいいさ、しかし、あなたがほんとうに、そのにせものピッケルを作ったかどうかが僕にはまだ分らないんだ」

それもそうだなと小男は言って、北村亀之助と顔を見合わすとぼつぼつ話し出した。

「もう四、五年になるかな、梅雨があけて、急に暑くなった頃でしたよ、ひとりの男がやけにブレードの広いピッケルを持って来て、このピッケルと同じものを三日以内に作れというんだ。そのピッケルには門内の銘が打ってあった。どうも、日本ではあまり見かけないブレードの広いピッケルだがどこで使うのかと聞いたが言わないのだ。こいつあへんだなと思いましたぜ、三日で作ってやったが骨を折った。たっぷりお金を頂戴《ちようだい》してね。いいできでした」

「いいできなものか」

と秋田は言った。男が見返す眼に、

「いいできならたとえ熔接だって、そう簡単に折れるわけがない」

すると男はぎょっとした顔で、

「そっくり形だけを真似ろという注文だから、そのとおり作ったんだ、いいできだったから、そのあわて者が、間違えてスイスまで持っていったのじゃあねえのか」

小男のいうことには一理あった。彼はにせものとしていいできだと言っているのだ。

「どの辺に一番苦心しましたか」

「やはり、ブレードのところだったよ、へんに幅の広いブレードをたたき出すには骨を折った」

門内に特別注文したピッケルがブレードの広いものだったということを秋田は北村亀之助には話してなかった。この小男がそれを口にするところを見ると、こいつがにせものを作った男に違いない。

秋田は改めて小男の顔を見た。

こいつの作ったにせものを握ったがために宮井は死んだのだ。この小男は言わないが或いは頼まれてわざと熔接をいい加減にしたとも考えられないことはない。この男は人殺しの道具を作ったのだ。

「さあ写真を出したらいい、あなたの探している男を教えてやろう。勿論五万円とひきかえだ。金が無ければ、電話をかけて、誰かに届けさせればいいだろう」

男はすごんだ。小男の割に、小声になるとドスの利く声になった。秋田は小男に金そう言った取引き自体が癪《しゃく》にさわることでもあり、間接には、宮井はこの男に殺されたと言ってもいいようなものだ。びた一文の金も出したくはなかった。

「え、どうするつもりだ。おい、まさかてめえ、聞くだけ聞いてずらかる気じゃあねえだろうな」

「金は持ってないんだ」

そう言った時、秋田は逃げ口上を思いついていた。

「だからよう、電話で誰かに持って来させればいいじゃないか」

「取引は成立しないというのだ。話が違うらしい。そのピッケルはブレードの幅なんか広くはない。普通のピッケルと違うところはピックだ。ピックを普通のものより長く作らせたのだ。多分あなたの作ったのは別口だろう」

畜生めと小男が舌なめずりをして、ボケットに手を入れた。

「おいよせちび安、旦那は取引きをなさらねえとおっしゃってるんだ。取引きはね、この旦那としなくたってほかにだって相手があるさ」

北村亀之助が小男を引止めて、事務室を開けた。いつの間にか、門がしめられて、犬が放してあった。

畜生め、今度は秋田が犬を睨《にら》んで言った。

女の泣き顔

「僕はマッターホルンを見た瞬間、宮井久一の死を思い出したんだ。そして、宮井と黒伏が嵐のために撃退させられたツムット尾根と宮井の命を奪った突風と彼の遺体の発見されたティーフマッテンの氷河をこの眼でぜひ見たいと思ったのだ」

秋田銀郎は映し出されたマッターホルンに向って説明を始めた。彼が撮影して来たカラースライドである。

ツェルマットの村が教会を中心にして細長く、谷間に沿って延びている。その先にマッターホルンが白い巨人の姿となって、映し出されているのである。

「宮井久一が突風で吹き飛ばされたのはこのへんになるだろうか」

秋田は画面の一点にゆびを当てたままで、観客の方へ眼をやった。観客といっても、月崎信吾、吉岡秀次、黒伏宗平、知子の四人である。会場は秋田銀郎の勤めている会社の六階の小会議室を借りたのである。

(関係者四人……)

と秋田は心の中でつぶやいた。この四人の中に、にせものピッケルを宮井久一につかませた奴がいるのだ。

(今に見ろ、この中の誰かが、きっと、本性をさらけ出すに違いない)

秋田は投影機のところへかえって、次のスライドにさしかえた。大男が画面一ぱいに現われた。

「ハンスという山案内人だ、僕がこの男とヘルンリの小屋を出発したのが朝の三時半、黒伏の報告書によると、五年前に、宮井と黒伏がヘルンリの小屋を出たのがやはり朝の三時半だった……そうだったな」

秋田は黒伏にきいた。

「そうだ、ヘルンリの小屋を出たのが三時半、ツムットの尾根についたのは夜明けだった」

黒伏は前を向いたままで答える。両面には、夜明けのマッターホルン氷河が映し出されている。黒伏はそれに眼をやったまま、秋田の問いに答えたのだが、なんとなく固苦しい響きが感じられた。秋田のところからは黒伏の横顔しか見えないが、彼の顔はいくぶん青ざめたようにも思われる。三時半出発ということが気になるのだ。三時半出発ということの中に、秋田が、これからなにを言おうとしているかを察知したのかもしれない。死んだ宮井久一のたどったとおりの道を、その時間までも同じにして歩いて見ようとする秋田の意図の中に不安なものを感じ取ったのであろうか。

静かな動揺は黒伏ばかりではなく、吉岡にも、月崎にも起ったのである。吉岡は、それまで、膝の上に置いていた手をあげて腕組みをしたし、月崎は、なにか落ちつきを失ったように、居ずまいを直した。知子ひとりは、身動きをしなかった。彼女は、きちんとして画面を見たままだった。

スライドは次々とさしかえられていった。ツムット尾根から見た各方向の景色が映し出され、そして、その撮影の場所の高度も一枚一枚とあげられていった。

「ツムットの歯三八九七メートル……」

秋田はスライドをさしかえながら言った。

映し出されたものは平凡な岩場だった。写真に撮られた、マッターホルンの一小部分には、なんらの立体感も、高度感もなく、幾つかの岩頭が並んでいた。岩頭の下部に雪肌が現われていた。

「この雪肌のあたりが宮井久一の遭難場所に当る……」

秋田はそう言いながら、すばやく、スライドをさしかえた。かなり急傾斜な雪上面にピッケルのピックをうちこみ、うつ伏せになって滑落を喰い止めようとしている男がいる。ツムットの歯が遠くに見える。

「これは僕だ。宮井久一の滑落したと思われるあたりで、僕自身、滑落の体験を試みたわけだ。ここは雪渓ではない、雪田《せつでん》でもない、やはり、懸垂氷河の端だと言った方が当っているだろう、氷というよりも岩に近い感じだった。写真はハンスが撮ったものだ。宮井久一の死体が発見された位置から想像すると、この場所あたりが、宮井のスリップした場所になる。彼は突風に吹き飛ばされ、このように滑落して、そして、終《つい》に、彼の身体を止めることができなかったのだ——その理由を言おうか、それは、彼のピッケルが折れたからなのだ」

異様な声とも唸り声ともつかないものが、男たちの中に起った。誰が発したのかは分らないが、秋田の言葉に対して、大きな驚愕《きようがく》と非難を持った息遣いだった。

月崎も、吉岡も、黒伏も、いっせいにふりかえって、秋田の顔をとがめるように見た。が、彼等はそのまま前を向いた。薄気味悪い静寂の中に、彼等は、秋田の次の言葉を待っていた。

画面が突然、ツェルマットの墓場に変った。

山を愛した男　宮井久一ここに眠る
そう書いた墓碑の前に、錆びたピッケルがそなえてある。

「そのピッケルをよく見てくれ、首がないだろう。滑落中に取れてしまったのだ」

しかし、誰もまだなにも言わなかった。ピッケルの首が取れるなどということは考えられないことなのだ。彼等は一様に宮井の墓と、その墓に供えられたピッケルに眼をそそいだままだった。

「僕も、最初は自分の眼を疑ったのだ。このピッケルが一年後に、ティーフマッテン氷河の上部でハンスに拾われ、宮井の墓場にそなえられたことを確かめるまでは、宮井のものだとは思えなかった」

秋田はそこで話を切ると同時に、部屋の電灯をつけた。明るい電灯の下で、どの顔も、緊張のために引きつって見えた。

秋田は部屋の隅に置いてあった、段ボールに包んだ、首のない錆びたピッケルを彼等の前に出して言った。

「これが、スイスの墓地から貰って来た、宮井のピッケルなんだ。よく見てくれ。これは門内のピッケルではない、門内のピッケルを真似て作らせたにせものの熔接ピッケルなのだ。誰かが、ここにいる者のうちの誰かが、宮井久一に贈ったほんものの門内のピッケルと、これとをすりかえたのだ」

「なんのためにそんなことをしたのだ」

月崎信吾が言った。

「それは宮井を殺そうとした犯人に訊く以外分らないだろう」

「犯人だって？　おい、秋田、きさまは言ったことに責任を持つだろうな」

月崎にかわって吉岡が吠えるような声で怒鳴った。

「勿論、僕は自分の言ったことに対して責任を持つが、それと同時に、にせものピッケルを宮井久一に、握らせた奴に対しても、その責任を追及する」

秋田の声はいくらかふるえているようであった。犯人を袋小路に追いつめた刑事のあげる勝利の声のようでもあった。

「秋田君、君が吾々にスイスの山のスライドを見せるのが目的ではなくて、吾々の中から所謂《いわゆる》犯人を出すためにここへ呼んだということなら、君は随分御苦労様なことをしたことになりそうだぞ。みんなが知らないと言えばそれまでのことではないか……」

黒伏が言った。

「いや、僕等は山仲間だ。山仲間は嘘が言えない筈だ。今日ここで言わなくても、必ず近い将来、宮井久一ににせものピッケルをつかませた責任はなんらかの方法で取ってくれることを僕は信ずる……今日はこれで閉会としよう」

秋田銀郎は仲間の顔をひとりずつ念を押すように見廻しながら言った。

秋田は知子の電話を知子以外の女の声に聞いた。義務的な話し方だった。

「今夜七時に、私の家へお出で下さいませ。月崎さんも吉岡さんもお見えになります。黒伏がなにか重要なことを申し上げたいそうですから」

知子はそれ以上のことは話さずに電話を切った。知子の背後に黒伏宗平がいて、そのように電話をかけさせているような気がした。

秋田は念のために月崎と吉岡に電話をかけた。ふたりとも七時に黒伏宅へ集まることになっていた。重大なことってなんだろうと聞くと月崎は知らんといって電話を切った。吉岡は返事もせずに電話を切った。月崎も吉岡も、にせものピッケルを作らせた疑いをかけられて怒っているのだなと思った。怒ったのではなく怒ったようにカモフラージュしているのかも知れない。

黒伏宗平の重要なことというのは、ひょっとすると、犯人が黒伏自身であることを告白するつもりかも知れない。知子を除けば、三人の男のうちで、黒伏が宮井の一番近くにいたのである。門内のピッケルの経路の中には黒伏は浮き上っては来ないけれど、ピッケルが宮井の手に入ってからの二週間の間に、黒伏が、なんとかうまいことを言って、宮井からピッケルを借出して、あのちび安という小男ににせものピッケルを作らせたのかもしれないのだ。

秋田銀郎は六時五十分に黒伏家の門をくぐった。玄関には既に男の靴が二足そろえてあった

応接間には燃えるように赤い絨毯《じゅうたん》が敷いてあったが、それはかなりすり切れていた。家も調度もすべて、大正時代を思わせるような古い陰湿な臭気があった。

月崎も吉岡も黒伏宗平も黙っていた。

その中にひとり、知子だけがせわしそうに動いていた。玄関のベルが鳴った。知子が出て、一人の小男を連れて応接間に入って来た。ちび安であった。

「さあ、よっく見て下さい。この中に、五年前にあなたに門内のピッケルのにせものを作らせた男がいるでしょうか」

黒伏にそう言われて、ちび安は来客の一人一人に眼を移していった。秋田と顔があうとちょっとへんな顔をしたが直ぐ眼をそらして、首を横にふった。

「それでは、この中に居るかも知れませんよ」

黒伏はちび安の前に数枚の写真を出した。

「こいつだ。確かにこの男が、五年前に門内のピッケルを持って俺のところへ尋ねて

来た男です。この男はどこにいます、名は……」

ちび安は口を突き出して黒伏に聞いた。

「名前は宮井久一、五年前にスイスの山で死んだ」

ちび安はあいた口がふさがらないというふうな顔をしていた。信じられないのか、なんどもなんども同じことを聞いてから、

「いずれ改めて参ります」

ちび安が、送っていった知子にそう言って出ていくのを聞きながら黒伏が苦笑した。

「ちび安め、秋田からにせものピッケルの話を聞くと、どこからか五年前にスイスで死んだ宮井久一のことを掘り出し、その同伴者だった僕のところへ、ゆすりに来たんだ。僕がにせものピッケルを注文したその時の男だと思ったらしい。あてがはずれてがっかりしているちび安に今夜その男をつれて来てやると約束して置いて、諸君を招集して事実を披露したというわけだ」

諸君をというあたりに、いつもと違うよそよそしさがあった。秋田はそのよそよそしさが自分に向けられているもののように思われてならなかった。

「じゃあ、話そうか」

黒伏がゆっくりした口調で話し出した。

宮井久一はほんものの門内と、にせもの門内の二本のピッケルを持ってアルプスへ行ったのである。マッターホルンのツムット尾根へ登ろうと話がきまった時、宮井は、黒伏に折角マッターホルンに登るんだから、二人そろって日本のピッケルを使おうじゃあないか、実は門内のピッケルをもう一本用意して来たんだと言って黒伏にすすめたのが、にせものの方であった。

黒伏はそれがにせものだとは知らなかったが、なぜ、宮井が急にそんなことをいうのかに不審をいだいていた。ヘルンリの小屋へ泊った翌朝、出発する時、黒伏はピッケルを間違えた。あまりによく似ていたからだ。その時宮井はひどくあわてた。あわてふためいてそれはおれのピッケルだと怒鳴ったのである。同じ門内のピッケルなら、間違えたってかまわない、なにもあわてることはない筈である。黒伏は、ピッケルに疑問を持った。宮井に分らないように確かめると、どこかがやはりおかしかった。にせものではないかと思うと、不安になるし、第一、宮井が、そんなものをつかませた気持がこわくなった。

黒伏はツムットの歯にかかる手前で食事中、ちょっとしたすきを見て、ピッケルをすりかえた。宮井に気づかれたら、宮井と喧嘩《けんか》をするつもりでいた。宮井はピッケルが交換されたことを気づかなかった。

ハンスたちと会ったのは、それから一時間後であった。天候は急に悪くなり、下山と決った。黒伏は背後にいる宮井を警戒した。なにか宮井がやりそうな気配がしてならなかった。予想は適中した。宮井が力一杯、黒伏を突き飛ばしたのは下山を始めて三十分と経っていない時だった。しかし、黒伏は滑落しながら門内のピッケルで身体を止めた。黒伏が滑落を食い止めたのを見て宮井はあわてて逃げおりようとした。彼はバランスをくずしたところを突風にたたかれ、スリップして、ティーフマッテンの氷河に墜落した。

「僕は死んだ宮井をせめようとは思っていなかった。宮井が僕を殺そうとした理由が、知子への嫉妬だということが分っていたからだ。話はこれでおしまいだが、ほかにもおしまいになるものがある……」

黒伏は妻の知子に向って、

「自分の夫が信じられない女とは一緒にいられない……」

その時横から月崎が口を出した。

「俺は犯人かも知れないという名称で呼ぶような男との交際は、いかなることがあっても御免をこうむるね」

それに合わせるように吉岡が言った。

「秋田、きさまはばかな奴だ。その錆びたピッケルの代償としてなにを得て、なにを失ったかを数えて見るがいい」

秋田と知子は古びた応接間にふたりだけで残されていた。

「秋田さん、あなたは軽率よ、あなたが、錆びたピッケルなど、スイスから持って来なければみんなが幸福で居られたものを……」

そう言って泣く知子の顔を秋田銀郎は遠い異国の女を見るような眼で眺めていた。

新田次郎（一九一二―一九八〇）
長野県諏訪郡（現・諏訪市）生まれ。一九五六年、『強力伝』で直木賞受賞。『孤高の人』『八甲田山死の彷徨』などの山岳小説のほか、『武田信玄』など歴史小説も得意とした。

初出：「週刊現代」昭和三十七年三月二十五日号～四月二十二日号
底本：『新田次郎全集第三巻　チンネの裁き・錆びたピッケル』（新潮社）昭和五十年九月発行

遭難

加藤 薫

海抜三千メートルの北アルプスK峰から二本の尾根がのびている。北にむかう北尾根、東にむかう東尾根とのあいだに通称〈踏めぬ谷〉とよばれる沢がながれていた。〈踏めぬ谷〉というのは、あくまで地元の村でそう呼ばれているのであり、正式の名称は建設省国土地理院発行の五万分の一の地図にも載っていない。

K峰からのびた北尾根と東尾根のあいだをながれる〈踏めぬ谷〉は、文字どおり谷底を踏むことができなかった。聳立《しょうりつ》する北尾根と東尾根の岩壁に阻まれて谷底に降りたつことができない。ザイルを使ってもの好きに下降したとしても万年雪に掩《おお》われた谷は、その底をみせなかった。日の射さない陰湿な〈踏めぬ谷〉は、万年雪に被《おお》われたまま冬をむかえ、あたらしい雪をそのうえにのせる。

いち年じゅう雪におおわれた〈踏めぬ谷〉も新雪の降るまえの秋のある時期に、万年雪に亀裂を生じ、谷底の流れの音をきかせるときがあった。

江田がK峰東尾根の海抜二千メートル地点に登ったのは〈踏めぬ谷〉の万年雪のしたを流れる融雪の水音が秋山に反響するころであった。

江田は腰の山鉈《なた》をぬいて下枝やネマガリザサを払いながら登った。ブナの枝には髭のようなサルオガセが風にゆれている。秋の山は足もとから落葉の腐蝕した臭いがした。背中に負ったサブザックが藪にひっかかり、人の手で〈ちょっと待て〉と登高をとめられている錯覚に陥ってぎょっとなったりした。

麓の川原に張ったテントをでてから五時間後に江田は東尾根の稜線にでた。

江田は双眼鏡をとりだした。

江田の立っている海抜二千メートルの東尾根の稜線から双眼鏡で覗いてもK峰の頂上を窺うことができなかった。頂上直下の岩峰に阻まれてしまう。その岩峰から北尾根、東尾根の二本の岩稜がのびて、赤茶けた岩尾根にはわずかに緑のハイマツと丈のひくい灌木が岩のあいだに散見される。岩峰からのびる北尾根をたどってゆくとはじめにカンバの木があらわれる。鋸《のこぎり》の歯のような鋭いスカイラインを劃《かく》して頂上直下の岩峰から落ちこんだ北尾根は、標高二千五百メートル地点で平坦になり、通称〈テングの鼻〉とよばれる台地がひらける。そこから北尾根はコメツガ、モミ、トウヒ、シラベなどが繁茂するなだらかな尾根となり、ブナ、ナラ、サワラの混生する麓までひろい裾野をつくっている。

江田の立っている東尾根から〈テングの鼻〉の台地まで距離にして約千メートル、双眼鏡で詳細に観察するとその尾根の急峻な側壁がところどころで爪で削りとられた跡をみせている。その剝落した側壁のあとは冬から春にかけておこる雪崩のすさまじさをあらわしていた。表層雪崩、雪庇《せっぴ》の剝落、底雪崩などに見舞われた北尾根の禿げた側壁は、秋になってもその痕跡をとどめていた。

北尾根の雪崩の跡をたどって双眼鏡をしたにむけると〈踏めぬ谷〉のいち部があらわれる。江田のいる東尾根に生えたカンバの枝に遮られて〈踏めぬ谷〉の全貌をうかがうことはできなかったが、S字形に彎曲《わんきょく》する万年雪の谷が、傾斜約四十五度からしだいにその勾配をゆるめて北尾根に沿ってながれているのが観察される。

江田は双眼鏡でその〈テングの鼻〉の台地から側壁をたどり〈踏めぬ谷〉の万年雪のうえに焦点をあわせた。

斑《まだら》雪の残る側壁から万年雪の谷にかけてシャクナゲが叢生《そうせい》している。そこからS字形のカーブをえがいて〈踏めぬ谷〉の雪渓がつづいた。

そのとき谷の左岸寄り——北尾根にちかい地点——の雪上に黒い木片がころがっているのがとらえられた。江田は双眼鏡を握った手をゆっくりおろした。双眼鏡を覗いていると細部が強調されて、景色ぜんたいのなかの位置を見失いがちだ。江田はその黒い木片がころがっている雪渓を、いちど北尾根ぜんたいのなかで把握しなおしてから、ふたたび双眼鏡を覗いた。

雪上の黒い木片は、倒れた朽ち木のようにもみえたし、雪崩に押しながされた樹木がそのまま雪のうえにとり残されたようにもみえた。

江田はザイルを手早くはずした。そして三十メートルナイロンザイル二本を襷《たすき》がけにした。

東尾根の急峻な側壁をくだった。急斜面に生えたカンバの木は、根にちかいところが水平にのび、そこから垂直に立っている。鉄棒を握る要領でカンバの木から木へ伝って側壁をおりた。カンバの木はたちまち尽きて、剝落した赤土のあとが生まなましい崖になり、絶壁がいっきょに〈踏めぬ谷〉の万年雪にまで落ちこんでいた。目測四十メートルの断崖で、雪渓にちかいところに深緑色の岩が爬虫《はちゅう》類の肌のように濡れて光っていた。

江田は三十メートルナイロンザイル二本を継ぎたして六十メートルにのばし、ザイルの端をカンバの木に結び、輪にしたザイルを腕で掬《すく》い、反動をつけて空中へ抛《ほう》りだした。六十メートルのザイルは、たちまち断崖に嚥《の》みこまれ、蛇のようにうねって堕《お》ちていった。江田は肩がらみの懸垂下降でその垂直の側壁をひと息にくだった。

断崖と〈踏めぬ谷〉の万年雪とのあいだには山側亀裂《ベルクシュルント》がくちをあけていた。雪渓のしたを流れる水おとが轟々ときこえる。その山側亀裂《ベルクシュルント》から吹きあげる風が冷たい。足を滑らせて落ち込めば、万年雪にとじこめられたまま凍死する。

江田は山側亀裂《ベルクシュルント》を跳びこえて万年雪のうえに立った。北尾根と東尾根が衝立《ついたて》のように聳《そび》える日のあたらない〈踏めぬ谷〉は、S字形にうねって勾配をましていた。

雪渓のうえは風紋ににた模様ができ、そのうえを吹きおろす風がつめたかった。雪のうえにはセッケイ虫が這っている。

江田はピッケルをついて万年雪のうえをのぼった。足場を刻みながら登高するほどの傾斜ではなく、魚鱗のかたちをした雪の紋に足をのせて慎重に登った。万年雪のところどころが濡れている。それは雪の層がうすくなっている証拠であった。そのうえにのれば、踏みぬいて谷底に落ち、這いあがれなくなる。雪が濡れて透明にみえるところを避け、勾配のましたS字形の雪渓のうえをジグザグにのぼった。登るにつれて金属的な響きが耳朶《じだ》をうった。高度の影響で耳鳴りがはじまったのかと唾液をのんだが、その音は耳について離れない。江田は立ちどまって頭をふった。虫の声だった。そそりたつ絶壁にかこまれた〈踏めぬ谷〉に虫が棲んでいた。

S字形の雪渓のうえを山霧がゆっくり這いおりてくる。そして、ひと抱えもある朽ち木が雪上に放置されてあった。江田がザイルをつたって下降した地点から二百メートル上部に、その材木に似たものがころがっていた。

雪のうえを這いおりてくる山霧にのって、朽ち木から醤油の腐った臭いが漂ってきた。

朽ち木に近づくとそれは人間の軀《からだ》であった。まず足のうらがはっきりと認められた。登山靴にオーバーズボン、そのうえにオーバーシューズを穿《は》いていたので足が巨《おお》きくみえた。雪のうえに右半身をあらわしている。

黒いかたまりとなった蠅が、江田の跫《あし》おとにおどろいていっせいに飛びたった。防風着の頭巾から乾涸《ひから》びた頭髪がのぞいている。そのしたの額は暗褐色で、眼に空洞ができ、鼻の肉は削《そ》げおち、鼻孔がうえをむいている。上下の歯列はむきだしで、根のついた枯草を噛みしめていた。

雪渓のうえにでた右半身は、冬山の登山装備を身につけたまま〈踏めぬ谷〉の下流に足をのばし、しずかに軀をよこたえていた。飛び立った蠅がふたたびかたまりとなってその顔にたかった。

江田は巻尺をとりだして身長を計測した。一七五センチ。登山靴やオーバーシューズを履いていたのでその厚みを差引いても一七〇センチ以上の身長があった。行方不明になった四人の隊員のなかで二人が一七〇センチを超えている。皮膚の剝落した顔からは誰であるか識別できなかった。

江田は同心円をえがくようにそのまわりを探索した。風しもに立つと死体から醬油のくさった臭いがした。江田の跫おとで蠅が舞いあがる。目・耳・鼻・口から蛆《うじ》が這《は》いだした。

雪上に半身をあらわにした軀から北へ二十メートル離れた万年雪のうえに木の枝がとびだしていた。近づくと人間の腕だった。防風着の片腕は手袋のミトンを嵌《は》めたままである。東尾根の垂直の岩稜が削げおちている直下で、くらい雪渓は蒼氷となってひろがっている。そのなかからでた片腕が虚空を摑《つか》んでいた。九カ月のあいだ雪のしたに埋れたままでいる無念さをその片腕がしめしているようにおもわれた。

万年雪のうえからおりてくる山霧が急に冷たく感じられた。見あげるとS字形に彎曲した雪渓が傾斜四十五度の急勾配となって側壁につきあげ、そこから西におおきく方向を転じて、K峰直下の岩稜に嚥《の》みこまれていた。衝立のように聳立する北尾根の稜線ちかくの岩峰に日がかげり、〈踏めぬ谷〉のなかがにわかに暗くなった。山霧がおりてくる側壁の濡れた岩が暗緑色にかわった。

〈死体が雪上を滑落する虞《おそ》れは、まず考えられない〉

江田は雪渓のうえに立ったまま靴底についた雪をピッケルでたたき落した。かつて雪上で発見した死体をひと晩放置した。あくる日にゆくと死体は二十メートルしたに移動していた。雪上を滑落したのだが、白骨化した死体がその足で歩きだしたように思われて不気味だった。

雪上に半身をあらわした軀はひと晩そのままにしても滑落するおそれはない。片腕だけ雪上にだした軀は大部分が凍結されている。

江田は〈踏めぬ谷〉の下流をみた。S字形にカーブした雪渓は、五十メートルさきで地平線のようなまるみをみせて落ちこんでいる。二百メートルはなれた東尾根の側壁に江田が降りてきたナイロンザイルが絹糸と見紛《みまが》うばかりに細く、ひとすじに垂れていた。そのザイルを目でたどり、カンバの生えた稜線を見あげても、枝にさえぎられて尾根すじは認められなかった。

〈踏めぬ谷〉の万年雪が尽きて川床があらわれる麓の渓流には、その年の春に江田たちの手で簖《しがらみ》がつくられた。雪に埋れた死体が、融雪とともにおし流されれば、その簖にひっかかる。すでに前日その水柵を点検したが、朽ち葉や流木がかかっているだけであった。残る二人の隊員は、まだそのちかくの万年雪のなかで氷漬けになっているはずだ。

江田は死体をあとにして〈踏めぬ谷〉の万年雪のうえをゆっくりくだった。うしろからだれかの手で押されているように、しぜんと早足になった。

東尾根の側壁にたらしたナイロンザイルを両手で握り、ほとんど腕のちからだけで四十メートルの垂直の側壁を攀《よ》じのぼった。

カンバの木を伝って稜線にたつと、江田のザックがぽつんとそこにあった。

江田は双眼鏡をだして〈踏めぬ谷〉を覗いた。そこからみえる万年雪の死体は、あいかわらず朽ち木か材木のようにうつった。


江田たちが海抜三千メートルの北アルプスK峰を目ざした年の十二月は、雪が異常に少なかった。麓のK村の村道に落ち葉がしきつめられ、雪はみられなかった。一週間まえに降った雪がブナ林の山裾に斑雪となってのこっているだけで、その林のなかからモズの鋭い鳴き声がきこえた。それは秋の山と呼ぶにふさわしかった。

すでにその年の二月、江田たちは北アルプスの背骨ともいうべき剣岳から穂高岳にかけて積雪期の縦走に成功していた。

その経験を生かして翌年の厳冬期にはあらたに南アルプスの全山縦走を目論《もくろ》んだ。

南アルプスの主要な山小屋にはその年の秋に荷上げを完了し、雪の降るのを待つばかりになっていた。

南アルプスの縦走を控えて、トレーニングと雪にたいする馴れを経験するために、江田たちは富士山での雪上訓練をおえるとただちに雪をもとめて北アルプスをめざした。

ところが富士山での雪上トレーニングをおわり、K峰へゆく準備にとりかかったときに、突然小浜道子が参加させてくれと言いだした。

まい年四月に新入部員がはいってくると新人歓迎の懇親会をひらいた。戦前の旧制高校のストームに似た乱痴気騒ぎをして新人たちの度肝を抜く。校舎から遠くはなれた山岳部の部室は、椎の木にかこまれていたので、いくら騒いでもひとに聞かれるおそれはなかった。

夜があけるころは登山につかう寝袋をもちだし、それにくるまって床のうえにマグロのように寝た。乱痴気騒ぎに疲れ、翌日の日がたかくなるまで部室のなかで正体もなく眠った。

小浜道子がそのような部室へやってきたのは昼ちかい頃であった。その年に入部してきた女子部員数十名のなかのひとりで、もちろん乱痴気騒ぎは女人禁制である。江田が寝袋から半身をおこして莨《たばこ》を喫《の》んでいると小浜道子が部室にはいってきた。ドアをあけて一歩踏みこむと、

「わッ、男臭い」と叫んだ。

部室のなかには酒ビンが毀《こわ》され、ニューム〔編注：アルミニウム〕の椀が散乱し、スキヤキの鍋がひっくりかえされてある。床のうえに寝袋をひろげていたので足の踏み場

もなかった。

小浜道子は引っ詰め髪をしていたので眦《まなじり》があがってみえた。〈男くさい〉とさけんで躊躇したのは一瞬で、すぐに気をとりなおしてドアのそばに寝ていたひとりを起しにかかった。

寝袋からでた顔をのぞき、いきなり平手でその頬を叩いた。

「いまなん時だとおもっているの?」

酒ビンや椀の散乱している床のうえを跨《また》ぎ、寝袋にくるまっているひとりひとりの頬を平手で叩いてまわった。

「もうお昼ですよ」

寝ていた男たちは、部室から追いだされた。まだ眠りから醒めやらぬ目をこすりながら部室からでてゆく男の頭には、前夜のスキヤキの糸コンニャクが垂れさがっていた。寝袋を肩にして部室からでてゆくヒゲ面の山男たちは、寝小便をして蒲団を干しにゆく子供のように従順だった。小浜道子はただちに部室の掃除にとりかかった。

新入生の春、すでにそのように活潑だった小浜道子は、山においてもたちまち頭角をあらわした。山男たちのあいだに伍してもひけをとらない。

新人歓迎の谷川岳合宿に小浜道子は女子部員のなかでただひとり参加した。ムギワラ帽子に手拭《てぬぐい》を腰にさげたスタイルは、後ろからみると男か女かわからなかった。渾名《あだな》はすぐに決った。〈田吾作〉。女で〈タゴサク〉と呼ばれるのは致命的だが、小浜道子はいっこう気にかける風はなかった。略して〈タゴ〉と呼ばれても素直に〈ハイ〉とこたえた。

谷川岳の合宿に加わった小浜道子は男とおなじ四十キロのザックを背負い、幽の沢をのぼり、芝倉沢をグリセードでくだり、一の倉沢の稜線を登り、マチガ沢の本谷をグリセードで降りた。小浜道子は引っ詰め髪のしたの眦《まなじり》を決し、鼻のしたのウブ毛に汗の玉をうかべ、朱《あか》い唇をときどき舌で湿して頑張った。

一週間の谷川岳合宿で、江田はいちど小浜道子の執念の凄さを見せつけられた。それは一の倉沢の六ルンゼを登ったときだ。サブリーダーの大杉を先頭《トップ》に、そのあとに新人たちをつけ、最後尾《ラスト》にリーダーの江田がついて六ルンゼの岩壁を攀じのぼった。江田のまえを登る小浜道子は、生まれてはじめての岩登りにもかかわらず臆するところがなかった。六ルンゼで庇状岩壁《オーバーハング》の個所があり、そこをのりこえるときにザイルを使った。小浜道子はザイルを断わり、単独で難しい岩壁を攻撃《アタック》した。江田がルートを指図したが、小浜道子は我武者羅《がむしゃら》に岩にくらいついた。登山靴のビブラム底が足場を失って空を蹴ることもあったが、痩せてしなやかな軀に見事なリズムを乗せ、三点確保を忠実にまもって攀じのぼっていった。江田は驚嘆して見あげた。

ところが小浜道子は、江田の指示を無視し、勝手に自分で判断したルートに迷いこんだ。そして岩壁にへばりついたまま身動きできなくなった。カエルのように垂直の岩壁に吸いついた小浜道子は、行く手をつるつるの一枚岩に阻まれた。登ることもそこから降りることもできない。江田はしたから見守った。

小浜道子は耳まで紅潮させ、必死になって手がかりをもとめた。足場をさがした。一枚岩に手がかりも足場もない。垂直の岩壁にひっかかった木の葉のように小浜道子の軀がバランスを失ってぐらりと揺れた。江田はそれを見詰めた。助けをもとめるにちがいない、もし救助をたのまれたら、ただちに登っていって手を貸そうと思った。ところが小浜道子はなにも言わなかった。さきに登った大杉たちにザイルをなげてくれとも頼まない。もちろん江田にたいしても助けをもとめなかった。岩壁に吸いつくと視界が狭められて手がかり《ホールド》や足場《スタンス》が見にくくなる。小浜道子は垂直の岩壁からむしろ身を反らすようにして、首を左右にむけてルートをさがした。男でも勇気のいる姿勢だった。

そのうちに小浜道子の登山靴が小刻みにふるえだした。靴の爪先がわずかにかかる足場で、小浜道子の足が震えだした。いわゆる〈ガタがくる〉という状態で、足からはじまってやがて全身にふるえがきて、岩壁から剝落する。危険な状態になった。〈ガタがきた〉小浜道子は、それでも弱音を吐かなかった。救けをもとめない。滑らかな一枚岩に足をかけて登ろうとするのだが、むなしく一枚岩のうえを靴底が撫でるだけで、靴にひっかかる突起も、靴をのせる窪みも見いだせなかった。

岩を摑んだ小浜道子の手に震えがきたとき、意を決した江田がそのしたまで登った。江田の両肩に小浜道子の両足をのせ、正規のルートまで運んだ。あらためて上部の大杉からザイルを投げさせ、それを小浜道子の腰につけて登らせた。

岩棚《テラス》にいる大杉たちのところへあがってゆくと、そこにぺたりと坐り込んだ小浜道子がいた。十本の指のなかで八本までが生ま爪をはがし、血が噴きだしていた。指さきのちからをふりしぼり、さいごまで岩にすがりついていたからだ。小浜道子は痛いともいわなかった。むしろ人に助けられた屈辱に耐えられないといったように、下をむいたまま唇を嚙みしめていた。

谷川岳合宿のあとで六月の穂高岳、七月の剣岳、秋の南アルプスと小浜道子は山男にまじって腕をあげていった。

〈タゴサク〉の小浜道子が女らしい配慮をみせるのは手洗いのときである。テント生活をなん日もつづけ、藪のなかで〈キジを撃つ〉山男たちと一緒に生活していたが、

〈タゴサク〉はまったく気づかれずに手洗いをすませた。

口の悪い大杉が、

「タゴサクは、夜、ひとが寝静まってから、そとへでてゆくのだ」としたり顔で言った。もちろん誰も真夜中のテントから脱けだしてゆく〈タゴサク〉を見たものはいなかった。その小浜道子が海抜三千メートルの北アルプスK峰の冬山へ参加させてくれと申しでたときに、江田は雪山の経験のない小浜道子を危ぶんだ。江田は条件をつけた。

K峰頂上を目ざす大杉パーティーの東尾根隊に参加させるが、登頂隊員にはならないこと、あくまで東尾根二千五百メートル地点にとどまり、テントキーパーの役目をすること、テントの留守番役ならばまず危険はあるまいと判断した。

北アルプスのK峰にゆけるときまった小浜道子は、引っ詰め髪でつりあがった目にはじめてなごやかな笑みをみせた。

十二月の下旬に麓のK村に勢揃いした江田たち六名は、K村に住む北アルプスの老山案内人《ガイド》源五郎爺さんの家に一泊した。

山案内人《ガイド》として四十数年の経験をもつ源五郎爺さんはカンジキ作りの名人だった。

爺さんはイロリにすわり、胡坐《あぐら》のうえに孫の清一をのせ、仕上がったカンジキにアマニ油を塗っていた。そのイロリに江田たち六名がくるま座になった。

爺さんの膝にのった孫の清一は、その年に採れたシメジの塩漬けをまるで飴でも舐《な》めるようにしゃぶっていた。生え揃った歯でシメジの茎を嚙んでいた三歳の清一は、色白でおとなしい幼児だった。

「秋の山のように雪の少ない年は、ドカ雪が降る。江田さん、K峰に登るときは豪雪に見舞われますぞ」

爺さんは江田たちのためにナダレ紐《ひも》をつくってくれた。それは雪崩のおきそうな斜面を横断《トラバース》するときに腰にたらして渡る。まんいち雪崩に見舞われ、雪に埋もれても、ナダレ紐のいち部が雪のうえにでるので埋没地点がただちに判明する。人間の軀より比重のかるいヒモは雪崩のなかで雪の表面に泛《うか》びやすい。

「このヒモを頼りに発掘するような目に遭わないことが肝腎だが……」と爺さんは言った。

アマニ油を塗りおえた爺さんは、六個のカンジキをイロリのうえに吊した。

「K峰へ無事に登頂できますように乾杯しましょう」

土間へ降りた爺さんは、縁の下からガラス瓶をとりだしてイロリへもってきた。ガラスの広口瓶は茶褐色の液体で充たされている。イロリの火に瓶を翳《かざ》すとヘビの顔がうかんだ。白眼をむきだしにしたヘビが、ガラス越しに恨めしそうな顔をしている。

「マムシ酒です」

爺さんは江田たちのひとりひとりに注いでまわった。

「これを飲むと精力がつきます」

それを聞いたサブリーダーの大杉が冗談を言った。

「危険だぞ」

大杉はテントで同宿する小浜道子をみた。

「精力がつくそうだ、あぶない、あぶない」

小浜道子は聞こえぬ振りをして、すましてマムシ酒を飲みほした。

「ご婦人がいらしたのですね」と爺さんは恐縮した。

「なあに……」と大杉は真面目な顔をした。

「これはタゴサクでして、女ではないのです」

江田たちは吹きだした。爺さんも欠けた歯をみせて笑った。

小浜道子はそのとき、悲しそうな表情をちらりとみせた。

翌朝、麓のK村を発った江田たち六名は落葉のしきつめられた山道をそれぞれ四十キロのザックを背負ってのぼった。そしてK峰北尾根・東尾根に挟《はさ》まれた〈踏めぬ谷〉の下流にベースキャンプを設営した。

冬山の行動時間はみじかい。日没は午後四時ごろなのでそれまでに夕食の仕度、翌日の準備などを済ませておかなければならなかった。

ブナの木にかこまれた〈踏めぬ谷〉下流の右岸にふた張りのテントを設置し、そこではじめてK峰の北尾根隊と東尾根隊の隊員がそれぞれわかれた。

北尾根隊の江田のテントには同期生の宮本、その年の春に入部した新人の青木、以上二名がはいった。

同期の宮本は理学部にいたので、よく白い実験着をきたまま部室にあらわれた。理窟っぽかった。あるとき大杉が〈穂高岳の涸沢《からさわ》にある圏谷《カール》が……〉といいかけると、宮本は首をふって〈日本に氷河の圏谷《カール》があるんですかねえ〉と度のつよい眼鏡に手をあてて考えこんだ。〈それは正確ではありませんね。圏谷《カール》状のものと言わなくては……〉。宮本は山へゆくと天気図を克明につけた。そして宮本自身の判断で予報した。中央アルプスの千畳敷から宝剣岳へのぼるときに大杉が強引に出発しようとすると、宮本は額に皺をつくり〈それはいけません。予報は雨とでています〉といって天気図をさした。大杉と宮本とは性格があわなかった。江田はそのために宮本を自分の隊にいれた。

ベースキャンプを設けると宮本はテントに入って十二時二十分からはじまるラジオの短波放送の気象通報をきき、早速天気図の作成にとりかかった。鉛筆の芯を削ってキリのように尖らせなければ気の済まない宮本は、また几帳面な性格でもあった。

東尾根隊の大杉のテントには〈タゴサク〉の小浜道子とおなじく新人の桑原がはいった。

江田のテントにはいったその年の新人青木、おなじく大杉のテントにはいった新人の桑原、ふたりは積雪期の冬山ははじめてだったが、すでに春の谷川岳、夏の北アルプス、初冬の富士山などで雪の訓練は充分にうけていた。

その日の午後、大杉が東尾根の偵察に単独ででかけた。

食事当番の小浜道子と新人ふたりは、磧《かわら》の石でカマドをつくり、薪をあつめにかかった。小浜道子は同期生の二人の男を顎《あご》で使った。青木と桑原は小浜道子に怒鳴られた——。

東尾根の偵察をおえた大杉がベースキャンプに戻ってきたのは日暮れにちかかった。

「ひどいめに遭わされた」

雪のない東尾根で相当な藪こぎを強いられたらしい。大杉は腕のすり傷を舐《な》めながら江田のテントのまえに腰かけた。

「東尾根の積雪量は、やっと踝《くるぶし》のうえまでだ。これではネマガリザサや下枝に妨げられてのぼりにくい。大きな荷物を背負ってゆけば、荷がひっかかってしまう」

大杉のズボンにカギ裂きができている。手入れのいい登山靴にもあらたに無数の傷がつけられた。

「東尾根から眺めた北尾根の積雪状態もほぼおなじだった」

江田はすぐに決意した。

「標高二千五百メートル地点まで、荷物をふたつにわけ、二回にわたって荷上げしよう。まず登攀《とうはん》用具、炊事用具などを二千五百メートル地点にデポする。ついで露営用具や食糧十日分、私物、予備品などをもって登り、テントをたてる。荷を少なくすれば藪も苦にならない。ただし、第一回の荷上げ地点には目じるしの旗をたてるか或いはカンバの枝に布切れをさげるかする。ドカ雪に見舞われて、デポ地点が雪に埋没し、あとから探せなくなる」

大杉はその案に賛同した。

「明日からは、おたがいに別行動をとろう。荷上げがはじまれば、それぞれ独立したパーティーだ。おたがいに干渉しない。それぞれの方針でK峰頂上をめざす」

大杉はなにか期するところがあるらしく、視線を遠く〈踏めぬ谷〉の奥へむけた。

〈競争するつもりか〉と江田は気づかった。

大杉は体力に絶対の自信をもっている。トレーニングで六十キロの石塊をつめたザックを背負い、学校の馬場の坂を二十回のぼり降りしても汗をかかなかった。とくに首から肩にかけての筋肉は強靭《きょうじん》だった。練習試合でレスリングの選手にフォール勝ちした。

「二千五百メートル地点に設営したら、一日二回、トランシーバーでおたがいに連絡をとりあう。朝六時、夜八時の二回だ。その日の行動と翌日の予定を知らせあう」

江田たちはそのためにトランシーバーを二台もってきている。北尾根の二千五百メートル地点、通称〈テングの鼻〉と東尾根の同じ標高の稜線とは千メートル離れているだけであった。27メガサイクルの電波は妨げられるもののない北アルプスで威力を発揮する筈だ。出力は0.5Wである。

「北尾根隊の宮本がまいにち天気図を作成するから、トランシーバーで交信したときにその気象予報をしらせよう」

大杉は〈宮本〉の名がでたときに皮肉な笑いをもらした。〈宮本の予報など聞きたくない〉という顔だった。大杉は丹念に気温を測定したり、風向を探ったり、天気図をつけたりする地道な仕事を苦手とした。

その前年の厳冬期、西穂高岳の稜線に前進キャンプを設置し、奥穂高岳の頂上を目ざしたとき、江田は詳細な計画をたてた。隊員十五名を列車の運行に見たて、そのスケジュール通りにうごかした。吹雪や強風に妨げられたが、あくまで運行表に従って、隊員は三日行動して一日休息をとらせる基本をまもらせた。いよいよ登頂隊員を決定し、翌早朝に出発させるところまで漕ぎつけたとき、突然ベースキャンプから二名の隊員が無断で登ってきた。ベースキャンプにいた大杉が指示したのだ。前進キャンプにいた江田は狼狽した。

ひと張りのテントには登頂隊員三名とリーダーの江田で満員だった。寝袋も持たずにカラ荷であがってきた二名は、テントの外の氷点下でひと晩あかさなければならない。登頂隊員に選ばれなかった大杉の不満が、計画をいっきに挫折させる。江田は急遽《きゅうきょ》、雪の斜面に雪洞を掘り、江田の寝袋はふたりに貸し与えた。翌日、無事に登頂を果したが、テントを撤収してベースキャンプにもどるとき、雪洞へ泊った隊員のなかのひとりが滑落した。一枚の寝袋にふたりがくるまって雪洞で夜を明かしたので、睡眠不足はまぬがれない。氷雪から露出した岩に頭を激突させたその隊員は、ベースキャンプへおりてきて記念撮影したとき、頭に包帯をまいていた。その後、顔を腫らしたその記念写真をみるたびにリーダーの江田は心が痛んだ。

「三日間でK峰を登ってみせる。十日分の食糧など必要ない」

大杉は視線を炊事場へむけた。炊事当番の小浜道子と新人青木、桑原の三人が、ニューム食器に盛りつけをしている。戸外で食事がとれるのはその日だけだ。稜線にのぼればいやでもテントのなかで仕度し、首をちぢめて食べなければならない。

「天気図によると……」

テントから宮本の声がした。眼鏡の縁に手をあてがい、天気図をつかんででてきた。

「西高東低の冬型気圧配置で、大陸の高気圧のちぎれた移動性高気圧にすっぽりおおわれているので、おだやかな天気になっている」

それをきいた大杉が、

「そんなことは言われなくても分っている」

と磧の炊事場をさした。炊煙はまっすぐ立ちのぼっている。

「しかし……」と宮本は天気図をさした。

「山陰沖に低気圧が発生し、裏日本海岸に沿ってすすむおそれがある。そうなれば一両日中に大雪が降る」

「降れば、降ったときのことだ」

大杉は胸をはった。

「冬山で吹雪かれるのは覚悟している」

宮本が尖った鉛筆で天気図をさし、なにか言おうとするのを押しとどめた大杉は腰をあげた。

食事をしらせる小浜道子が、磧の石のうえを跳ぶようにしてやってきた。


翌朝の午前五時、江田はテントのそとへでた。月に暈《かさ》がかかり、風花が舞っている。対岸のブナ林は闇にのみこまれてさだかでない。

大杉隊のテントをみるとひと気が感じられなかった。すでに一時間まえに出発したらしい。

江田は宮本と新人の青木を起した。宮本は寝袋から半身をおこし、暗いテントのなかで眼鏡をさがしている。江田はラテルネ〔編注：ランタン〕のロウソクに火をともした。眼鏡をかけた宮本は枕もとのラジオのスイッチをまわし、午前五時三十分からはじまる短波放送の気象通報にダイヤルをあわせた。寝袋に足をいれたまま天気図を膝にひろげた。

江田は新人の青木とともに前日の炊事場へいった。雪が舞う磧の炊事あとは灰が濡れている。大杉隊は川の水をかけて出発してしまった。江田は火をおこすのに苦労した。前夜の残ったスープをあたため、湯をわかすのに時間がかかり、出発予定時刻がおくれた。

登攀用具のザイル、補助ザイル、三つ道具、なわ梯子、アイスバイル、赤い布、それに炊事用具のナベ・カマ・ヤカン類、ノコギリ・ナタ・包丁・石油コンロ・メタ・燃料、そのほか予備品と私物のいち部などを第一回の荷上げで標高二千五百メートルの〈テングの鼻〉の台地まで運ぶ。江田以下三名の荷物は二十キロ未満に押えられた。第二回の荷上げでは食糧やテントを予定している。

「山陰沖に低気圧が発生したので、まもなくアルプスは猛吹雪に見舞われる」

朝食のときに磧の石のうえに腰かけた宮本は、スープの湯気でメガネを曇らせてそう言った。

「爺さんの言っていたドカ雪がくる」

新人の青木は無口だった。

その年の夏、北アルプスの縦走で穂高岳から一週間あるきつづけ、船窪岳までできたときだ。それまで残った十人の新人全員が疲労で倒れた。船窪小屋にさきにテントを張り、江田、大杉、宮本の三人がまえにゆくと、縦走路でザックを背負ったまま亀のように十人がひっくりかえっていた。

十人のなかでまず立ちあがろうとしたのが青木だった。夏の炎天で五十キロをこす荷物を背負って七日間あるき通すのは苦しい。立ちあがりかけた青木は重心を失い、よこに倒れた。しかしふたたび縦走路を睨《にら》んで立ちあがり、遂に船窪小屋のキャンプ地までたどりついた。青木のあとから桑原がつづいた。残った八名の新人は脱落した。翌日針の木峠から人をつけて下山させた。針の木峠からさらに後立山連峰を五日かかって白馬岳まで、青木と桑原は縦走をはたした。下山祝いに山の温泉で湯を浴びたとき、青木と桑原はアバラ骨がとびだしてみえるほど痩せ細ってしまった——。

磧で朝食をおえた江田たちはただちに二十キロのザックを背負って出発した。風花は歇《や》んでいる。川面に霧がたち、東の空があかるくなった。巻雲がなびき、なまあたたかい風が吹いている。

ベースキャンプから〈踏めぬ谷〉を五百メートル遡行すると道は左右にわかれる。左へゆけば東尾根、右は北尾根の稜線へ通じている。道といっても踏みあとがわずかに識別できる藪のなかのけもの道だった。

先頭にたった江田は腰の山鉈をぬき、下枝をおろし、ネマガリザサを払いながら北尾根をのぼった。あいだに新人の青木をはさみ、後部《ラスト》は宮本というオーダーを組み、登山靴の踝までの雪のなかをジグザグに登った。

北尾根の稜線にでると、そこから千メートルはなれた東尾根が遠望できたが、もちろん大杉隊の姿は双眼鏡を使っても認められなかった。あいだによこたわる〈踏めぬ谷〉はカンバの枝に遮られて覗くことができない。

「風向きが変った」

宮本が空を仰いだ。

「北西から西へ、西からさらに西南へ風向がかわるのは、低気圧が次第に近づいている証拠だ」

空には巻層雲があらわれ、雲があつくなってきた。「荷上げをはやく済ませたほうがいい」

江田たちはザックを背負ってただちにあるきだした。北尾根をたどって標高二千五百メートルの〈テングの鼻〉の台地までゆくあいだに、いくつかの急峻なガレ場を登った。

その日の正午すぎに江田たちは〈テングの鼻〉の台地に到着した。目じるしに選んだモミの木の根に荷物をまとめ、そのうえにシートをかけた。モミの木の高さ三メートルの枝に身軽な青木がよじのぼり、赤布の標識をつけた。雪に埋れてもデポ地点を見失わぬためである。さらにちかくの木の枝にも赤布をたらした。

江田たちが〈テングの鼻〉の台地をくだるころ、〈踏めぬ谷〉に山霧が発生した。それが北尾根にむかって吹きあげる。雪が舞い、視界がさまたげられた。

「いよいよ吹雪だ」

宮本がメガネのレンズを拭った。そして登山用のサングラスにかえた。

江田たちは山霧と雪に追われるように北尾根をから身でくだった。休息をとらず、跳ぶようにしてくだったので川原のベースキャンプに着いたのは午後三時だった。

大杉隊のテントはがらんとしている。入口のシートが風に煽《あお》られ、テントのなかがまるみえだ。出入口を閉めわすれたらしい。

「よほど慌てたのだ」

江田は大杉隊のテントへいった。登攀用具や露営用具がみあたらない。

「すべての荷上げをすませている」

江田はテントのなかを覗いた。そこには不用なウチワ、布バケツ、ゴム手袋などが散乱している。「二回にわけて運んだのだろうか、それとも一回ですませたのだろうか」

江田は呆然とした。

「体力自慢の大杉はともかく、新人の桑原、女性の小浜道子を従えて、いち日二回も東尾根をのぼるのは無茶だ。荷上げを一回ですましたとすれば、なおさら二人はしごかれたにちがいない」

江田は大杉隊のテントの入口を紐でしっかり締めた。風花はいつしか湿ったボタン雪にかわり対岸のモミの林が見えないほどの吹雪になった。

〈明日からは、おたがいに別行動をとろう、荷上げがはじまれば、それぞれ独立したパーティーだ、おたがいに干渉しない、それぞれの方針でK峰頂上をめざす〉と言った大杉のことばがうかぶ。

江田がテントにもどると宮本はメガネを光らせてラジオの気象通報をイヤホーンで聴きいっていた。そばで新人の青木が石油コンロを組みたて、夕飯の仕度にとりかかっている。

その夜、八時の交信のために江田は、トランシーバーを携《さ》げてひろい川原へでた。しかし東尾根の大杉隊と連絡をとることができなかった。麓と尾根とのあいだで交信が不可能とはおもわれない。三十分のあいだ連絡をこころみた江田は、あきらめてテントへはいった。その夜、吹雪はしだいにはげしくなった。

北尾根はひと晩で変貌した。

翌日の午前五時、江田以下三名が食糧や露営用具のテント、シート、マットレス、スコップ、ツェルトなどを分担してザックに詰めて出発したとき、磧のベースキャンプにも雪が五十センチ積っていた。

〈踏めぬ谷〉を五百メートル遡行し、北尾根の取付点へゆくと積雪は一メートルをこえた。

北尾根の稜線にたつと、風は〈踏めぬ谷〉から雪をまじえて吹きあげた。大杉たちの東尾根はまったくみえない。江田は登山用サングラスを手袋の手でなんども拭った。

急峻なガレ場には不安定な新雪がいちめんにのっていた。新雪ナダレは傾斜二十五度以上の斜面になるとおこりやすい。江田はザックをおろし、ザイルを担いで嶮《けわ》しいガレ場をのぼり、そこにザイルを固定《フィックス》した。左腕にそのザイルをまき、右手にピッケルを握り、三人はつぎつぎに峭峻《しょうしゅん》な尾根を突破した。

標高二千五百メートルの〈テングの鼻〉の台地についたのは午後二時だった。ただちに前日の荷上げ地点へゆく。その地形の変貌ぶりに愕《おどろ》かされた。前日、身のかるい新人の青木が、モミの木にのぼり三メートルの高さの枝に赤布をつけ、デポ地点の標識とした。近づくとその赤い布切れは、目の高さよりも低くなっている。ひと晩の積雪量のすさまじさにおどろかされた。

三人はシートにくるんだ登攀用具、炊事用具、予備品などを雪のなかからスコップで掘りだした。

風を避けて台地の東側にテントを張った。おたがいに背中の雪をはらいあい、カンジキをはずし、オーバーシューズを脱ぎ、三人用冬山テントにもぐりこんだ。オーバーシューズについた雪が凍っている。

宮本は寒暖計をテントのそとにだして気温を測定した。マイナス5度、風向はテントの位置が台地にかくれていたので一定せず、風力は4、湿った雪があいかわらず〈踏めぬ谷〉から舞いあがり、テントの入口にさしたピッケルのブレードに積った。

テントのなかにビニールシートを敷き、そのうえにマットレスをならべて三人が石油コンロをかこんで胡坐《あぐら》をかいた。石油コンロの火で防風着の雪が融け、水玉となって光った。テントの通風孔《ベンチレーター》をあけていたが、濡れたものからたつ水蒸気でテントのなかの湿度があがった。

「今夜はひと晩じゅう雪が降るだろう。三人が交替でテントの除雪をしよう」

江田は時間割りを決めた。二時間おきに起きてテントに積った雪をスコップでおろす。もしひと晩、雪の降るのにまかせて眠っていたならば、朝になって雪の重みでテントは圧《お》し潰され、まちがいなく三人は窒息死する。

気象通報を聞いていた宮本は、ラジオのイヤホーンをゆっくりはずした。

「明日は低気圧が通過して、季節風がつよく吹き、気温はさがります」

まるで感情のこもらない呟《つぶや》きに似た言葉づかいが、いかにも理学部の宮本らしい。

「日が射して、雪の表面の比重が増すと新雪ナダレが発生します。日のたかくなる午後が最も危険です」それをきいて江田は翌日の方針を決定した。

「ひと晩除雪すれば睡眠不足になる。ナダレの危険もある。ともかく明朝の気象通報をきき、天気図をみたうえで行動しよう」

石油コンロにナベをかけ、そのなかへ雪をいれて融かし、まず水をつくった。テントの入口を背にした新人の青木が雪取り係だ。青木は冬山の勝手がわからないので、ふわふわした雪をそのまま掬ってナベにいれた。真綿のようにかるい新雪は、量はいかにも多くみえたが、融かすとナベの底に僅かな水しかのこらない。そのたびに慌ててテントの入口をあけて雪をとる。風とともに雪が吹きこんだ。

「そんなふわふわの雪をなんど取ってもだめだ」

宮本は膝にひろげた天気図のうえに舞いおりた雪を手で払った。

「なるたけ硬そうな雪を選んで取るのだ。柔らかい雪は、かためてボールの形にしてナベへいれる」

江田は東尾根の大杉隊のことを考えた。気がおもい。二日間、連絡が跡絶《とだ》えている。おなじように東尾根も豪雪に見舞われているはずだ。峻嶮な北尾根にくらべれば、東尾根は比較的なだらかな稜線がつづき、ルートとしては易しい。しかし新人の桑原と女性の小浜道子ではメンバーが弱体だった。

〈犬猿の仲であっても、大杉と宮本をおなじパーティーにいれるべきではなかったか〉

江田はナベに盛った雪を贖《みつ》めた。氷山のようにみえる雪は、ガサッと音をたててナベのなかでくずれた。雪の結晶はたちまち融けて水滴の光にかわった。


その年の二月、厳冬期の北アルプス全山縦走を試みたときだ。江田、大杉、宮本の三人は、双六《すごろく》岳の頂上であやうく遭難するところだった。越中富山から腰までの雪をラッセルして北アルプスの三千メートル峰をつぎつぎに越して穂高岳まで縦走したとき、太郎兵衛平の雪洞でひと晩あかした翌日、黒部乗越までの予定で出発した。背の高さほどのショートスキー、カンジキ、アイゼンを併用して夏でも八時間かかるコースを五時間で踏破した。黒部乗越に着いたのは正午まえだった。

大杉は〈あと四、五時間で双六岳の山小屋までゆける、一挙に日程の遅れをとり戻そう〉と言った。〈一の越〉と〈スゴ乗越〉で吹雪のために停滞し、予定は三日おくれていた。双六岳までその日にゆけば、翌日は槍ヶ岳までゆける。槍ヶ岳には江田たちを支援するためのサポート隊が待っているはずだ。日程のおくれている江田たちをサポート隊が心配しているのはたしかだった。しかし江田は〈今日は黒部乗越までとあらかじめ決めてある。急に予定は変更できない。ここにテントを張る〉とこたえた。大杉は〈太郎兵衛平から双六小屋までとばせば、おそらく新記録だろう〉と残念がった。そして〈弱将に仕えるのはやりきれない〉といった。リーダーの江田は〈弱将〉といわれて胸にこたえた。疲労困憊《こんぱい》してそれ以上あるけないのでテントを張るのだと看做《みな》された。〈よし、双六小屋までとばすぞ〉と雪におろしたザックを背負いなおした。そして三俣蓮華岳へ通じる尾根を目ざして登った。いつもならば〈だめですね。気象予報によれば吹雪がきます〉と止めるはずの宮本が、江田と大杉のやりとりに気《け》圧《お》され、黙ってついてきた。北へ彎曲した雪尾根を辿《たど》り、三俣蓮華岳から双六岳にかかる頃、江田たちは猛吹雪に襲われた。カンジキを履いても胸まで雪に埋り、方向感覚が狂っておなじところを廻り歩いたりした。ポケットから地図をだして双六小屋を探ろうとしたが、烈風に地図は吹き千切られた。双六岳頂上の岩峰が、吹雪のなかで山小屋にみえる幻視になやまされた。その夜、江田たち三人は、雪のなかでひとかたまりになり、シートをかぶってすごした。吹き荒れる風にシートが煽られ、ほとんど眠れなかった。そのまま三日間身うごきできないまま吹雪に閉じこめられた。そして四日めの朝、やっと吹雪があがり雪のなかから這いだした。双六小屋にたどりついたとき、江田たち三人は手足を凍傷にやられた――。

テントのなかでは石油コンロにかけたナベがおとをたてている。ナイロンテントのなかが暗くなってきた。宮本は寝袋に足をいれたままラテルネのロウソクに火をつけた。青木は乾燥野菜のパックをひらき、沸騰したナベへいれた。江田は足もとが冷えてきたので寝袋のなかへ下半身をいれた。

「これを食べてください」

青木が菓子折をさしだした。山へ菓子を持ってくるのはめずらしい。三度の食事の献立がきまり、間食しないのが山登りのときの習慣になっていた江田は、青木のとりだした菓子折をみておどろいた。

山登りに出発するとき、新宿駅や上野駅にきた見送り人から菓子や果物を餞別《せんべつ》として貰った。それらは汽車のなかでほとんど平らげた。山のうえまで重い思いをして運ぶものはいない。それを青木は標高二千五百メートルの〈テングの鼻〉の台地まで運びあげた。

菓子折のなかにはG市名物の和菓子が行儀よくならんでいる。

「夜おそかったので……」と青木は吃《ども》った。

「みな眠っていたので、食べてもらえなかったのです」と小さな声で弁解した。女性からの差入れだった。

石油コンロをかこんで夕飯をすました江田たちは、寝袋にはいって臥した。テントの奥に江田、あいだに宮本、入口にちかい場所が青木、三枚の寝袋をひろげ、ザックと私物を枕もとに置くとテントのなかは足の踏み場もなかった。天井に吊したラテルネが揺れている。そとは相変らず吹雪だった。

午後八時、江田は寝袋から登山靴をとりだして穿いた。トランシーバーを携《さ》げてテントのそとへでた。雪がどっと顔にあたる。テントのまわりの雪明りでカンバの木が五、六本みえるだけである。東尾根はもちろん〈踏めぬ谷〉も闇に嚥《の》まれている。東尾根の大杉隊から応答はなかった。

テントの入口に立てかけたシャベルを把《と》った江田は、テントの屋根につもった雪を掻いた。テントを支える紐が雪面に打ち込んだ杙《ペッグ》とともにあらわれるまで雪を掘った。

テントにもどるとふたりは寝息をたてている。江田はつぎの除雪時刻、午前二時に目覚時計の針をあわせてネジを巻いた。凍てついた目覚時計の金属部分が指に吸いついた。

午前二時、江田はふたたびテントのそとにでて除雪した。雪原から沸きあがるように粉雪が舞っている。テントを支える紐の張り具合をたしかめるために手で押えると、撓《たわ》んだ紐が凍って軋《きし》みおとをたてた。テントのまわりには掘りおこされた雪が塹壕《ざんごう》のようにうずたかく積みあげられた。雪あかりのなかで屋根だけが黒くうかんでみえる。テントの通風孔《ベンチレーター》に氷がつまっている。凍結した雪をピッケルでたたきおとした。除雪を了えた江田はズボンの雪を払ってテントにはいった。脱いだ登山靴を抱いて寝袋にくるまる。靴の凍結をふせいだ。

ふたたび江田が目をさましたとき、隣りの宮本が寝袋から半身をおこしてラジオに聴きいっていた。午前五時三十五分からはじまる気象通報をイヤホーンで聞いている。まだ入山して日が浅かったが宮本の頤《おとがい》に髭が濃くなっている。そのヒゲがラテルネのロウソクの火のかげんで金色に光ってみえた。眼鏡をはずした宮本の眦《まなじり》から耳にかけてメガネの枠あとがついている。雪焼けした顔のなかでそこだけが白くみえた。

宮本は瞑想に耽《ふけ》るような横顔をみせて聴き入っていた。

江田は寝袋のうえに半身をおこした。テントにつもった雪で屋根が撓んでいる。江田は登山靴を履いた。枕もとのトランシーバーをもってテントのそとへでた。

そとはまだ暗かった。雪はあがっていたが風がでて山霧を吹きはらっている。テントのそばのモミの木が風で唸りおとをたてていた。モミの木の風上にあたる西北の枝が、鉈で断ち切られたように削られている。氷雪風がまともにあたる枝が枯死し、風のあたらない枝だけが茂っていたので、それは旗のようにみえた。

雪の表面が凍って板になっている。そのうえを歩くとヒビ割れして腰まで雪にもぐった。江田はバネ人形のようにぎこちない恰好でクラストした雪のうえをあるいた。〈テングの鼻〉の台地に立つと烈風で軀がもってゆかれる。北西の風に背をむけてトランシーバーを操作した。冷たい風が目に滲《し》みて泪《なみだ》がでる。耳が切りとられるのではないかとおもわれた。腕時計の針は六時十分前を指していた。山霧で東尾根は見えなかったが、遮るもののない台地に立てば交信状態は良好の筈である。

江田は雪のなかで足踏みした。ツマ先が冷えて感覚がなくなった。三枚重ねの手袋に寒気が沁み、まるで素手でトランシーバーを扱っているように感じられた。

六時がすぎた。山霧がわずかにあかるくみえはじめたとき、突然雑音のなかから声がした。

——北尾根、北尾根——と呼んでいる。

江田はトランシーバーに嚙みつくように返答した。

——北尾根の江田だ——

寒さを追いはらうために怒鳴りあうような声になった。

——東尾根の大杉だ——

——なぜ二日間、連絡しなかったのだ——

——ドカ雪でテントの支柱を折られた——

雑音がはいった。江田はトランシーバーを両手で抱えあげた。

——二日間の行動を報告しろ、それと現在位置、今後の予定もしらせるんだ——

——ベースキャンプを出発したとき、一挙に荷上げを完了させようとした、装備は四十キロを超えた——

大杉には二回に分けて荷上げするのが煩瑣《はんさ》で堪えられなかった。いっきに東尾根の標高二千五百メートル地点へ荷上げを試みた。

——ところが新人の桑原とタゴサクがブレーキになった——

——あたりまえだ——

――標高二千メートル地点でやむをえず設営した。その晩、豪雪にやられた。ふたりは完全にのびてしまったので、オレひとりで二時間おきにテントの除雪をした。しかし、疲れて眠りこんでしまった。息苦しくて目が覚めたら、どうだ、雪の重みでテントの支柱が折れ、屋根が胸を圧して息がつまる。慌ててふたりを起した。あと一時間気がつくのがおくれたら、圧死か窒息死するところだった――

――無謀だ――

――テントが使えなくなったので、雪洞を掘ることにした――

――雪洞？――

また雑音がはいった。江田はアンテナの角度をかえた。

――あんなふわふわした新雪に雪洞が掘れるとでも思っているのか――

――やむを得なかった。踏みかためた雪の斜面に雪洞を掘り、ともかく三人が避難した。ところが雪洞のなかで石油コンロを焚いたら雪の天井が融けて、沈下してきた――

――それは無茶だ――

――テントの支柱を修繕して、ともあれ現在標高二千メートル地点で頑張っている

――

——すぐベースキャンプへ引揚げろ、テントを取り替えて、あらためて登るんだ——

——いや、ベースへは降りたくない。せっかく高度を稼いだんだ。今日はこれからテントを背負って、さらに標高二千六百メートル地点の森林限界まで前進する——

——だめだ、森林限界をこえたら風がまともに当る。折れた支柱ではささえきれない。いちどベースキャンプへ降りるんだ——

——安心してくれ、新人の桑原もタゴサクも元気をとりもどした——

——いいか、よく聞け。いま宮本が気象予報をうけている。その予報にもとづいて行動——


トランシーバーの連絡が跡絶えた。あとは江田がなにを叫んでもそれにたいする応答はなかった。トランシーバーのスイッチを入れなおしたり、アンテナの角度をかえてみたりしたが、東尾根ははるか彼方に去ってしまったように交信できなかった。

江田は急に寒気がした。台地を吹きぬける風が耳もとで唸り、山霧がマツ毛に凍りついて瞬《まばた》きすると目が痛かった。

テントにもどると青木も起きだして石油コンロで雪をとかしている。板状に凍った雪をとってナベにいれているのは、雪を融かすコツを呑みこめてきたからだ。宮本はザックのうえにたたんだ寝袋をおき、そのうえに防風着・手袋・靴下などを揃えてのせた。几帳面な性質の宮本は、狭いテントのなかでも私物の整理は忘れない。寝袋のうえにあたらしく双眼鏡のケースがのっている。それをみた江田は〈天気は晴れだな〉とおもった。

宮本は江田の顔をみて、すぐ気象状況を報告した。

「寒冷前線は南の海上に去った。ふたたび高気圧におおわれ、北の風がつよくなるが、まず天気は良好だ」

それを聞いて江田はほっとした。東尾根の大杉隊は標高二千六百メートルの森林限界へ前進キャンプを設営する。標高差六百メートルの登高はさして困難ではない。しかし雪が付着して重量のましたテント、二メートルを越す積雪、新人桑原と小浜道子のメンバーという条件がわるい。

〈大杉ならば、かならずやりぬくだろう〉

標高二千六百メートル地点まで前進する、それは如何《いか》にも大杉らしい。江田たちのテントは〈テングの鼻〉の台地のかげで標高二千五百メートル、それより百メートル高い地点に大杉はテントを張る。負けずぎらいな大杉の性格が窺われる。

その日江田たち三名は、K峰直下の岩峰の偵察と北尾根のラッセルをかねて朝食後ただちに出発した。

日射しのつよい午後になれば雪崩の発生は避けられない。正午までにテントへ帰着する予定で先頭《トップ》江田、中間《ミドル》青木、後部《ラスト》宮本のオーダーを組み、アイゼンのしたにカンジキをつけ、午前七時にテントをあとにした。サブザックに着替えと食糧、三つ道具をつめ、三本のザイルをそれぞれ担いだ軽い荷で、機動力をもたせた。

〈テングの鼻〉の雪の台地をこすと北尾根はノコギリの歯のような鋭い鋒《きつさき》をみせて彼方のK峰へつづいている。K峰頂上は山霧にかくれてみえないが、頂上直下の岩峰基部がマダラ雪をつけて聳立《しょうりつ》しているのが山霧の切れめから覗いた。

江田は尾根の雪質をみてカンジキをはずした。アイゼンのツメだけを頼りに登高できる。北尾根の南側には雪の庇《ひさし》が張りだしている。そのうえに乗ればたちまち雪庇を踏みぬいて〈踏めぬ谷〉の底まで三百メートル転落する。まず助からない。江田は雪庇を避けて北側の斜面を伝った。北尾根のコブはいつ果てるともなくつづき、小さな雪のピークを越したかとおもうとあたらしいコブが目のまえにたちはだかる。〈踏めぬ谷〉から吹きあげる山霧で東尾根はみえなかった。

K峰直下の岩峰に達したのは午前十時だった。岩峰の基部から見あげると、雪が吹きとばされて露出した岩が氷漬けになっている。江田の経験とテクニックでその岩峰はこえられそうにみえた。ザイルを二、三カ所にわたって固定《フィックス》すれば、より安全に登高できる。そこからK峰頂上まで標高差二百メートル、三時間あれば頂上に立てる——江田はそう判断をくだした。

その日は偵察と足跡《トレース》をつけるのが目的であり、正午までにテントへ帰着する予定なのでそれ以上の登高は控えた。ふりかえると登ってきたときの足跡《トレース》が北尾根に点々としてのこっているのが山霧の切れめからみえた。

山霧が霽《は》れ、不意に青空が覗いて江田を吃驚《びっくり》させることもあったが、ふたたび濃い山霧につつまれる。

「明日の天気はどうだ?」

「まず良好でしょう」

宮本の防風着の頭巾からでた髪の毛に山霧が凍りついて霜のように白い。吐く息もたちまち口髭に、凍りついた。

「気温もさがっている」

宮本は寒暖計をかざして目盛を読んだ。強風のなかの北尾根で冷静さをうしなわず、気温を測定している宮本は、いかにも理学部に籍をおく男にふさわしい。

新人の青木は、烈風に背をむけて立っていたが、防風着のポケットからそっと前夜の菓子をとりだして食べた。江田に気づかれないように、風を避けているふりをして、菓子を口に運んでいる。深夜のG駅に立っていた女性をおもいだしているのにちがいない。青木は果報者だ。江田は見ないふりをした。

山霧のなかからライチョウの鳴き声がきこえたのを合図に、江田たちは岩峰の基部から引揚げた。帰途は足跡《トレース》をたどってゆけるのではやかった。正午まえに〈テングの鼻〉の台地のテントに帰着することができた。

その日の午後は、翌日の登攀に備えて用具の点検と携行装備のチェックについやされた。午後四時の気象通報をきいた宮本が、〈西高東低の冬型気圧配置で、まず天気はもちそうだ〉と報告した。

午後八時、江田はテントからでて東尾根との交信をこころみた。夜になって山霧はすっかり霽れ、星空のしたで〈踏めぬ谷〉ごしに聳える東尾根の稜線が黒いシルエットとなって連なっている。東尾根の大杉隊から応答はなかった。

その夜、江田は息苦しさに目を醒ました。寝袋にくるまった軀が汗をかいている。翌朝の食事当番だった江田は、テントの入口にちかい寝場所へ移った。かわって青木が奥の席で寝ている。

江田は寝袋から手をだしてテントの入口の紐をほどいた。そとは満点の星が輝き、月光が雪を蒼白くてらしている。気温はマイナス十度、汗をかくのはおかしい。腕時計をみるとまだ眠りについてから二時間足らずだ。汗をかいた軀がだるく、左の背中に鈍痛がする。

北アルプスK峰を目ざす十日まえに江田たちは富士山で雪上訓練をした。その年の富士山も雪がすくなく、五合五勺のS小屋まではまったく雪をみなかった。テントを背負ってS小屋を出発したとき氷雨《ひさめ》に見舞われた。江田たちはその雨で全身が濡れた。七合目へゆくと氷雨は吹雪にかわり、濡れた衣服がたちまち凍った。軀をうごかすと凍った防風着がバリバリという音をたてた。防水のきかなくなった服を着た新人の青木がまず脱落した。江田は自分の防風着を脱いで青木に着せた。頂上の火口壁に風を避けてテントを張り、そのテントを風にとばされまいと支柱にしがみついて夜をあかした。

その冬富士訓練で江田ははじめて寝汗をかいた。それまでは夏山で雷雨に遭って全身が濡れても、寝袋にくるまって体温で乾かしてしまう強引なやりかたが通用した。冬富士から下山するとその寝汗もかかなくなり安心していたのだが——。

江田はテントの闇のなかで目をとじた。翌日は午前四時半に起きて食事の仕度、五時半からの気象通報も江田が聴く手筈になっていた。六時に宮本と青木を起こし、東尾根の大杉とトランシーバーで連絡をとり、七時にはK峰頂上を目ざして出発する予定だった。

登頂をこころみる前夜に寝汗をかき、胸部の疼痛で眠れないのは致命的だった。

江田はなんども寝がえりをうった。宮本の寝息が耳につき、青木の軽い鼾《いびき》も気になり、寝袋のなかでいくどか軀の位置をかえてみた。江田は枕もとの目覚時計をとってネジに指をかけた。ネジはいっぱいに巻かれてある。起床時刻の午前四時半を指した夜光塗料の針がぼんやり闇にうかぶ。江田はとうとうザックをひき寄せた。なかから風邪薬をだして嚥《の》んだ。水のないテントのなかでは、風邪薬の丸薬がいつまでも咽喉にひっかかり、胃に落ちてゆかなかった。

汗をかいた首が冷たい。江田はハッとしてとび起きた。ナイロンテントのなかがぼんやりとだが明るく感じられた。腕時計の針は六時十分前をさしている。腕時計が狂ったのかと目覚時計をひきよせると針は間違いなく六時十分まえだった。起床時間の四時半にベルは正確に鳴った。江田の目が覚めなかっただけである。

江田は隣りに寝ている宮本を起こした。

「済まない、寝過ごした。すぐラジオの気象通報を聞いてくれ」

五時三十五分からはじまる気象通報は、数分間を残している。

「青木を起こして、すぐ石油コンロに火をつけさせてくれ」

江田は登山靴を穿き、トランシーバーを抱えてテントからでた。快晴だった。西の空に光のうすれてゆく白い星を残し、東の空がわずかに赭《あか》みをおびている。正面にK峰直下の岩峰が濃紫色に立ちはだかり、そこからのびた東尾根の雪の稜線が藍《あい》いろにそまっている。北西の風、風力3、まず絶好のコンディションにおもわれた。

前日の足跡《トレース》を辿って〈テングの鼻〉の台地へむかって歩きだした江田は、寝汗をかいた背中がたちまち凍りつき、首筋がひと太刀浴びせられたように冷たく感じられた。足にちからがはいらない。〈テングの鼻〉の台地へゆく僅かな坂を登るのに、三歩あるいてはひと息ついた。軀は脱け殻のようにぎこちない。台地を吹きぬける冷たい風を吸うと胸が痛んだ。

――こちら東尾根――

大杉の弾んだ声がとびこんできた。

――標高二千六百メートル地点に前進キャンプを設営した。今日、これから頂上を目ざす。全員元気横溢《おういつ》、絶好の日和に恵まれた――

――今朝の気象を聞き漏らしたんだ。つぎの通報がはいるまで、出発時間を延期できないか――

――なにを言っているんだ。冬山で晴天が二日も三日も続くとでも思っているのか。僥倖《ぎょうこう》を摑《つか》みそこなうぞ――

――昨夜作成した天気図によるとまず安心していられるが、今朝は天気図をつくらなかった――

――では、北尾根隊は今日どうするのだ――

――たぶん……宮本と新人の青木のふたりがK峰頂上直下の岩峰へザイルを固定《フィックス》しにゆくことになるだろう――

――それみろ、北尾根隊だって登るのだろう。オレたちはザイルの固定《フィックス》はしないで、標高差四百メートルを突破して、頂上にたつ――

――しかし、昨夜、もし低気圧が発生していたら一日か二日で襲ってくる。足が早いから注意するんだ。ともかく予報を聞いてから出発してくれ――

――宮本だって頂上を狙っている筈だ――

雑音に妨げられて大杉の声がしばらく聞きとれなかった。

――宮本に伝えてくれ、今日、K峰の頂上で会おうと――

――三人で頂上を目ざすのか、それともテントキーパーに誰か残しておくのか――

交信は切れた。東尾根の大杉隊は三人全員が登頂するのか、留守番役にひとり残すのかがわからなかった。

テントに戻ると石油コンロのスープが沸騰し、青木が食器をならべていた。宮本は湯気で曇ったメガネのレンズを布で拭っている。宮本の寝袋のうえに天気図と鉛筆がころがっていた。鉛筆の芯を針のように尖らせないと気のすまない宮本だとわかっていたが、その日の朝、江田はその鋭い切っ先の鉛筆をまともに見られなかった。寝すごした江田は気おくれした。

「寝坊してしまった。食事当番なのに食事の用意もせず、天気図もつくらなかった。済まない」

宮本と青木は黙っていた。テントの入口に背をむけて坐った江田は、トランシーバーをザックのうえにおいた。

「東尾根の大杉隊は、今日、頂上へむかう」

宮本のメガネが光った。天気図と鉛筆をかたづけた宮本は、きちんと畳んだ寝袋のうえに双眼鏡のケースをのせた。

「大杉は、もう出発したのか?」

「おそらくテントをあとにして登高を開始したころだとおもう」

「われわれも出発だ」

三人は黙ってスープを飲んだ。チーズ、ビスケット、レーズンの朝食はすぐにおわった。

「胸が痛む。それに軀がだるい。今日はテントキーパーをさせてくれ」

江田は夜半に風邪薬を嚥んだことは言わなかった。その風邪薬の催眠性のために、その朝寝すごしたのだと思われたくない。弁解したくなかった。

宮本と青木はサブザックに装備と携行品をつめた。三十メートルナイロンザイル二本をふたりがそれぞれ肩にかけた。

宮本はテントの入口に腰をおろし、アイゼンバンドを締めた。江田は頼んだ。

「つぎの気象通報を聞いてから出発してくれ」

「まず心配ないでしょう」

宮本は背をむけたままこたえた。

宮本につづいて青木がアイゼンを穿いた。

「風向が変ったら、岩峰にザイルを固定《フィックス》するだけで、すぐに戻ってきてくれ」

「その虞《おそ》れはないとおもいますよ」

〈テングの鼻〉の台地までふたりを見送った江田は、吹きぬける寒風に噎《む》せて咳《せ》きこんだ。ふたりは前日の足跡《トレース》をたどり、確実な足の運びをみせて登ってゆく。ふたりとも振りむかなかった。

東の空は明るくなり、白い光を残していた星もまったくみえなくなった。朝焼けに映えるK峰の岩峰が赭みをおび、それからのびる東尾根もまたあかく染まった。

北尾根をゆく宮本と青木は雪の稜線をたどっていった。


テントに戻った江田は寝袋にはいってまどろんだ。うっすらと寝汗をかいて目醒めたのが九時だった。二時間ほど眠ったわけだ。九時十五分からはじまる気象通報にダイヤルをあわせ、天気図と鉛筆を枕もとにおき、寝袋のうえに腹這いになった。

隣りの宮本の席はきちんと片付けられ、ザックのうえにたたんだ寝袋、そのうえにケースに収められた双眼鏡がのっている。奥の青木の場所もザックと寝袋がテントの屋根に触れぬ位置に乱れなく、片寄せられてあった。菓子の箱はみあたらない。

——宮古島では、南東の風、風力7、雨、気圧千ミリバール——

鉛筆で天気図に記入しようとした瞬間、江田はとびあがった。

——那覇では、南東の風、風力6、雨、気圧——

天気図のうえで江田の握った鉛筆の芯が折れた。

――南大東島では――

天気図の地点円からのびた風向、それにつける風力の矢羽根が、折れた芯でゆがんだ。江田の指さきがふるえた。

宮古島、那覇、南大東島などの南西諸島は、冬のあいだ北の風が吹いている。それが南にまわると低気圧がまちがいなく発生した。時速五、六十キロのスピードで、あっというまに襲ってくるのだ。

午前六時の観測結果を九時十五分からの気象通報でしらせる。もし江田が寝すごさなければ、観測時刻午前三時、五時三十五分からの気象通報で、低気圧の襲来は確実にキャッチされていたはずだ。

気象通報を聞く十五分間がながく感じられた。江田はラジオを消し、寝袋のうえに起きあがり登山靴をつけた。天気図と鉛筆をなげだし、テントの入口のヒモを解いてそとへでた。

江田は雪のうえでよろけた。足が震える。それは軀が熱っぽいせいばかりではなかった。〈テングの鼻〉の台地へゆく雪の坂の途中でなんども躓《つまず》いた。空を見あげる勇気がでない。空模様がどのように変化しているか、それは見なくてもわかった。〈テングの鼻〉の雪の台地に立つと巻雲、巻層雲などの濃い上層雲がひろがり、風向は北から南にまわっている。宮本と青木が出発したときに朝焼けを映していたK峰の岩峰、それにつづく北尾根に山霧が発生している。おなじ岩峰からのびた東尾根の稜線は〈踏めぬ谷〉から涌《わ》く山霧のためにところどころ切断されてみえた。

遠雷に似た響きがきこえる。地をゆするその音が、気温の上昇による雪崩のおとだとわかったが、江田はあくまで雷の音だと思いたかった。江田の足もとの雪がクラストしたまま柔らかくなっている。

〈低気圧が発生したからといって、すぐに襲ってくるとは限らない。襲来するまで二、三日かかる場合だってある〉

江田は〈テングの鼻〉の台地からテントへ戻るあいだそのように自分で言いきかせた。

〈宮本は理学部に籍をおく合理的な男だ。悪天候になれば『いけませんね、低気圧が近づいています』といって引きかえす〉

テントにもどった江田はいちどに疲れがでた。敷きっぱなしの寝袋のうえに軀をなげだした。テントの支柱が軋みおとをたてている。ナイロンテントが風を孕《はら》む。風に煽られて吊したラテルネがゆれた。

十二時二十分の気象通報をきいた江田は、すでに前夜、南西諸島に低気圧が発生し、時速四十キロで北東にむかっている事実を確認した。

前日の偵察で江田は北尾根からK峰直下の岩峰に氷雪が凍結しているのをみた。低気圧が接近すれば気温があがり、その岩峰の氷雪がゆるむ。登攀がよりむずかしくなる。宮本と青木は足場のわるい岩峰で困難な登高を強いられ、時間を食われるのではないか。東尾根の大杉隊も同じ条件のもとで苦闘を強いられる。テントへ戻るときに自分に言いきかせた言葉が、気やすめにすぎないように思われた。

〈低気圧が発生して、早ければ二十四時間後に中部山岳地帯は豪雪と強風に見舞われる〉

そのような悲観的な見かたが泛《うか》ぶ。

〈宮本と大杉は仲が悪い。大杉が頂上へむかうと聞いた宮本は、メガネをきらりと光らせた。宮本はいつもの冷静さを失い、あえて困難なK峰に挑む〉

不吉なかんがえがつぎつぎに涌いた。

〈東尾根の大杉隊は三人全員が攻撃《アタツク》したのか、テントキーパーを誰か残したのか、それさえ報告しないで慌てて出発した。標高二千六百メートル地点の支柱の折れた無人テントは、豪雪に埋没し、いざ帰着してみても、テントを発見することができない。それはあえてナンガパルバートの悲劇をもちだすまでもなく、テントキーパーが除雪

にあたらなくては、テントは破壊される〉

午後三時、計画に依る帰着時間がきた。江田は登山靴を履いてテントのそとへでた。〈テングの鼻〉の台地へゆくと雲が厚くひろがり、K峰岩峰も北尾根も、もちろん東尾根もみえなかった。湿気をふくんだ雪片がそのくらい空から舞いおりてきた。低気圧が九州近海にせまれば雪がふりはじめるのだ。

午後四時、気象通報はあきらかに低気圧の上陸を告げた。九州南部に達した低気圧は速度も増した。時速六十キロ、西日本に雨をもたらしている。夜になれば中心示度九七五ミリバール、最大風速二十四メートル、山岳地帯はそれ以上の突風に見舞われる。しかも本邦を縦断するおそれがあった。

午後六時、江田はラテルネの火もともさず、暗くなったテントのなかで凝然《ぎょうぜん》としてテントの入口を見つめた。

午後八時、風でテントの支柱が撓み、吊したラテルネが音をたてて落下した。江田は登山靴を穿き、トランシーバーを抱えてそとへでた。東尾根にテントキーパーがいれば、定時交信に応答する筈である。テントの入口の紐をほどくと吹雪がどっと顔にあたった。息がつまる。〈テングの鼻〉の台地へゆく坂は足跡《トレース》がかき消され、カンジキを履いても腰まで雪に埋った。東尾根は応答なし。

午後十時、突風とともにテントが音をたてて倒れた。テントの棟木パイプが江田の頭に落下した。江田はテントから這いだした。支柱を支える紐が、雪面にうち込んだ杙《ペッグ》もろとも飛ばされた。杙《ペッグ》のかわりにピッケルを雪面に差し、紐を張る。作業中、風のために軀のバランスを失い、雪面にたたきつけられた。

その夜、テントのはためきと支柱の軋みで終夜眠れなかった。風をうけるとテントの屋根がふくらむ。軀がテントとともにふわりと持ちあげられる。その一瞬後に突風が襲いかかり、いまにもテントが裂けるのではないかと思われるほどバタバタと鳴った。

烈風のなかで宮本の叫び声がした。江田はハッとした。いつのまにか眠ってしまったらしい。寝袋に両足をいれ、膝をかかえた恰好でうずくまっている。宮本の叫び声は空耳だった。

翌朝になっても吹雪は歇《や》まなかった。午前五時三十五分の気象通報によれば、低気圧は午前九時に東海道を通過し、北海道の東に抜けるので季節風は最大になると報じている。

江田は胸部が苦しかった。空咳がしきりにでて咽喉がかわいた。テントの入口の紐をほどいて雪をとり、それを口に含めばいくらか楽になると分っていたが、テントの紐を解くのが億劫《おっくう》だった。風邪薬には懲《こ》りた。もし風邪薬を嚥んで眠っているあいだに、疲労困憊《こんぱい》した宮本と青木が帰着したらどうなるか。テントの入口は内側から締められている。宮本と青木はテントに入れぬままそとで凍死する。江田は是が非でも目醒めていなければならなかった。

江田はとうとう寝袋にくるまって横になってしまった。膝をかかえた姿勢が苦しくて維持できない。仰臥してナイロンテントの屋根を瞶めると、揺れがひどくて眩暈《めまい》がした。

地鳴りとともにその震動が軀につたわってくる。ふたたび地鳴りがした。それがなんの音であるか、江田にはすぐわかった。雪崩だ。雪崩のおとは発破《はっぱ》のおとににている。マットのうえに寝袋をしいていたが、江田の背中にその響きが感じられた。雪の北アルプスがいっせいに咆哮《ほうこう》をはじめたのだ。

江田が仮眠から目醒めたとき、テントのなかが明るかった。腕時計の針は午後三時をさしている。低気圧は去り、季節風も弱まった。江田は宮本の寝袋のうえにおいてある双眼鏡をもってテントから這いだした。あらたな雪の吹き溜まりができ、擂《す》り鉢の底にテントがあった。江田はピッケルを杖に、胸までの雪とたたかって〈テングの鼻〉の台地を目ざした。

台地の風は冷たく、胸を貫く痛みがはしった。

K峰にかかる雲がふりはらわれている。そのK峰岩峰を双眼鏡でたどり、二日まえに江田たちが偵察にいった岩峰基部まで双眼鏡をむけたときだ。ふたつの黒点がうつった。雪のなかに露出した岩か、それとも人かげか、それを確かめるために双眼鏡の焦点をあわせたとき、山霧のなかにふたつの黒点はのみこまれてしまった。そしてふたたび見ることができなかった。ふたつの黒点は雪嶺のなかに消えてしまった。

午後八時、江田はふたたび登山靴を穿《さ》いた。カンジキをそのしたにつけた。トランシーバーを携げてテントのそとにでると夜空に星がでている。懐中電燈でテントのまわりを照らすと、カンバの枝に標識として吊した赤布が残っていた。高さ三メートルの枝につけた赤布が、テントを張ったときは目のしたの位置になり、さらにそのときは雪面すれすれまでさがってしまった。

江田は歩けなかった。星空から吹きおろす夜風が凍るように冷たい。寒気がして足が震えた。テントのそばでトランシーバーのアンテナをのばした。気やすめだとおもった。

雑音のするトランシーバーにむかって東尾根を呼んだ。

——北尾根、北尾根——

それははじめ弱々しい声できこえた。

——北尾根の江田だ——

——北尾根、北尾根——

——江田だ——

声がおおきくなり、それが小浜道子の声だとはっきりわかった。

——タゴサクか?——

——江田さん?——

雑音がはいって中断された。交信状態が悪い。江田は〈テングの鼻〉の台地までゆかなかったのを悔んだ。

——大杉はどうした?——

——昨日から大杉さんも桑原さんも帰らないんです——

小浜道子の声は落ちついているように思われた。東尾根の標高二千六百メートル地点で、ひとりテントのなかで夜をあかした女とはおもわれなかった。

——北尾根の宮本、青木も帰ってこない。大杉にしろ宮本にしろ、北アルプスで三日もビバークした経験をもっている、心配ない——

江田は自分に言いきかせている。双六岳の頂上で不時露営《ビバーク》したときとまるで条件が違う。円形屋根《ドーム》状の双六岳とノコギリの歯のような北尾根・東尾根ではくらべものにならない。新人の青木・桑原のメンバー、まともに襲った低気圧、K峰岩峰の登攀の困難さ……。

——明日、救けにゆくから、それまでテントに居るのだ。動いてはいけない。絶対にテントからひとりで出てはいけない。分ったか？——

——大杉さんはどうなるの？——

——大杉は——

江田は言い淀《よど》んだ。九十九パーセントの絶望を小浜道子に伝えるのは酷にすぎる。狂乱してテントからとびだすかもしれない。過去にそのような例はたくさんあった。雪にとじこめられたテントで、なん日もひとりで取り残されれば錯乱する。

——タゴサクを救けだしてから、大杉たちを探すんだ——

江田はつとめて平静を装って言った。

小浜道子は急に改まった口調になった。

——では、テントで待っています——

翌朝三時に起きた江田は、テントから這いだして北尾根をくだった。杙のかわりをつとめたピッケルを雪のなかから引き抜くと、テントは役目を終ったように雪のなかでしずかに倒れた。

積雪三メートルの北尾根をくだるとき、あらためて源五郎爺さん手作りのカンジキの威力がわかった。登山靴のしたに穿いたカンジキは、粉雪では埋没をふせぎ、かたい雪ではそのツメがよく利き、駆けくだる江田の足そのものの働きをした。

三時間かかって北尾根の斜面をおりた江田は、休息なしで〈踏めぬ谷〉を渡り、東尾根へ通じる雪の斜面を登った。カンジキをつけていても雪のなかに腰までもぐる。雪の吹き溜まりに足をとられれば胸まで埋没した。

さらに二時間かかって東尾根の稜線にでるとモミ、ツガ、シラビソの枝が雪のなかから顔をだしている。尾根には微風がたち、稜線は雪煙をたてている。カンバの木も姿を消し、やがて鋭い歯のようなナイフエッジの瘦《や》せ尾根にかかる森林限界地点、その雪の稜線にナイロンの切れ端がみえた。テントの屋根が僅かにのぞいている。ナイロンテントが三角錐のかたちをみせているのは、支柱の一本が折損したためだ。

江田が近づくとその三分の二が雪に埋没したテントは静かだった。江田はただちにピッケルで除雪した。掘りすすむと、雪なかでテントを支えるロープが撓んでいる。

日はようやく高くなり、雲ひとつない空のしたで、K峰の岩峰があたらしい雪をつけてその全容をあらわにした。

江田はテントの入口をさがした。筒状の冬山テントの出入口は、内側から絞るように締められてあった。

「江田だ、開けろ」

テントのなかから応答はなかった。

「タゴサク、開けるんだ」

テントの屋根を揺りうごかした。そのナイロンの布地は手袋をしていたので摑みにくい。江田は腰から登山ナイフをとりだし、ひと息にナイロンテントを裂いた。

なかは暗かった。登山用サングラスをかけていたのでテントのなかはよけいに暗く感じられた。江田はサングラスをはずし、テントの裂けめに肩からはいった。テント特有の臭いが鼻をつき、寝袋やマットレス、ザックなどがまず目にとまった、奥の暗がりに寝袋がひろげられ、頭巾《フード》のなかから双《ふた》つの眼が江田を見詰めていた。

「タゴサク、救けにきた」

江田はアイゼンのツメに気を配り、テントのなかで膝をついた。

「すぐ起きて、下山の準備をするんだ」

寝袋のなかのふたつの眼は江田を瞶めたままである。雪の乱反射するそとの明るさを背にした江田の姿は、テントの暗がりからは逆光線になって見にくい。江田はアイゼンバンドをはずしてテントのなかで胡坐をかいた。

「タゴサク、さあ起きろ」

寝袋にくるまった小浜道子はゆっくり起きあがった。ナイロンの赤い防風着を着ていた。引っ詰め髪をしていたので目がつりあがってみえる。その眦《まなじり》のあがった顔は無表情だった。

江田は苛立った。

「靴を穿くんだ。ザックに私物をつめて、すぐ下山する」

小浜道子はうす暗いテントのなかで、江田のほうにゆっくり顔をむけた。

「あなたよ、殺したのは……」

低い声だった。ひとこと言うとあとは黙ってしまった。小浜道子の目が坐っている。吹き荒れる雪の稜線でふた晩もすごしたので、小浜道子は錯乱したらしい。

「大杉さんを殺したのは、あなた」といって江田を指さした。

「冗談はやめろ」

うす暗いテントのなかで、目の坐った小浜道子から指さされるのは気味が悪かった。

小浜道子は突然饒舌になった。堰《せき》を切ったように喋りだした。なにかに憑かれた目をして江田を睨んだ。

「あなたと交信したあとで、大杉さんは桑原さんを連れて慌てて出発した。そのときなんと言ったと思う?」

「そんなこと分るものか、東尾根と北尾根は千メートル離れている」

「江田の奴は、テントの支柱が折られれば、ベースキャンプへ戻れと指令する、登頂しようとすれば、見合わせろという、なにかにつけて牽制するんだ、ブレーキをかけようとする。もう我慢できない——そういって大杉さんは出発した」

「それが殺したことになるのか」

「なるわ、大杉さんの性格をいちばんよく知っているのは、江田さん、あなたでしょう、雪の北アルプス全山縦走、冬富士、谷川岳……いち年三百六十五日のうちで、二百日ちかく一緒に山で暮したんですから、大杉さんの性質は手にとるようにわかる。双六岳の頂上ではビバークさせられ、あやうく遭難するところだった。西穂高岳では計画を挫折させられそうになる。大杉さんに恨みは数かずあったはずだわ」

「莫迦《ばか》な邪推はやめろ、こんどだって無理に登れと指令した覚えはないんだ」

「大杉さんは反対されれば、かえって我武者羅になる性格でしょう。江田さんがそれを知らないはずはない」

「……」

「大杉さんはトランシーバーの連絡で、出発時刻を延期しろと指令されて、逆に闘志をもやして登っていった」

「それは気象通報を聞き忘れたからだ」

「誰が忘れたの?」

「……」

標高二千六百メートルの雪尾根で吹雪に見舞われ、二日間もテントに閉じこめられれば、だれでも異常に感覚が研ぎすまされ、病的な鋭敏さをみせる。暗やみにとじ込められた猛禽《もうきん》のように小浜道子は目を据え、なにか言おうとした。江田はとびかかってその頬を張った。

「すぐ仕度しろ」

憑《つ》きものが落ちたように、小浜道子はザックのなかに私物をつめはじめた。

江田は疲れた。七時間かかって北尾根から東尾根までラッセルした。さらに麓のK村までくだるには五時間かかる。登山本部に救助を要請しなければならなかった。

Ｋ峰で四人が遭難してから九カ月後の秋、東尾根にのぼった江田は、双眼鏡で〈踏めぬ谷〉のＳ字形雪渓のうえにふたつの死体を発見した。

リーダーの江田が生き残ったのは批判されてしかるべきであった。遭難後の九カ月間、数十回にわたって〈踏めぬ谷〉を捜索した江田は〈大杉さんを殺したのは、あなた〉と言った小浜道子の声が耳について離れなかった。小浜道子の病的な鋭敏さが、江田の深層心理を言い当てていないとはいえない。

〈踏めぬ谷〉の万年雪のうえに半身をさらし、蛆の巣となった死体は、医師と同行した江田が防風着のポケットから手帖を発見し、それによって宮本であると確認された。手帖にはＫ峰頂上における気温、風向、風力が、いかにも宮本らしい角ばった字で正確に記入されてあった。医師の検案によれば窒息死、雪崩にまきこまれ、粉雪が鼻口に詰まったものと推定された。肋骨三本骨折、左足首が百八十度まがり、爪先がうしろをむいていた。

万年雪から片腕をだした凍結死体は、スコップやピッケルで掘りだされ、胸ポケットの登山手帖から青木と判明した。万年雪のなかで凍結された青木の皮膚は、蠟《ろう》のようにすきとおっていた。が、掘りだされて空気に触れるとみるみる褐色にかわった。氷漬けになっていた防風着は、手をかけると簡単に裂けた。防風着のポケットから

G市名物の和菓子がころがりでた。医師が検案のために着衣を脱がすと、青木の局部が硬直している。

掘りだされたふたつの死体は、ひとまず雪渓上にザイルで固定された。醬油の腐った臭いに耐えられなくなった山岳部員たちが、手拭をマスクがわりにして死体処理をした。それをみた江田は、とんでいってそのマスクを引き千切《ちぎ》った。臭いとは言わせない。

源五郎爺さんを頭とするK村の衆が到着した。〈踏めぬ谷〉の両岸に生えたサワラ、ブナ、ナラなどの木が伐り倒された。ガソリンと重油の罐も運ばれた。

〈踏めぬ谷〉の北尾根側の傾斜面をスコップで削って平坦にし、伐りだした樹を井桁に組んで積みあげた。

宮本と青木の死体がならんで井桁の樹のなかへ差し入れられ、ガソリンと重油がかけられたとき、〈踏めぬ谷〉は夕闇が濃くなった。見あげると北尾根の稜線ちかくが残照を映している。

〈まず心配ありませんね。明日も天気でしょう〉

宮本ならばその夕焼を仰いで、きっとそのように言ったであろう。

江田がマッチの火を井桁に近づけると、爆裂音がして炎が燃えあがった。重油の黒い煙がたかくあがった。

源五郎爺さんとK村の衆は、手拭の鉢巻をとった。万年雪のうえに黙然と立っている。

江田は雪のうえに一人用テントを張り、終夜、火を見守ることになった。

源五郎爺さんとK村の衆、それに山岳部員たちが〈踏めぬ谷〉から降りてゆくと、あとは江田ひとりが小型テントとともに残された。

テントの屋根に炎がうつり、井桁がくずれるたびに火の粉が舞いあがる。暗い北尾根が一瞬闇のなかに照らしだされた。

翌朝、井桁はきれいに燃え尽きていた。灰とともにのこった熾《おき》の熱でそばへ寄れなかった。江田は万年雪をスコップで掬《すく》い、熾のうえにかけた。熱をさましてから木の枝を手折り、箸をつくった。

骨をひろってふたつの骨壺におさめた。それぞれを白木の箱に入れ、白布で包んだ。

江田はふたつの箱をザックにいれて背負い、遺族たちが待っている麓までくだった。

かつて江田たちがベースキャンプを設営した〈踏めぬ谷〉下流の川原まで、遺族たちがあがってきていた。

江田がブナ林のなかの道をくだりかけたとき、下から双眼鏡で見あげている姿が目にとまった。見覚えのあるナイロンの赤い防風着をつけた小浜道子だった。小浜道子は麓にいて遺族たちの世話をしているはずであった。

江田がおりてゆくと小浜道子は双眼鏡をゆっくりおろし、江田を待ちうけた。そこは遺族たちのいる川原から百メートルほど上流のところだった。

「この双眼鏡に見覚えがあるでしょう」

小浜道子は手にした双眼鏡を江田のまえに差しだした。あいかわらず引っ詰め髪のために**眦**があがってみえる。痩せた軀は遭難のときよりもさらに細った。

「宮本の双眼鏡だ」

〈テングの鼻〉の台地に張ったテントのなかで、几帳面な宮本がザックのうえにたたんだ寝袋をのせ、そのうえにおいた双眼鏡のケースは、九ヶ月後になっても江田の脳裏を去らない。

「宮本さんのお母さんが遺品として持ってきていたので、ちょっとお借りしたんです」

小浜道子は江田とならんで歩きだした。気のせいか下流から吹きあげる風が抹香くさい。

「江田さん、この双眼鏡をお使いになって？」

「いや、手も触れたことがない」

「おかしいわ」

江田の歩調にあわせて小浜道子が小走りになった。

「宮本さんは几帳面な性格でしょう。双眼鏡を使えば、焦点をもどしてケースへ収めておく」

江田は立ちどまった。〈しまった〉と思った。〈手も触れたことがない〉とうっかり返事をしたが、宮本と青木がK峰にむかって出発した翌日、正確に言えば翌日の午後三時、低気圧が去り、季節風も弱まったときに、江田は宮本の寝袋のうえにおいてあった双眼鏡をもってテントから出た。〈テングの鼻〉の台地から峰を仰ぎ、頂上直下の岩峰に焦点をあわせたとき、ふたつの黒い点を発見した。それが人かげであるか、露出した岩であるかを確認するまえに、山霧がその黒点を消してしまった。〈テングの鼻〉の台地と岩峰の基部とは距離にして五百メートル、双眼鏡の焦点はそこに合わせたままケースにいれて宮本の寝袋のうえに戻しておいた。

「鉛筆の芯を針のように尖らせなければ気が済まない宮本さん、テント生活でも私物をきちんと整理する宮本さん、そのひとが双眼鏡の焦点をそのままにしてケースにいれるなんて信じられない」

江田は背中に負った宮本の骨がことりと鳴ったようにおもわれた。

「誰かが使ったんだろう。テントを撤収して、遺品をそれぞれの遺族に戻してから九カ月たっているんだ。そのあいだに使った者がいるはずだ」

「宮本さんのお母さんにきいたら、遺品は誰の手にも触れさせずに今日までしまってあったそうよ」

「……」

「江田さん、あなた、この双眼鏡で北尾根を捜索したのでしょう、そしてなにかを見た。そうでしょう?」

「……」

「なにを見たの?」

「……」

「なぜ、助けに行かなかった?」

「……」

「なぜ?」

小浜道子は唇を湿した。引っ詰め髪の眦をつりあげ、ふたたび猛禽のように江田を睨《にら》んだ。鼻のしたのうぶ毛に汗の玉をうかべていた。

それから十五年たった。

その年の秋に江田は一通の案内状を受けとった。K峰の麓に建てられた遭難碑で追悼会をひらくので出席してくれという内容で、現役の山岳部員が秋山合宿のまえに遭難碑のまわりの除草や伐採をすると書いてあった。江田はその案内状を読んで躊躇《ためら》った。

K峰で四人が遭難し、宮本、青木の死体を〈踏めぬ谷〉で焼いてから一週間後、一メートルしたの万年雪から大杉、桑原の死体も発見された。江田は〈踏めぬ谷〉でそのふたりの死体も焼いた。

新雪の降るまえにK峰〈踏めぬ谷〉の下流、江田たちがベースキャンプを設営した右岸のブナ林に、四人の遭難碑が建てられた。その翌年、江田は卒業した。

卒業してから江田は、二人以上で山へ登ったことがない。単独行にかぎられた。しかもK峰は避けた。

〈大杉さんを殺したのは、あなた〉

〈なぜ宮本さんを助けに行かなかったの？〉

小浜道子の言葉のなかで、そのふたつが沈澪《おり》のように江田のこころにのこった。三年、五年とたつうちに、江田のなかでそれは消すことのできない鞏固《きようこ》なものとなった。

遭難から十五年たち、そのあいだ逆境にたつと死んだ仲間をおもいだした。

〈彼らは、いいときに死んだ〉

逆境のなかで、恥を晒《さら》して生きてゆかなければならない江田は、四人の壮烈な死を羨《うらや》んだ。

十五年のあいだには順境にたつときもあった。すると四人が犬死したのではないかともおもわれた。しかしその順境のなかでも素直に喜べない。子供がかくれて菓子を食べるように、それを享受するのが憚《はばか》られた。ひとり生き残って幸運を受けては済まぬという気持がさきにたった。

十五年のあいだ折りにつけて死んだ四人が顔をのぞかせた。中年になった江田が独身でいるのは、万年雪のなかで北アルプスの空にむかって局部を硬直させていた青木の凍結死体と無縁ではなかった。

追悼会の案内状には、山岳部とOBだけの内輪なもので、遺族は出席しないとあった。それをみて江田はほっとした。

案内状の欄外に滝野道子〈旧姓小浜〉を見いだしたとき、江田は出席しようと決心した。卒業してから小浜道子といちども会っていない。この機会に十五年まえの江田の心境を語りたかった。案内状の返事をだすとともにK村の源五郎爺さん宅へ宿泊させてもらうように手紙をかいた。

新宿駅を夜の急行で発った江田は、翌早朝M駅で支線に乗りかえてA駅までいった。十五年まえに江田たちは四十キロのザックを背負い、K村の源五郎爺さん宅まで十五キロ歩いた。それを思いだした江田は、勿論あるいてゆくつもりで登山靴を穿き、足拵えに万全を期した。

ところが、A駅からは登山バスがでていた。それは源五郎爺さんのK村をとおり、さらに四キロ奥まで延びている。歩くものとばかり思っていた江田は、そこに歳月を感じた。

A駅前から出るバスで、派手なセーターを着けた女性ハイカー、ゴム底靴を履いた男のキャンパーたちと乗りあわせた。話をきくとバスの終点から新しくできた登山道をたどり、K峰へ登るのだと言った。

バスには若干の測量器具が積みこまれるとともに、数人の男たちが乗りこんできた。それは〈踏めぬ谷〉の下流からK峰北尾根の〈テングの鼻〉の台地にかけて鋼索を渡し、ゴンドラを吊るための測量班だった。かつて江田たちが山鉈《なた》をふるってネマガリザサをはらい、数時間の苦闘のすえに到達した〈テングの鼻〉の台地、そこへゴンドラは十五分足らずで遊覧客をはこぶ。ゴンドラに乗った遊覧客は、四人の遭難碑を下にして〈テングの鼻〉の台地の展望台へゆく。将来は冬期でもそのゴンドラを運転し、積雪期のK峰の岩峰を観覧させるというのだ。

うごきだしたバスの窓から江田はそとを眺めた。はるか彼方にK峰の岩峰が朝日をうけて赭くかがやいている。その尾根は北アルプスの稜線をかたちづくり、南北にのびていた。

源五郎爺さんの家があるK村の停留所まで四十分足らずであった。そこから十五分でバスの終点についた。

バスの終点にはいつのまにか三角形の屋根をした洒落《しゃれ》たレストハウスが建っていた。バスから降りたハイカーが立ち寄った。そこから鋼索が北尾根へ張られ、ゴンドラの始発駅になる。

江田は〈踏めぬ谷〉の川に沿った道を歩いた。K峰をめざすハイカーは西の沢につけられた新道をたどる。江田は本流をそのまま遡行《そこう》した。

バスの終点から磧を二十分ほど歩くとブナ林があらわれた。江田たちがベースキャンプを設営した〈踏めぬ谷〉の右岸である。そこから下草を刈った道が遭難碑まで五十メートルつけられてあった。山岳部員が山鉈と鎌を使って切り墾《ひら》いた。〈踏めぬ谷〉の渓流の音が遠ざかるにつれて、足もとから虫のこえがした。枝に垂れたサルオガセのヒゲが風にゆれている。

黒御影石の遭難碑には柿、栗、通草《あけび》、胡桃《くるみ》などの実とともに野菊や竜胆《りんどう》の花が供えられてあった。碑のまわりはきれいに除草され、ひとりの老人が琥珀《こはく》色の液体のはいったガラス瓶をかかえて立っていた。源五郎爺さんだった。腰がすっかり曲ってしまっている。そのよこに見知らぬ若者、ついで肥った中年の女性、それが小浜道子だった。ふたりの子供の手を握っている。下草の生い茂ったなかに山岳部員が十名ぐらいザックに腰かけていた。

追悼会といっても儀式ばったものではなく、遭難碑にむかってひとりずつ哀悼の意を表してから、碑のまえで車座になった。

源五郎爺さんがガラス瓶を抱えて江田の右隣りに坐った。見知らぬ若者がそのよこにいる。

「孫の清一です」と爺さんが言った。

十五年まえ、江田たちがK村の源五郎爺さん宅で一泊したとき、イロリに坐った爺さんがカンジキを作っていた膝のうえで、当時三歳の孫の清一が塩漬けのシメジを舐《な》めていた。生え揃ったばかりの前歯でシメジの茎を噛んでいた三歳の清一が、十八歳の若者に成長していた。

「わしの跡を継いで山案内人《ガイド》になります」

爺さんは誇らしげに言った。そしてガラス瓶のフタをとった。マムシ酒だった。

江田の左隣りは小浜道子が坐った。

〈これはタゴサクでして、女ではないのです〉と大杉に言われた小浜道子は、二児の母親になっている。痩せてしなやかだった軀はすっかり肥《ふと》ってしまい、腰もズンドウになった。テントシートのうえに正坐するのが大儀らしく、すぐに膝をくずした。ふたりの子供は、はじめのうちはおとなしかった。

「江田さん、お久し振り」と小浜道子が笑った。目尻に皺ができた。

「江田さんも老けましたわね」と呟いた。

江田は愕然とした。老けたのは源五郎爺さんであり、また小浜道子であった。江田自身は昔とすこしも変らないつもりであった。

山岳部員が渓流で冷やしたビールをもってきたり、串焼きにした山女《やまめ》や岩魚《いわな》を運んできたりした。江田は爺さんのマムシ酒を飲んだ。

十五年まえ〈これを飲むと精力がつきます〉と爺さんにいわれた大杉が〈これは危

険だぞ、あぶない、あぶない〉といってテントで同宿する小浜道子をみたが、小浜道子は聞こえぬ振りをして、すましてマムシ酒を飲みほした。その小浜道子は、肥満してアルコール分が摂《と》れなくなった。

はじめのうちはおとなしくミズナラの実で遊んでいた小浜道子の二人の子供たちは、遭難碑のまわりをまわったり、離れたところで酒盛りしている山岳部員たちのところへ走っていったりしてはしゃぎはじめた。ふたりの子供たちを目で追う小浜道子は、江田のはなしをうわのそらで聞いた。

「タゴサクに言われたことばが、十五年たってもこたえている」

「なにか言いました?」

「〈大杉さんを殺したのは、あなただ〉もうひとつ、〈なぜ、宮本さんを助けに行かなかったの?〉それがこの十五年のあいだ心のそこで疼《うず》いていた」

「……」

小浜道子は茫漠《ぼうばく》とした目をした。ブナ林の奥から十五年まえのことをとりだそうとする目付きだった。

「そんなこと私、言ったかしら……」

小浜道子はふたたび二人の子供たちを目で追った。遭難碑に供えた栗の実を十歳ぐらいの男の児が摑んだ。したの七歳ぐらいの女の児は胡桃をとった。

「ぜんぜん覚えていないわ、なにしろ昔のことだし、それに遭難当時は私も精神状態がおかしくなって、なにか口走ったかもしれないけれど、いまでは忘れてしまったわ」

江田はマムシ酒を呷った。酒盛りしている部員たちのあいだから山の唄がきこえた。谷川岳一の倉沢の六ルンゼで庇状岩壁《オーバーハング》をこえるとき、小浜道子はザイルを使わずそのしなやかな軀をリズムに乗せて登った。行き詰まっても助けをもとめず、岩壁のなかで頑張り通したために八本の指の生ま爪をはがした。山のテント生活で〈キジ撃ち〉をひとに悟らせなかった。いつも引っ詰め髪をして眦をつりあげ、相手の痛いところをついた。

十五年たって二人の子供ができ、軀にまるみがでるとともに、かつての鋭敏さも失われた。息をするのも苦しそうに、二重になった下顎の汗をハンカチで拭いている。

〈女は強い〉

マムシ酒の酔いがまわって江田の軀がぐらりとゆれた。隣りに坐った源五郎爺さんに、〈安曇節《あずみぶし》〉をたのんだ。爺さんは手拭の鉢巻をとって唄いだした。

江田はおぼつかない足で立ちあがった。そして山岳部員たちが酒盛りしているなかへわり込んだ。

「女はつよい」

それをきいた山岳部員のひとりが怪訝《けげん》な顔つきをした。

「女はつよいです」とだれかがよこから言った。

「なにしろ女は皮下脂肪が厚いから、雪のなかでも生き残るそうです。男はダメです。先に死にます。女は強いです」

日焼けしたその山岳部員は酒で赭ら顔になった。

〈そういう意味ではないのだ〉と江田は言いかけて口を噤《つぐ》んだ。〈女がつよいという意味は……〉となんども考えを纏《まと》めようとした。

「女は強いです。皮下脂肪が厚いから……」

と山岳部員は自分の言葉にうなずいている。

江田はふたたび立ちあがり、小浜道子のよこに戻った。爺さんの〈安曇節〉は低くつづいている。

「ダメじゃないの」

小浜道子が怒鳴った。みると女の児が遭難碑に攀《よ》じ登っている。男の児がしたで支えていた。

「そんなところに登って……」

小浜道子はハンカチを握ったまま碑へ駆けよった。

〈母親のタゴサクにそっくりだ〉

江田は、そこにやっと昔の小浜道子を、見いだした。

〈そのままにしておけ、放っておけ〉と叫んでいるうちに、江田は酔いがまわってわからなくなった。

加藤　薫（一九三三年—）

神奈川県横浜市生まれ。一九六九年、「アルプスに死す」で第八回オール讀物推理小説新人賞受賞。「遭難」は第六三回直木賞候補作にもなった。

初出・底本：「オール讀物」昭和四十五年一月号

垂直の陥穽

森村誠一

1

一年浪人した甲斐があって、息子の進一が目指すA大に入学したときは、滝村はホッと一息つくおもいだった。滝村家では男はほとんどA大である。進一だけがそこへ入れなかったとなると、親戚に対しても体裁が悪い。

しかしその安堵も束の間、進一が山岳部へ入りたいと言いだしたとき、いきなり頭から冷水を浴びせかけられたような気がした。

もともと進一は、高校時代から山が好きだった。それも休日に気の合ったグループと近くの低山にハイキングや、キャンプへ行く程度だったので、滝村はしぶしぶながら黙認していた形だった。

しかしこれが大学山岳部となると、はなしは別である。日本のアルピニズムの発達のにない手となったのが、大学山岳部だから、高校時代の同好会的山登りと異なり、本格的なものに相違ない。当然冬山やロッククライミングもやるだろう。

ましてA大の山岳部は、北アルプスK岳周辺の開拓を部の課題として、創設以来同山域に取り組み、そのバリエーションルートのほとんどすべてを、同部の手によって拓《ひら》いてしまった、日本登山界でも先鋭をもってなるところであった。その先鋭さは、同じ大学の卒業生として滝村自身がよく知っている。

「いかん、絶対にいかんぞ！」

滝村は顔中を口にしたようにして、息子にどなった。

「どうしていけないんだ。お父さんだって若いころは盛んに山登りをやったじゃないか」

進一も負けてはいなかった。山岳部に所属しての本格的なものではないが、ともかく滝村が山をやったことは事実である。だが彼はそれをなるべく伏せていた。

〝若き日の山〟として父親が息子に語るにはかっこうの自慢ばなしであったが、滝村は、それをしなかった。彼の山には、思いだしたくないイヤな記憶があったからである。

だから息子がそれを知っているはずはなかった。

「おまえ、どうしてそれを？」

滝村は瞬間、虚を衝《つ》かれたようにギョッとなった。

「ふん、押入れの奥に古いアルバムがあったよ」

進一は唇をゆがめて笑った。からだだけは父親よりも発達して、青年のいかにも動物的な臭いを発散させている進一がふてくされると、圧倒されそうな一種の凄味があった。

「おまえ、いつそれを見たんだ」

山のアルバムは全部整理したはずだった。〝あの事件〟以来、山の道具とともに、全部燃やすか、廃棄するかしたはずだ。それをどうして進一が……？　その不審が、絶対に反対しとおさなければならない滝村の立場を弱めていた。

「中学の終わりごろさ。古本のあいだにあったよ。秩父や奥多摩あたりの大した山じゃないけど、登ったことは登ったんだろ。自分だけ若いころは好き勝手に登っていて、どうしていまごろになって反対するんだ？」

進一は父親より優位に立ったことを敏感に悟って勝ち誇ったように言った。

整理したとき、〝低山〟のアルバムが一冊古本のあいだにまぎれこみ、それがたまたま息子の目に留まったのにちがいない。

それにしても、それを今日まで黙っていた進一に、滝村は何か無気味なものを感じた。幸いに進一が見たアルバムは、〝あの山〟のものではなさそうだが、アルバムに関して一言も言わなかったということは、滝村の山登りになにか暗い影を感じたからであろうか。

滝村が息子から受けた一種の威圧感には、青年の体格の質量以外に、このような心理的な圧迫が混じっていたのである。

「山登りをやったことがあるから、その恐さがわかるんだ」

滝村は、息子の〝不意打ち〟から辛うじて立ち直った。

「そんなのおかしいじゃないか。山は充分な準備と万全の注意をすれば、必ずしも危険じゃないってことぐらい知ってるはずだよ」

「どんなに注意しても、山に危険はつきものなんだ。大学山岳部となれば、冬山へも登る、岩もやる。なだれや落石、天候の急変、至るところ罠ばかりだ」

「すぐ冬山や岩をやるわけじゃないよ。ベテランのOBや先輩からみっちりと基礎を叩きこまれてからだ。父さんのようにひとりで行きあたりばったりの山登りをするのよりも、しっかりした山岳部で基礎からやるほうがずっと安全なんだよ」

進一は、頑固親父を説得する口調になった。

しかし父親といっても、滝村が早婚だったために、年齢差は二十くらいしかない。

「不可抗力の事故もある」

滝村は譲らなかった。

「A大山岳部は日本でも最も伝統ある山岳団体の一つだよ。経験と技術によれば、不可抗力の事故なんてほとんどない。現に部の創設以来、ここ二十年ほど一件も遭難事故をおこしていない」

「おまえが何と言おうと、おれは許さんぞ。どんなベテラン揃いでも、山には危険がつきものだ」

「危険のまったくないスポーツなんてないよ。おれはピンポンやバドミントンなんてまっぴらだぜ」

「だめだと言ったらだめだ！」

「父さんが何と言おうと、おれは入部するよ。おれにだって人格があるんだ」

「勝手にしろ！　遭難したって、おれは知らんぞ」

「勝手にするとも」

遂に親子のはなし合いは、けんかになってしまった。

滝村はそのとき、高名な登山家の文章の中に、「息子が山へ登ると言いだしたとき、私は反対するだろう。彼がそれでも登りたいと言ったとき、私は許すだろう。しかしそのとき私は、息子の生命が喪《うしな》われたときの覚悟をしておくだろう」という意味の言葉があったことを思いだした。

だが進一は、滝村にとってひとり息子だった。

そしてそれ以外にも、どうしても息子の登山を許せない事情が、彼にはあった。

2

昭和二十×年の二月末、当時A大の四年だった滝村は、同級の江夏勝彦《えなつかつひこ》と一緒に北アルプスのS岳に登った。江夏の家も、親の代からのA大である。すでに二人とも一流の就職先が決まり、特に滝村には卒業と同時に結婚することになっている美しい相手がいたので、卒業までの最後の学生生活と残り少ない独身生活に名残りを惜しむつもりでやって来たのである。

S岳は北アルプスの北端に位置する三千メートルに近い高峰で、東面に手のつけられないような急傾斜の絶壁を懸《か》けているのに対して、西側には二十五度前後のゆるやかなスロープが豊富な高山植物を敷きつめて広がっている。

雪と岩と花の、多彩で変化に富んだ山容は、三千メートル級の山としては、比較的登りやすく、夏には全国から「猫も杓子《しやくし》もS岳」と言われるくらいに登山者を集めている。

ところが、夏季のにぎわいに反して、冬になると、日本海低気圧の影響を最も受けやすい地勢であるために、西高東低の冬型気圧配置の中に連日凶暴な季節風を浴びて、悪天候がつづき、プロの登山家のみ許される世界となる。

いわば夏は幼稚園コースが、冬には一挙に大学か、大学院コースのように難しくなるのである。

この冬のS岳へ、滝村と江夏は登った。彼らが山のベテランだったわけではない。ベテランどころか、夏一度S岳へ来て、初めて登ったアルプスの高山のすばらしさに驚き、かつ酔い、「夏登ったから、今度は冬来よう」と、山の夏と冬のあいだに横たわる落差の凄まじさを知らず、無知の者特有の大胆さで、いとも気軽に氷雪にかたく鎧《よろ》われた冬のS岳へやって来たのである。

それでも彼らが頂上へ無事に辿《たど》り着けたのは、冬は十日に一日もないといわれる好天にめぐりあわせたことや、身体のコンディションがよかったことなどの様々な好運の積み重なりが働いたおかげであった。

彼らが山麓で一人の登山者と一緒になったことも、好運の中の大きな要素だった。二人のはなはだお粗末な装備に比べて、一分の隙もない重装備と、自信ありそうな足どりなどから見て、かなりのベテランであることはわかった。年かっこうは二人より数年上に見えた。

だいたいこの季節に、単独でS岳へ挑む者は、一くせも二くせもあるクライマーか、滝村のような〝神風登山者〟以外にはなかった。

「どちらへ？」

その男は、人なつこそうな笑みを浮かべて、同じ方向へ向かう滝村らに聞いた。単独行者には、人間嫌いの気むずかし屋が多いのだが、その男はそうでもないらしかった。

それとも、まだ終戦後日が浅く、登山者の姿が珍しいころだったから、〝同類〟に親近感を覚えたのかもしれない。

「S岳まで行きます」

と滝村が答えると、男はびっくりした顔になった。いままで二人がS岳周辺の低山へハイキングに来たものと思っていたらしい。

「その装備でS岳ですか。そ、そりゃ無理だ。危険ですよ、是非止めたほうがいい」

次に男は真剣な顔になって諫《いさ》めた。

「どうしてですか？　あんな近くに見えるじゃないですか」

「見えるだけです。そんな軽装でS岳をやるのは自殺するようなものだ」

「大丈夫ですよ、夏登ったときだって、大して難しいところではなかった」

滝村は男の大げさな心配を笑った。

「あなたがた、夏登っただけなのですか」

男は呆れてものも言えないという顔になった。

「止めなさい！　絶対に止めるべきです。あんたたち、山の本当の恐ろしさを知らない。山の夏と冬は、同じ場所でありながら、同じではないのだ」驚きがおさまると、厳しい表情になった。

「大丈夫ですよ。天気はこんなにいいし、何も心配することなんかない」

「いまの季節にこんな好天気は長つづきしません。いったん天候が崩れたら、その装備ではひとたまりもない」

「うるさいなあ、大丈夫だったら大丈夫ですよ」

気の短い江夏が遂に癇癪《かんしゃく》を爆発させたように声を荒らげた。男の親切な忠告が、自分たちの山の力量をいかにも見下しているように見えたのである。

「あんたたちの安全を思って言ってやったんじゃないか」

さすが温厚な男も、少しムッとしたらしかった。

「それだったらよけいなおせわだ。おれたちは山を楽しみに来たんだ。自由にさせて欲しいね」

「遭難しても知らないぞ」

「大丈夫だよ、夏には小学生でも登るこんな山で、こんないい天気に、遭難したくともできねえよ」

三人はそこで別れた。別れたといっても、同一方向に向かう三人だったから、軽装の滝村らが、男をひき離して歩きだしたのだ。

発電所のそばから鉄管に沿って急斜面を登り、取り入れ口の付近に達すると傾斜がゆるまって眺望がぐんと展《ひら》けてくる。左手に鹿島槍、五竜、唐松岳などの後立山《うしろたてやま》連峰の雄峰が、紺碧《こんぺき》の空を白い鋸歯状《きょしじょう》のスカイラインで切りぬいて妍《けん》を競う。

時折り青い空に雪煙が舞い上がって、日本離れした豪壮な景観を現出させる初めてみる冬の高山のダイナミックな姿に、二人は有頂天になった。連峰をバックにかわるがわる写真を撮っているうちに、彼らは一流のアルピニストになったような錯覚を覚えた。

重装備のあの男が、はるか後方に遅れてしまったことも、二人の優越感をそそった。

その夜は尾根の突きあたりにあるツガやダケカンバの点在する疎林の中に立つ、避難小屋へ泊まった。彼らも毛布と、その夜の食料ぐらいは用意してきていた。

男が到着したのは、二時間もあとだった。

「ずいぶん遅かったんですね」

かなりバテ気味の男に向かって、滝村は嘲笑するように言った。

「気温の高いのが、どうも気になるなあ」

男は、滝村の嘲笑にはとり合わず、いかにも心配そうに眉を寄せた。当時はトランジスターラジオなどといった便利なものはなかった。

男は経験によって学んだ〝観天望気〟から、悪天の兆《きざし》を敏感に感じ取っていたらしい。だが滝村らは、男の心配を、アマチュア登山家におくれをとった態の彼のてれ隠しと釈《と》った。

翌朝は快晴に明けた。三人は夜の明け切らないうちから行動を開始した。降りこぼれるような星が、視野のかぎり頭上を埋めていたが、その燦《きらめ》きが異様に震えていた。気温も高い。「絶好のアタック日和《びより》だ」二人は聞きかじりの言葉を言って大いにハッスルした。

古瀬欣一《ふるせきんいち》は——男は前夜そのように自己紹介した——気がかりなように空を見上げて、

「この天気もせいぜい今日の午前中だ。低気圧が近づいている。悪いことは言わない、本当にここから引き返したほうがいい」

「あんたも頂上まで行くんだろう。どうしておれたちだけに引き返せと言うんだ？」

江夏がからむように言った。

「僕には悪天に巻きこまれても、切り抜けられる経験と装備がある。あんたらの装備じゃ無理だ」

「そして経験もと言いたいんだろう」

「そのとおりだ。あんたらは冬の北アルプスの恐ろしさを知らない。この穏やかさは、山が気まぐれにつけた仮面なんだ。いまから下りれば、途中で悪天になっても大して危険な箇所はない。この暖かさや、星のまたたきは低気圧が接近している証拠だ。いまなら充分間に合う。大急ぎで下りたほうがいい」

「そうはいかないよ。〝山屋〟には人間嫌いが多いっていうから、あんたそんなこと言っておれたちを追い返し、自分ひとりだけで〝お山の大将〟になりてえんだろう。ここから頂上はもう目と鼻の先じゃないか。見たところ大して難しそうなところもない。実際に天気が多少悪くなったところで、どうってことはねえよ」

滝村も鼻であしらった。古瀬は何も言わなくなった。いくら言ったところで無駄なことがようやくわかったようである。

小屋からはまず広大な雪の山腹を電光型に登って行く。二人もピッケルとアイゼンは持ってきていた。ピッケルの使い方はろくに知らず、アイゼンもX型の簡単なものである。

それでもいままでのところは別に不都合はなかった。途中から太陽が登り、連峰がモルゲンロートに輝く。山自体が一個の巨大な発光体のように燦く壮大な美しさに、二人は思わず息をのんだ。

たった今後にしたばかりの避難小屋が、みるみる足下に沈んでいくのも快かった。傾斜はますます強まり、雪が深くなってきた。足が膝までもぐるようになって極端に歩きにくくなった。西の空の方に薄い絹のような雲が、姿を見せていた。

このころから滝村と江夏の呼吸が乱れ、うしろから着実なペースで登って来る古瀬に追い抜かれるようになった。

追い抜かれたときは、滝村らはくやしがって、ピッチを上げ、また追い抜く。しかしまた呼吸がつづかずにすぐ抜かれてしまう。

古瀬にしてみれば、別に抜きつ抜かれつの競争をしているつもりはなく、一定のペースで登っているのにすぎないのだが、滝村らがくやしがって追って来るので、競争のような形になってしまうのである。

山でそんなめちゃくちゃな登りかたをしたら、すぐにへたばってしまう。効果は覿《てき》面《めん》に現われて、二人は昨日の威勢のよさとは別人のように気息奄々《えんえん》という状態になってしまった。

古瀬は、そんな二人にまったく無関心に一定のペースで登りつづけた。登りながら、途中雪原のところどころへ赤い布をつけた細い竹を突き立てた。これは帰路天候が悪化して視界がきかなくなったときの用意だった。

二人が辛うじて古瀬に尾《つ》いていけたのは、彼らが軽装であったことと、古瀬がこの作業のために時々立ち止まったからである。

午前十時、雪の斜面を登りきって、稜線に出た。二人はいきなり凄まじい強風の中に立たされた。西側の深淵《しんえん》から吹き上がる強風が、稜線に突然立った〝異物〟のような人間に向かって牙を剝《む》きだして襲いかかった感じだった。

尾根の雪は風にさらわれて、ハイマツや岩肌が露出している。二人は目も満足に開けられなかった。

古瀬はしっかりした足どりで稜線を頂上へ向かっている。白いたてがみのようなその先には、指呼の距離にいかにも本峰頂上らしい鋭い貫禄あるピークが、頭をもたげていた。

「ちくしょう！」

滝村は、ようやく開けた目で、頂上の方をにらんだ。頂上に対して言ったものではなく、すぐ前を歩いているようで、どうしても追い抜けなくなった古瀬に向かってくやしがったのである。

いままで稜線に半分隠されていた形の西側の空には、先刻薄絹のようだった雲が、すっかり厚味を増して、ひたひたと水があふれるように押し寄せて来ている。

南寄りの風も強まっている。

「危《やば》いな」

古瀬は、雲と時計を半々ににらんで言った。それでも引き返そうとしなかったのは、自分の力量に自信があったからであろう。

しかし、執拗《しつよう》に尾いて来る滝村と江夏に向かって、

「いまから全速力で下りたほうがいい」

と最後の忠告をした。

「あんたはどうして下りない?」

滝村が聞いた。

「おれは頂上まで行ってくる。途中で悪天になってもおれはこの山の地勢をよく知っているし、最悪の場合でも露営《ビバーク》の準備をしている。しかしあんたたちは危険だ」

「あんたが行くのなら、おれたちも行くよ」

滝村が言い張ると、古瀬は勝手にしろと言うような表情をして、口を閉ざした。

午前十一時三十分、三人はあい前後してS岳頂上に着いた。長い登高のあとの頂上だったが、視界はすでにゼロに近かった。風速は二十メートルを越えていた。周囲の岩やハイマツに霧氷がたちまち付着していく。

古瀬は、頂上から直ちに折りかえした。もちろん滝村と江夏もそのあとを追う。気温は急降下して、アノラックがバリバリに凍りついた。

古瀬と張り合って、頂上まで来てしまったが、いま三千メートルの標高において悪天のど真ん中に巻きこまれてみると、二人はその想像を絶した凄まじさに度肝《どぎも》を抜かれてしまった。

たったいま登って来たばかりの方角も、風雪にかき消されてわからない。いまは古瀬だけが頼りだった。

しかしこの期《ご》におよんでも、二人は古瀬に助けを求めなかった。頂上にどんな凄まじい風雪が荒れ狂っても、下り道さえわかれば、どうということはないと、インスタント登山者の無知から、この重大な事態をたかをくくっていたのである。

三人は、からだがいまにも宙に浮いてしまいそうな強風に抗《さから》って下山を開始した。雪稜は猛烈な雪煙の渦であった。すぐ前を行く古瀬の姿も、ともすれば見失いがちになる。

古瀬と離れたら最後だった。激流のような風雪にたたかれながら、二人は必死に古瀬のあとを追った。身体から急速に体熱が奪われていく。軽装の滝村と江夏の消耗は目に見えてきた。

だが古瀬も、いまは彼らの様子を見るゆとりを失っていた。古瀬は、二人の無謀登山に呆れて一度は突き放したものの、いざという場合は救けてやるつもりでいた。

だがいま彼らを捉《とら》えた悪天は尋常のものではなかった。古瀬は単独行者としては、山仲間にかなり名の通った男である。その経験と山歴に対する驕《おご》りがないわけではなかった。空模様にもまだ多少のゆとりがあると判断していた。

しかしそれにしても、いま彼らが巻きこまれた低気圧の接近は異常に速く、かつその規模が大きかった。

彼がかつて経験したいかなる悪天よりも、凶悪な様相で、つい数刻前に穏やかに微笑んでいた山全体が咆哮《ほうこう》していた。

だがまだまだ古瀬は、自分自身に対しては危険を感じていなかった。

愕然としたのは、往路〝標識〟をたてておいた山腹へ帰りついたときである。標識などどこにもなかった。いやそれはたしかにあったのである。ただ巨大な風力によって、目印の赤い布がちぎれてしまったのだ。

たとえ、標識が健在であったところで、雪煙が地獄のようなおたけびをあげている広大な雪原に数本の竹竿など、何の役にもたたなかった。

「しまった!」

思わず唇をかんだ古瀬は、一瞬途方に暮れて立ちすくんだが、さすがにベテランらしく、このだだっ広い雪原をいたずらにさまよい歩く危険を悟って、とにもかくにも雪崩《なだれ》の危険のないくぼみに雪洞を掘って、強風から身を避けることを考えた。

山での最大の敵は、寒気や餓えよりも風である。熱いものに扇風機を向けるとわかるように、熱エネルギーを最も速やかに奪うものは風だった。風にさえ叩かれなければ、多少寒くとも、餓えても、人間はそう節単に死ぬものではない。

古瀬が、悪天の腭《あぎと》にどう逃れようもなくしっかりととらえられたと悟ったとき、まず講じたのは、〝防風〟のためのてだてだった。そのための用具ももっていた。凶器のような風から逃れられさえすれば、食料も装備も充分にある。めったなことでは死なない自信があった。

「たすけてくれ!」

古瀬が自分用の雪洞を掘り終わって、ヤドカリのようにその中へ身をすくめたとき、泣きついてきたのは、ようやく追いついた滝村と江夏だった。

「あんたらはあんたらでやってくれ！　いまはおれひとりで精一杯だ」

古瀬は冷酷に二人を突き放した。このまま突き放したら夏山とほとんど変わりない装備の二人は確実に死ぬだろう。別に最初からの行きがかりにこだわっているのではない。

古瀬にもまったく余裕がなかったのだ。自分一人さえ生きのびられる保証もないときは、だれでも自分を護る権利がある。他人が救援を求めても、まずは自分のほうが先だ。

限界状況下における利己主義は、止むを得なかった。

しかし滝村らにしてみれば、勝手にしろと言われてもどうすることもできない。雪洞を掘りたくとも、道具がないし、だいいちその掘りかたすら知らなかった。

もちろん体熱を保持するための寝袋《シュラフ》やツェルトザックの持ち合わせもない。

「たのむ！　たすけてくれ」

二人は古瀬に泣きついた。そうしているあいだも、手足から感覚が去り、からだの筋肉がこわばっていく。彼らは本能的に生命の危険を感じていた。

「うるさい！　貴様らのことまで面倒みられるか」

一人分の雪洞の中に、シュラフとツェルトにみの虫のようにくるまった古瀬がどなった。

瞬間の共謀が二人の胸に交叉《こうさ》したのはそのときである。江夏が雪洞の入口に立ててあったスコップを取り上げると同時に、滝村がピッケルを古瀬の頭に振り下ろした。

「何をする！」

その打撃は充分ではなかったらしく、古瀬が突然加えられたいわれのない攻撃に対して防禦の姿勢をとろうとしたとき、江夏のスコップによる狙いすました打撃が加えられた。

古瀬のひたいが割れた。白一色の風雪の渦の中に迸《ほとばし》った血潮は鮮烈だった。ピッケルとスコップによってさらに攻撃がつづけられた。二人には殺人の意識はまったくなかった。この追いつめられた状況の中から脱出するための必要な〝工程〟を協力して行なっているにすぎなかった。

古瀬がもし頑固に抵抗したならば、二人に理性が戻ったかもしれない。彼が雪洞の中、シュラフとツェルトにくるまって、みの虫のようにまったく無抵抗であったことが、二人に生死の岐《わか》れ目の緊急避難の〝障害物〟を排除するような気持ちしかもたせなかった。

古瀬は遂に動かなくなった。鼻や口から血を噴き出した凄惨《せいさん》な形相を、雪がたちまち隠していった。そのことも、二人の罪悪感を麻痺《まひ》させていた。

二人は、動かなくなった古瀬を雪洞から引きずり出した。ツェルトを剝ぎ、さらにシュラフを除《と》る。アノラックをはじめ防寒、防風衣も剝ぎ取った。

「こいつをどうする？」

江夏が言った。

「放っておこう」

滝村が感情のない声で言った。

「そんなことより早く入れ、凍え死ぬぞ！」

一人分の装備を二人で分け合い、シュラフの中へ抱き合って入る。一人用のシュラフだから、余裕がまったくない。その上をツェルトでおおう。

雪洞の中は決して快適ではないが、とにかく風だけは遮《さえぎ》ることができる。入口をツェルトザックと荷物で塞ぐと、さし迫った死の危険からひとまず逃れたことがわかった。

古瀬が、自分ひとりのための急ごしらえの雪洞であるから、雪洞というより穴である。だがさすがにベテランの彼が場所をえらんだだけあって、風あたりも比較的少ないし、雪崩の危険もなさそうであった。

一息つくと、猛烈な空腹を覚えた。空腹感があるということは、彼らの身体のコンディションがまだ良好なしるしだった。

軽装備のまま、風雪に叩かれた彼らは、疲労凍死のためのあらゆる条件を備えていた。事実、彼らが古瀬にたすけを求めたときは、すでに寒気と疲労のために皮膚の血管が収縮し、身体が硬くなっていて、かなり危険な状態におちいっていた。

古瀬に〝下界〟では考えられない凶行を加えたのも、寒気と異常な状態が、二人の神経を狂わせていたせいかもしれない。

疲労があまりに進むと、食欲もなくなってしまう。ことの是非はおいて、古瀬を襲って装備を奪ったことが、彼らの心身の緊張を一時的に強めて、凍死に至る無気力から救ったのである。

二人は古瀬のザックを開けて中にあった食料を手あたり次第に貪《むさぼ》った。そして泥のような眠りにおちこんだ。眠る前に入れた食物が、体温の維持生産を寒気に追いつかせ、追い抜かせて、風雪の荒れ狂う酷寒の中を生き通させたのである。

3

天候は二日目の朝になって回復した。天候の回復とともに二人に理性が戻ってきた。

「どうする？」

雪洞の前にコチコチに凍って死んでいる古瀬の死体を前にして、二人は蒼白の顔を見合わせた。もっとも最初から死体が見えたわけではなく、ほとんど見分けのつかなくなった雪原を、見当をつけて掘りおこしたのだ。

自分たちの無謀登山ゆえにおこしかけた遭難から逃れようとして、古瀬を殺して、装備や食料を奪ったのだ。最も悪質な殺人強盗の定型である。

「ひとを殺すつもりではなかった」という抗弁はまったく通用しない。

「とにかく死体をこのままにしておいてはまずいよ」

江夏が泣きだしそうな声で言った。雪原の真ん中で、頭やからだに打撲傷のある死体が発見されたら、捜索隊にいっぺんに疑われてしまう。自分でそんなところを傷つけるはずはないし、付近には傷の原因になったような雪崩や落石の痕もないということになれば、当然殺人事件として、一緒に登った自分たちが追及される。

それもただの殺人ではない。最も凶悪な殺人強盗である。さらに警察側が、古瀬が再三再四自分らの無謀登山を諌《いさ》めたことを知れば、罪の悪性は倍加されるにちがいない。

――えらいことをしてしまった！　――

いまにして、自分たちの犯した罪の大きさがわかった。

しかしいまさら悔やんだところでどうにもならなかった。滝村は、卒業と同時に結婚することになっている美しい相手を思った。

江夏も就職が内定している会社のビルの威容を瞼《まぶた》にえがいた。もしこの凶悪な犯罪が公《おおや》けにされれば、そのどちらも取り消されるのは明らかである。春秋に富んだ二人の将来は、もはやない。

彼らは罪の意識よりも、いままさに奪われようとしている将来の展望に慄《ふる》えた。そんなことは何としても防がなければならなかった。

二人は絶望に打ちのめされながらも、必死に自衛の手段を考えた。そして遂に滝村は、すばらしい方法を考えついた。

「古瀬を崖から落とすんだ」

「崖から……？」

江夏がいぶかしげな表情をした。崖から落としたところで、死体が消えるわけではない。

「道に迷って落ちたと思われるさ。からだの傷は、そのとき途中の岩にぶつかってつくられた。装備や食料が多少なくなっていたところで、もともと遭難者は、寒さで頭がおかしくなってる。さまよい歩いているうちに靴を脱ぎ捨て、ひどいときは素裸になって雪の中で凍死している場合もあるというから、疑われないだろう」

絶望的だった江夏の表情が、滝村の言葉を聞いて明るくなった。

「おれたちが古瀬と一緒だったところは、だれにも見られていない。雪が解けてやつの死体が発見されるころには、遠く山を離れた都会の中で知らん顔をしていられるというわけさ。まちがっても、おれたちと古瀬の死体を結びつけて考える人間はいない」

二人は早速〝作業〟を開始した。天候が回復したので、彼ら同様、どんな気まぐれな登山者が登って来るかわからなかった。

「〝善〟は急げだ」

滝村のアイデアに窮地を救われたおもいの江夏は、良心が麻痺したような言葉を吐いた。

こうして古瀬欣一の死体は、二人によって東面の断崖から突き落とされた。都合のよいことに、S岳の東面には山体に内在する岩石構造と、多量の積雪と風の浸食作用によって形成された断崖が豊富にあった。

古瀬の死体が地元の猟師によって発見されたのは、四月の初めである。当時は登山者が少なかったのと、死体の落ちた場所が、容易にひとの入りこまない地点であったところから、発見が遅れたのであった。地元の警察は遭難者として、形式だけの検死をしただけで、遺族の承諾を得て荼毘《だび》に付してしまった。

あの事件からすでに二十数年経つ。その間、滝村も江夏も順調に人生街道を歩んで来た。二人は完全犯罪に成功した共犯者であった。

犯罪成功後、共犯者同士が会いたがらない心理は二人にも働いて、S岳の事件以後彼らは接触していないが、ひとの噂では、江夏も名前を聞けばだれでも知っている一流会社の中堅幹部として順調にやっているらしい。

最初のうちは、古瀬をピッケルで撲りつけたときの感触が時折りよみがえってきては、滝村の良心を刺したが、時間が経過するうちに、「止むを得ないこと」として、胸も痛まないようになってきた。

刑法に「緊急避難」という解釈があり、責任が免ぜられるとかいうことを聞きかじったが、自分の場合はまさにそれにあてはまるのではないかなどと、勝手なことを考えたりした。

ともあれ、二十数年前の殺人事件は、それだけの歳月と、自分にとって都合の悪いことは忘れる人間の自衛作用によって、滝村の記憶の中でかすんでいた。

それがいま、ひとり息子の進一によって記憶の表面にかきたてられようとしている。彼が山岳部へ入れば、いやでもおうでも、目を向けざるを得ない。

先鋭的なA大山岳部のことだから、冬山やロッククライミングもやるだろう。もちろんS岳へも登るかもしれない。

ましてA大が部の課題として取り組んでいるK岳は、S岳の隣りの山域である。比較的アプローチが短く、新人合宿に絶好の岩や雪のゲレンデを豊富にもつS岳は、新人歓迎の合宿候補地として最も先に挙げられそうである。

滝村が進一の入部にまっこうから反対したのは息子の生命を危険に晒《さら》したくないという親心以上に、自分の旧《ふる》い犯罪を思いだしたくない自衛本能が働いたからであった。

4

しかし進一は、滝村の反対を押し切って入部した。母親から内証に小遣いをせびっては、山の道具を揃え、休みといえば山へ入るようになった。

夏冬の年二回の大がかりな合宿のほか、偵察や、個人山行と称して、学校へ行くより、山へ入っている時間が多いくらいに進一は山へのめりこんでいった。

その間、大学山岳部の組織的な訓練を基礎からみっちり受けて、進一はみるみるたくましい山男に成長していった。

その様子を、滝村ははらはらしながら見守っている以外になかった。

彼の山道具にザイルやハーケンといったたぐいの岩登りの用具が入ってきた。

本来大学山岳部は、極地法《ポーラーメソッド》による正統派の登山を主体にして、岩登りのようなアクロバチックな登山は、時間的制約の多い関係で短時日のラッシュアタックを得意とする社会人登山団体が主流になっているが、A大山岳部は、K岳山域に有数の岩壁が多いので、優秀なロッククライマーが揃っていた。

「とうとう岩をはじめたか」

滝村はそのとき、いやな予感を覚えた。しかし彼がどんなに反対したところで、父親の諫言など歯牙《しが》にもかけなかった。

自分の分身でありながら、息子ほど遠い人間はないように思えた。

それとなく部のほうに聞いてみると、進一は、先鋭なクライマー揃いの同部の中でも、生まれつきのバランスと、ずば抜けた体力の持ち主で、最も有望視されていることがわかった。

「彼は、いまや我が部のホープですよ。近いうちに送ることになっているヒマラヤ遠征では、頂上攻撃隊員に選ばれるでしょう」

部のリーダーらしい男の言葉を苦々しく聞いた滝村は、心の中で、「親不孝者め!」と毒づいた。進一がホープだの何だのとおだてられて、山登りの腕を上げるに従って、父親は旧い傷痕を深くえぐられているのだ。

だが、滝村をさらに愕然とさせるような事件が起きた。進一が三年になったとき、山岳部の山仲間だといって一人の友人を家へ連れて来た。

ちょうど日曜日で家に居合わせた滝村は、手洗いに立ったとき進一の部屋の前を通りすがりに、中で息子が「エナツ」と友人に呼びかけている声を聞きとがめた。

瞬間、ハッと棒立ちになった滝村は、次にノックもせずに進一の部屋の扉を開けた。

「何だよ、父さん、いきなり」

進一がふくれ顔をした。たとえ父親でもプライバシーの侵害は許さないといった表情である。

滝村はそんなことにはかまわず、息子の友人のほうに向かって、

「エナツ君といったね、もしかしたら、きみのお父さんは、××物産に勤めておられる江夏勝彦さんじゃないかね」

「そうです」と友人が答えるのを、すでにうわの空で聞きながら、滝村は部屋を出た。そんな質問をしなくとも、その友人の面立ちの中に、かつての〃共犯者〃のおもかげをたしかめていた。

――何という皮肉な偶然か。――

息子の部屋から、自分の居間へ向かうあいだ、滝村は足が宙に浮いているような気がした。

二十数年前の殺人の共犯者の息子同士が、山仲間になっている。たしか進一の部屋を出しなに、「僕の最もイキの合うザイルパートナーなんだ」と言ったような気がする。

江夏はこのことを知っているのだろうか?

いや、おそらく知るまい。知っていれば必ず何か言ってくるはずだ――。

たがいの旧悪を知るただひとりの人間として、何とか距離をおこうとしていた父親

らの意志とは逆に、その息子たちはいつの間にか、山でたがいの生命を預け合う信頼のザイルによって結ばれている。

滝村は、そこに〝輪廻〟を感じた。

5

その年の五月下旬、北アルプスS岳一の越沢鬼面岩《きめん》中央岩壁において、悲惨な遭難事故が発生した。

正午ごろ北アルプス北部山岳警備隊員《パトロール》が中央岩壁上部より八十メートル付近に宙吊りになっている二名のパーティを発見した。

登山カードによって東京A大山岳部の滝村進一と江夏正彦の二人らしいということになり、直ちに東京の二人の自宅と、同大山岳部へ連絡された。

A大山岳部では、直ちに部員やOBに非常呼集をかけて対策を協議、併行して現地に電話によって問い合わせたが、現場が近寄りがたい岩壁であるために、正確な情報は得られなかった。

滝村進一と江夏正彦はパーティを組んで現在同岩壁を攻撃中《アタック》である。正確な情報がつかめないままに不安と焦燥が拡大していった。

ともかく同部では、部への登山届けなどから遭難者を滝村、江夏のパーティと見込み、行動可能なOBと部員十五名をとりあえず先発救援隊として現地へ派遣することにした。

一方、この悲報をうけた、滝村、江夏両家はパニック状態におちいっていた。息子の安否を気づかう母親たちの悲歎と異なり、父親らは因果の恐ろしさに慄《ふる》えなければならなかった。

ともあれ彼らも、救援隊に同行して現地におもむくことになった。

二十数年ぶりに顔を合わせた、〝旧い共犯者〟は、交わすべき言葉もなかった。

二名の遭難者が宙吊りになっているS岳の鬼面岩は、S岳三峰の頂上から、東面に向かって一気に切れ落ちる、圧倒的なスケールの高差三百メートルほどの長三角形の岩壁である。

リス一つ見当たらないようなスラブを傲然《ごうぜん》と屹立《きつりつ》させた文字どおりの垂壁は、上部にいくにしたがってせり出《オーバーハング》して、基部に立って見上げるとき、いまにも崩れ落ちて来そうな恐怖感を覚える。

壁の上部に穿たれている三つの洞穴が、この岩壁にあたかも鬼面のような様相をあたえるところから、この名称がついた。

中でも中央岩壁は、最も岩質の脆《もろ》いルートで、登攀《とうはん》者はルートの発見のほかに、いかにして落石を避けるかという問題を解決しなければならなかった。

このルートを完登したパーティは、まだいくつもない。

東京を前夜の汽車で発った両家の家族は、翌朝S岳登山口の駅で山岳警備隊員の出迎えをうけて、ジープで遭難者の見える一の越沢出合へ向かった。

「ガスが巻いているために、プリズム観察によっても詳細がつかめません。現在隊員を三名、中央岩壁の裾《すそ》尾根に偵察に出しています」

登山服に身をかためたからだののがっちりした男が道々説明した。あとで自己紹介したところによると、警備隊のS岳地区の隊長である水野という警部補だった。

ジープが進む沿道には、かやぶき屋根を改築した民宿や、山小屋風のホテル、売店、レストランなどが立ち並んでいる。二十数年前の流涼たる山麓とは、まるで別の場所のように変わっていた。

やがて道はカラマツ林に入り、傾斜が強くなった。麓では高曇りだった空が、山ふところ深く入るに従って、雲が厚味と高度を下げてくるようだった。カラマツの梢に時折り霧が流れる。梢越しに残雪を山腹に刻んだ奥の峰が隠見された。

「ここから少し歩いていただきます」

やがてジープが止まり、一行はシラカバの散生する緩斜面の山道におり立った。雪解けの融水でじゅくじゅくする山道を三十分ほど辿ると、木立ちが切れて、一気に展望が開いた。眼前に鬼面岩の豪壮な岩壁が圧倒的なスケールでそそり立っていた。時折りガスが中腹に巻いて、その凶悪な岩相を強調する効果を与えた。

そこには十数名のものものしいかっこうをした男たちがたむろして、緊張した視線を岩壁の上方へ集めていた。

「この度はとんだことで、……我々はA大山岳部の者ですが、現場が手のつけようのない悪場なので、目下遭難者の収容方法を協議しております」

先着していた山岳部のリーダーらしい男が滝村らに挨拶した。日灼《ひや》けしたいかにもむくつけき山男であったが、その面貌に滝村はふと以前どこかで会ったような気がした。息子と同じ山岳部であるから、あるいは彼のアルバムの中にあったかもしれない。

「ガスが晴れました。遭難者は、岩壁上部にある、鬼の目のように見える二つの洞穴の中間のあたりに宙吊りになっています。いま警備隊と、うちの部員が接近を試みているのですが、現場が極端な悪場のためになかなか近づけません」

リーダーが岩壁の一部を指さして、望遠鏡《プリズム》を貸してくれた。

「いかがですか、我々は進一君と正彦君の二人だと思うんですが、ご両親の目でよく確認してください」

上部岩壁の黒い影になっている部分が、オーバーハングであろう。問題の二人の遭難者はその黒い影の下部に赤いザイルによってぶら下がっていた。

プリズムの鏡面には赤毛糸の帽子、黄色のアノラック、黒ズボン、茶のサブザックをつけた登山者が、赤いザイルに片足をからませ、両手をだらりと下げて完全に宙吊りになっているのが映った。

さらにその上方には褐色の上下服を着けた男が、ハング直下にコウモリのように張りついている。

服装やからだつきから判断して上が正彦、下が進一らしかった。谷間から吹き上げる風を受けて、下の死体が振り子のように揺れている。それは、遭難者がまだ生きていて、必死にあがいているように見えた。背後には黒々とした岩壁、それを赤いザイルによって数珠《じゆず》つなぎにされてぶら下がっている二つの人影、それはまさに鬼気せまる眺めだった。

「どうですか、ご子息さんですか?」

リーダーと警備隊員が同時に声をかけた。滝村の隣りでは江夏が、警備隊員から借りたプリズムを覗きこんでいる。二人のかたわらにはそれぞれの妻が、恐怖と不安に打ちのめされて立ちすくんでいた。彼女らにはもしかしたら息子たちかもしれない遭難者の悲惨な形相を覗く勇気もなかった。

距離が遠く、視界が悪いので、かなり倍率のよいプリズムであったが、遭難者の姿を確認することは難しかった。

だが服装やからだつきは、息子たちに酷似している。二人の父親がさらに瞳をこらしたとき、濃密な霧が、視野をふさいだ。

6

「ここに拡大写真があります」

ひとまず台地に張ったテントに引き取った家族に、水野警部補が四つ切り大に引き伸ばした写真を何枚かもってきた。

それには先刻滝村らが望見した悽惨な様相がぼやけていて、さらに拡大定着されていた。しかし全体にぼやけていて、人相などは確認できない。

「遭難発見当時の状況を説明します」

水野は事務的に言った。こんなときはかえってこんなやりかたのほうが、家族の悲しみを誘わないことを知っていた。

それによると、――滝村進一、江夏正彦の両名は五月二十三日早朝、一の越沢へ着き、小休止ののち、鬼面岩へ向かい、中央稜テールリッジを登り、中央稜基部から鬼面岩スラブへ入り、同岩、中央壁に午前七時ごろ取りついた模様である。

同日は、S岳山域においては十一時ごろより天候が急変し、みぞれまじりの強雨が降りだした。彼らは天候が悪化したときはすでにかなり上部に達しており、簡単に下降できない状態にあったと考えられる。

「現場は、中央岩壁第二のオーバーハングと呼ばれるところの直下で、上のひとがオーバーハングを越え、その上の外傾したところで下のひとを確保して登攀《とうはん》中、上のひとが何かの拍子にたとえば落石か何かをうけて、スリップしてよろけた。そのために、下のひとが宙吊りになり、結局上のひとも支えきれなくなって、二人とも遭難したのではないかと思われます」

水野は、二人がまだ進一と正彦と確定したわけではないので、言葉づかいに注意した。

彼はさらに写真を指しながら詳しい説明を加えた。

第二のオーバーハング上の外傾テラス尖岩に麻のザイル三十メートルが固定されて

いる。それと右側のハーケンに上のひと（Ａ）のセルフビレーがかけられ、Ａはそのビレーと固定ザイルによってぶら下がっている。

Ａと下のひと（Ｂ）とはナイロンザイルによってアンザイレン（身体を結び合う）しており、Ａの足下のカラビナを経由して下のＢとつながっている。

「もう一つ別の推測もあるのですが、それによると、一時二人とも第二ハング上の外傾テラスに集結し、露営《ビバーク》を考えましたが、あまりの悪天に登攀を断念して、進一君が、正彦君の確保によって、アブミのセットによる下降中のアクシデントではないかというのです。

とにかく、二人は至近距離にいたのですから、登攀、下降のいずれでもない、ビバーク工作中の事故であることも考えられます」

わきからリーダーが口を添えた。彼の口調はすでに遭難者を断定しているようだった。その間雲はますます低くたれ下がり、雨が降ってきた。やがてずぶ濡れになった偵察隊員が下って来た。

彼らの報告によって、二人の躰《からだ》は、上部のＡの近くのハーケンを支点に一本のザイルで数珠つなぎに宙吊りになっていて、下部のＢを切り放せば、Ａも降ろせるのではないかという最初の見通しは、Ａが完全に自己確保しているので、甘かったことがわかった。

二人、特に下のBの躰は岩壁から数メートルも離れており、ザイルを切断することも非常に困難で、下手をすれば二重遭難のおそれもあるということであった。

現場がきわめつけの悪場である上に、天候がはっきりと悪天に向かっていたので、その日の収容作業はひとまず打ち切られた。

その夜、偵察隊員が撮ってきた写真によって、遭難者は、滝村進一と、江夏正彦の二人と確定した。

ぎりぎりのところまで接近して撮った写真は、遭難者の苦闘の表情を、まるで生きているように鮮明に捉えて、肉親ならずとも、目を背《そむ》けたくなるような凄惨な構図になっていた。

その後悪天を冒《おか》して、何度か遺体の収容が警備隊とA大山岳部のえりぬきのクライマーによって試みられたが、困難な地形が接近を阻んだ。

焦燥の中に時間だけが空しく流れて、救援隊の疲労が加重されていった。

県警本部からは、「収容作業においてダブル遭難などおこさないように充分慎重に行動するように」という通達が入った。

岩の精鋭揃いの警備隊とA大山岳部が協力しても収容できないのであるから、もってその困難さがわかった。

両家の家族を加えて、はなし合いが行なわれた。より安全な方法について、いろいろと検討された結果、銃撃によりザイルを切断する以外にないということになった。

「そんなむごいことを!」

と二人の母親は唇を震わせて反対したが、

「我々にしても〝おれたちの手で〟是非とも収容したいという気持ちはあります。しかし面子《メンツ》にこだわって、二重遭難をひきおこしたらまったく愚かなことです。それにたとえ極端な危険を冒して二人の地点まで登れたとしても、ザイルを切断する以外に、収容の方法がないのです」

とリーダーに説得されて沈黙した。部員の中にも銃撃によるザイルの切断という最終的な方法に反対意見の者もあったようだが、極力危険を避けるという基本意見に統一されて、次第にザイル銃撃説に傾いていった。

「これ以上みなさんにごめいわくをかけたくない」という滝村と江夏の言葉が、長い打ち合わせの結論になった。

親の気持ちとしては、一の越沢出合から全容を望める岩壁に、発見されてから三日間も衆目に晒されている我が子を、どんな方法であれ、少しも早く親の手もとに引き取りたかったのである。

ザイル銃撃という結論から、自衛隊の出動を要請する方向へ、協議の大勢は動いていった。

7

五月二十六日、出動要請の趣旨は現場から地元署を経由して県警本部へ伝達された。県知事の了承を得た上で、陸上自衛隊中央方面隊、S地区駐屯部隊に事件のあらましを説明して、正式に出動が要請された。

司令は即答を避け、中央上局の指示を受けた上で、自衛隊の活動はザイル切断に限定する、および射撃地域一帯の危険防止措置については、自衛隊と協議し、警察が担当するという条件つきで要請を受けた。

自衛隊の出動が決まると同時に、報道関係者が続々とS岳山麓へくりこんで来た。

銃撃によってザイルを切断して遺体を収容する遭難事件は、山岳遭難史上稀有《けう》のことである。このショッキングな事件を取材するために、テレビ、新聞はもちろん、週刊誌や業界誌の記者までがやって来た。

自衛隊は、同夜午後十一時に行動を開始し、翌午前二時には一の越沢に集結した。射撃は二十七日の午前九時からと決定され、八時三十分には司令以下二十名の射撃隊員が、警備隊とA大山岳部の支援の下に、射撃点である中央岩壁基部まで登った。折りから山は、高気圧の周期に入って、朝から雲一つない晴天となった。遭難者発見以来、執拗に岩壁にまつわりついていた霧もすっかり晴れて、二つの遺体が朝日に映える岩壁を背景にくっきりと浮かび上がった。

一の越沢に集まった数百の関係者の目と、テレビカメラの砲列は、むしろこれから射ちこまれる銃弾よりも痛烈に、赤いザイルによって宙吊られている二つの死体に集中していた。

午前九時五分、——目標まで約百五十メートルの発射地点に立った司令は、

「射て!」と号令した。

最初の銃弾が、腹にこたえる発射音を残して、鬼面岩の岩壁へ叩きこまれた。つづいて軽機と小銃がうなった。銃撃は岩壁にこだまし、硝煙が残雪の上に、まるで血の匂いを乗せたようになまぐさく漂った。

それから約二時間、——約一千発の弾丸が打ちこまれた。しかしザイルは切れなかった。かなりの弾丸が命中しているらしいのだが、ザイルが逃げるために、切断する

ほどの破断面を与えないのである。

弾があたるたびに、ザイルが揺れ、宙吊りの遺体が回転して山麓の方へ顔を向けるのが、まだ遭難者が生きていて、「射つな、射たないでくれ！」と必死に訴えているように見えた。

「まるで生きているようですね」

山岳部のサポートによって、射撃点のやや後方まで登っていた滝村と、江夏にリーダーが言った。

滝村は、親の自分にずいぶん無神経なことを言う男だと思った。しかしリーダーはそんなことにいっこう頓着しないような口調で、

「ぼくの父親も、二十数年前の冬、S岳東面の断崖から墜《お》ちて死んだのです。当時僕は、もの心つかない幼児でしたが、親父が発見されたときの死に顔が、はっきりと記憶に刻みつけられております。まるで生きたまま、だれかに崖から突き落とされたような無念の形相でした。どうです、もう一度このプリズムを覗いてみませんか。進一君も正彦君も、まるで生きているような形相ですよ。あのときの僕の父親の顔とそっくりだ。いやもしかしたら、まだ本当に生きているかもしれません。宙吊りになって一週間ぐらい生きていた記録も外国にあるそうですから。宙吊りにされてザイルでし

めつけられると、声を出したくとも、出せませんからね」

――きみは何を言うんだ！――

と二人が抗議しようとしたとき、リーダーは、

「息子さんから聞いてご存知と思ったので改めて自己紹介しませんでしたが、僕の名前は古瀬と申します。進一君と正彦君を山岳部へ勧誘したのも僕です。今度の山行も最初は僕が同行する予定でしたが、止むを得ぬ急用がおきてオリたのです。予定どおり僕が同行していれば、こんな事故はおきなかったはずです。その点非常な責任を感じております」

改まった口調になった。口では殊勝なことを言っていたが、二人をにらむ目には憎しみが火のように燃えていた。そこにはたしか二十数年前、二人が殺した古瀬欣一の面影があった。

抗議しようとした二人は、その視線に射すくめられた。

滝村にはそのとき、この惨劇のすべてが、古瀬によって仕組まれたことがわかった。

――古瀬の幼い記憶に、父親の無念の死に顔が焼きついた。長ずるに従ってその形相は拡大した。もの心ついてから聞くところによると、父親は山のベテランであり、遭難したときも万全の装備をして出かけていったという。

それでいながら遭難した。あたかもだれかに殺されたかのような無念の形相を残して。古瀬の疑惑は、父親の死に顔とともに拡大する。その疑惑を納得させるために、密かな捜査をひとりではじめた。そして同じ時期に入山した自分らの存在を知る。調査が進むうちに自分と江夏の山の力量が、とうてい冬のS岳をやれるものではないことを知った。

素人同様の二人が無事に下山して、ベテランの父親が死んだ。しかもその二人は、S岳行以後ふっつりと登山を止めている。何故か？

こうして古瀬は父親の死と、自分ら二人の存在を結びつけて考えた。しかし情況による推測だけで、これ以上の決め手はつかめない。これだけの情況では、告発もできない。もともと戦争直後の物情騒然たる時代に起きた山岳事故に、警察は興味を示さない。

かくて古瀬は、その決め手をつかむために自ら山を学びつつ、恐ろしい垂直の陥穽を掘った。〝A大ファン〟の自分ら二人の息子が、A大へ進むことを予期して、先にそこで〝待ち伏せ〟した。山岳部へ勧誘したのも彼なら、息子たちにはまだ無理な鬼面岩へ追い上げたのも、彼だ。

同行する計画を、出発直前にオリて、一般コースより第二ハングへ先行して待ち伏せる。やがて登って来た二人を隙をみて突き落とす。アンザイレンしているから、どちらか一人を突き落とすだけで充分だ。もちろんあとには何も証拠を残さない。

そして宙吊りになった二人を、憎い〝仇敵〟に見せつけ、古瀬の息子として正体を現わして自分たちの反応を見た。反応はたしかにあった。もし自分と江夏が無実なら、古瀬の名前に反応を示すはずがない。

古瀬は遂に決め手をつかんだのだ。情況による〝仇敵〟は、真の仇敵と確定した。古瀬はこれだけのことを、自分が得た心証上の疑惑だけからやった。もし自分らが反応を示さないときは、古瀬にしてみれば、何の関係もない二人の青年を無意味に殺したことになる。だが彼は自分の得た心証を信じた。そこに彼の賭けと、父親を殺された息子の直感があった。

そのことが、いま、息子を殺された親としてよくわかる。すべては古瀬が仕組んだことだ。

しかしそれもあくまでも情況からの自分の推測にすぎない。そんなことを訴えたところで、警察は、息子に死なれた親の錯乱としかとらないであろう。

かつて古瀬が自分らに父を殺された確信をもちながらだれにも訴えられなかったように、いま自分らは、彼によって息子たちを殺された確信をもちながら、告発することができない。

古瀬が正体を現わしたときの言葉も、自分らだから、彼がこの事件の真犯人であることを示唆するものとわかるのであって、第三者には何の変哲もない言葉である。そこに彼の復讐の巧妙さがある。完全犯罪に対する完全犯罪をもって報いた。——一瞬の間にこれだけの推理を追った滝村は、「もしかしたら、二人は本当に生きているかもしれない」と言った古瀬の言葉に突き当たり、愕然として、射手たちに、「止めろ!?」と叫びかけようとした。

その瞬間、ひときわ大きな銃声が岩壁にこだまして、ザイルが切れた。二つの遺体はひとかたまりになって、岩壁の基部へ吸いこまれるように墜ちていった。

首が痛くなるほど上方を見つめていた数百の人々の口から一斉に嘆声が湧いた。いよいよこれからトマトケチャップのように砕け散った息子の遺体を収容するという肉親にとって最も無惨な作業がはじまるのだ。

そのとき、江夏が唇をわなわなと震わせて、

「もしかしたら本当におれたち、生きている息子をむざむざと殺してしまったのかもしれないいな」

と言った。

滝村はそのとき、古瀬の復讐の真の恐ろしい意味を悟ったのである。

古瀬の息子は、何も第二ハングで待ち伏せして殺人を犯す必要はなかった。息子たちの力倆では、鬼面岩の完登は無理なことがわかっていた。わかっていたから、功名心を煽《あお》って二人をそこへ追い上げ、遭難に追い込んだ。遭難地点の特殊性から、生死の確認の難しいことを充分計算に入れて、銃撃がはじまってから、一言、「もしかしたら生きているかもしれない」と告げるだけでよい。

「その一言によって、おれも江夏も、これから一生、我が子が親の姿を山麓に見出して必死に救いを求めているにもかかわらず、銃で撃ちおとしたかもしれないという暗示につきまとわれるのだ」

滝村と江夏の目が合った。アルプスの五月の見ぶるいするような鮮烈な空を映した二人の目は、どちらも惨として虚《うつ》ろだった。

「遺体がぐしゃぐしゃに砕けています。確認してください」

古瀬の勝ち誇ったような声が聞こえた。

作者付記　この小説は、群馬県警本部編「この山にねがいをこめて——谷川岳警備隊員の手記」を参考にしましたが、物語や登場人物はすべてフィクションです。

森村誠一（一九三三—）

埼玉県熊谷市生まれ。大学卒業後、九年間のホテル勤務を経て、作家活動を開始。一九六九年、『高層の死角』で江戸川乱歩賞受賞。『人間の証明』『青春の証明』『野生の証明』の証明三部作などの推理小説のほか、歴史・時代小説、ノンフィクションなども精力的に執筆。

初出：「オール讀物」昭和四十六年六月号

底本：『空洞の怨恨　森村誠一ベストセレクション』（光文社文庫）平成二十三年三月発行

本書収録作品のなかには現代の視点からは不適切と思われる表現もありますが、当時の社会を描写するために必要であったこと、また著作者が差別に加担するものではなかったことなどに鑑み、原文のままとしています。

編集部

●加藤薫氏の著作権継承者のご消息をご存じの方は、編集部までご連絡いただきたくお願いいたします。

闇冥　山岳ミステリ・アンソロジー

二〇一九年二月二十八日　初版第一刷発行

選　者　馳　星周
著　者　松本清張　新田次郎　加藤　薫　森村誠一
発行人　川崎深雪
発行所　株式会社　山と溪谷社
郵便番号　一〇一―〇〇五一
東京都千代田区神田神保町一丁目一〇五番地
http://www.yamakei.co.jp/

■乱丁・落丁のお問合せ先
山と溪谷社自動応答サービス　電話〇三―六八三七―五〇一八
受付時間／十時～十二時、十三時～十七時三十分（土日、祝日を除く）
■内容に関するお問合せ先
山と溪谷社　電話〇三―六七四四―一九〇〇（代表）
■書店・取次様からのお問合せ先
山と溪谷社受注センター　電話〇三―六七四四―一九一九
ファクス〇三―六七四四―一九二七

フォーマット・デザイン　岡本一宣デザイン事務所
印刷・製本　株式会社暁印刷

定価はカバーに表示してあります

Printed in Japan　ISBN978-4-635-04859-0